夜を統べる王

Ⅰ　夜に忍び込むもの

夢のなかで誰かの声がする。

声の主は、とても美しい声音《こわね》でもって、律也《りつや》の名前を呼ぶ。

おいで、おいで――というように。

逆らいがたい魅力がある声だった。そのまま呼ばれ続けていたら、とうてい抗《あらが》うことなどできずにベッドから起き上がってしまうところだった。

(櫂《かい》……)

無意識のうちに、助けを求めるように彼の名前を心のなかで呼ぶ。すると、見知らぬ魅惑的な呼び声ははっと怯《おび》えたように遠ざかる。その名前がいいしれぬ恐怖を呼び覚ますかのように。

しばらくふわふわと夢とうつつのあいだをさまよっていると、薔薇《ばら》の香りがふっと鼻先をかすめた。

ベッドのそばに誰かが立っている気配に、律也は「うん……」と目をこする。時間はすでに真夜中を過ぎていた。

部屋の窓が開け放たれ、夜風にカーテンが揺れているのが見える。かすかな月光を背に浴びて、この世の誰よりも美しく、目を惹《ひ》かれずにはいられない存在が立っていた。吸い込まれそうな魅惑的な闇《やみ》がそのまま人型となったように。

夜を閉じ込めたようにつややかな流れを描く黒髪と、やさしい光を浮かべている黒曜石の瞳《ひとみ》。どれほど美意識に優れた芸術家であろうと決して造形できない完璧《かんぺき》な美を体現して、彼はそこに在った。

国枝《くにえだ》耀――律也が幼い頃から憧《あこが》れてきた初恋のひと、そしていまは恋人でもある。

「――耀」

律也はあわててベッドから起き上がる。耀はその反応に微笑《ほほえ》んで見せながら、「しっ」と指を唇にあてた。

もう夜も遅いからといいたいのだろう。それとも人間よりも感覚が鋭い夜の種族たちがどこで聞いているかわからないからなのか。

耀は律也を見つめたまま、そっと音もたてずにベッドの端に腰を下ろす。そんな何気ない仕草さえ優美で、見慣れているはずなのに律也はわずかに頰《ほお》が熱くなった。

「耀……きたんだ。今夜くるって、いってくれればよかったのに」

「くるつもりはなかったんだ。ただきみが呼ぶ声が聞こえたから」

声にだして呼んだ覚えはなかった。夢を見ているうちに、知らず識《し》らずに声をあげていたのか。

先ほどの「おいで」と呼ぶ声はいったい誰だったのか。気になったけれども、目の前の来訪者を目にした途端につまらない疑念は吹き飛んでしまった。

「一週間ぶりになる。もっと会いにきてくれてもいいのに」

「ごめん。なかなか時間がとれないんだ。もう少ししたら落ち着くから」

「なにか厄介《やっかい》事でも起こってるのか？」

「そうじゃない。律はなにも気にしなくていいから」

律也はかすかに眉根《まゆね》を寄せる。

気にしなくていいからといわれても、気にせずにはいられない。幼い頃から知っているから無理もないが、櫂がすぐに自分を庇護《ひご》すべき存在としてなにも教えてくれようとしないのが不満だった。

櫂にしてみればいつまでも子どもに見えるのかもしれないが、律也はすでに二十歳を超えた大人《おとな》だ。

背丈だけ見ても一七五センチは超えているし、幼い頃は少女のように可愛《かわい》らしかった顔もいまは年相応の端麗な青年のものに変貌《へんぼう》している。やわらかな亜麻色の髪、瞳も肌も色素が薄く、祖母方に外国の血が混じっているせいで、顔立ちも日本人離れしている。外見だけは王子様のようだと褒められることもあり、美麗な夜の種族を見慣れているせいで、律也自身にはまったく自覚がないが、街を歩いているだけでかなり人目を引く外見だ。

耀とは伴侶《はんりょ》としての契《ちぎ》りを交わしていて、もう子どもではない。文字通り、ふたりはもはや運命共同体なのだから。

ほんの数ヶ月前、二十歳の誕生日を迎えるまで、花木《はなき》律也はごくごく平凡に――いや、幼い頃からヴァンパイアなど夜の種族たちを知っていたのだから普通の暮らしをしていたとはいえないのだが、少なくとも人間ではあった。

だが、二十歳の誕生日を境に、律也の人生はひとならざるものへと大きく変貌を遂げた。

幼い頃から一緒にいた国枝耀が、律也をいままでとは違う世界へと誘《いざな》った。というよりも、律也のほうがむしろ積極的に耀と同じ世界の住人になるのを選んだといったほうが正しい。

国枝家はヴァンパイアとの契約者が多い家系で、その血筋には時折貴種のヴァンパイアが誕生する。耀もそのひとりで、始祖の血を受け継ぐもっとも濃い血のヴァンパイアとして覚《かく》醒《せい》した。

幼い頃から耀を慕っていた律也は、たとえ人間とは違う時間を生きる運命になっても、耀と一緒にいることを選んだ。律也の気の力は強いらしく、〈浄化者〉として、純粋なエネルギーを好む夜の種族たちにとって眩《まばゆ》く焦《こ》がれるような存在なのだという。

耀は最初、律也をひとならざるものにしてしまうことにためらいを覚えていたようだが、結局は律也が欲しいという気持ちには逆らえず、最終的には伴侶にしてくれた。

櫂は先代の始祖を倒して、氏族の新しい始祖となり、律也とも結ばれて、めでたしめでたしのはずだったのだが……。

「――櫂はいつまで忙しいんだ？　俺に会えないほど？」

じろりと睨《にら》みつけると、櫂は困ったような顔をした。

「今回は一週間しかたってない」

「でもその前は十日ぐらいご無沙汰《ぶさた》だったし……一ヶ月のうち、三回ぐらいしか会えてない。伴侶ってこんなものなのか？」

そう――せっかく契りを交わしたというのに、櫂はそれほど頻繁に律也の家を訪れてくれるわけではないのだ。

人間としての時間の流れを捨てて、いままでと違う人生がはじまる――と身構えていた律也にしてみれば拍子抜けしてしまうほどだった。ヴァンパイアである櫂の伴侶になったというのに、律也の生活は以前となにも変わらない。いままでどおりに大学に行き、家では小説の原稿を書いている日々だ。

時折、大学の講義中に原稿書きの内職をしながら眠気に襲われてあくびをするとき、「すべて夢だったのかな」と思うことすらある。櫂に再会したことも、契って伴侶になったことも、叔父《おじ》の慎司《しんじ》が狼男《おおかみおとこ》だったことも、大学の先輩の東條《とうじょう》が狩人《かりゅうど》だったこともすべて夢――妄想《もうそう》なのかもしれない。それこそ自分が原稿に書いた物語の世界なのではないか？

そんなことを考えつつ講義が終わって立ち上がると、背後にいつのまにか現れたレイに「律也様、半分寝てましたね」とぼそっと叱《しか》りつけるように囁《ささや》かれて、「ああ、夢じゃないのか」と確信するくらいだった。レイは櫂に仕えるヴァンパイアの少年で、律也のボディガード役を担っている。普段は気配を消しているが、常時どこからともなく出現する。

レイの姿を見るたびに、自分の身に起こったはずの変化は現実なのだと実感するものの、いまいち緊張感にかけている。

それもこれも櫂があまり姿を見せてくれないからだ。初夜の契りのあと、三日ほどは一緒にいてくれた。その後は「今度は律を城に迎え入れる準備があるから」といって去ってしまい、一週間に一度会いにきてくれるかどうかという状態が二ヶ月ほど続いている。もちろん律也はまだ向こう側の世界には一度も行っていない。

最初は「とうとう夜の種族たちの世界に行けるんだ」と期待に胸をふくらませておとなしく待っていたものの、二ヶ月もおあずけをされれば不満がでてくるのも当然だった。

自分が放っておかれて拗《す》ねているというより、櫂がなにかを隠しているのではないかと気になるのだ。伴侶なのだから、少しは信頼して説明してくれてもいいのに。

「――いまはまだゴタゴタしてるんだ。早く律を伴侶として向こうの世界に一度連れていきたいけど、もう少しだけ待っててくれ」

「もう少しって、いつまで？」

「そんなには待たせない。それまではこうして俺が会いにくるから」

始祖の代替わりによって、燿たちの氏族のあいだで不穏な空気が広がっていることはレイから聞いていた。

本来、力をもっとも重視する夜の種族だから、前の始祖を倒した燿には絶対服従するのが掟《おきて》らしいし、実際そういう者たちのほうが圧倒的に多いそうだが、一部に不満をもっている者もいるようだ。それというのも、燿があまりにも若いためだ。覚醒してから数年しかたっておらず、いくら優れた血を受け継いでいるとはいえ、最強と謳《うた》われた白い翼をもつ始祖を倒した事実に対して、おもしろくないと考える勢力も存在するのだ。レイいわく「燿様はあまりにお強くて、お美しすぎるから、やっかむものがいるのです」とのことだった。また、前の始祖が異例なほど長く君臨していたこともその一因らしい。ヴァンパイアは七つの氏族に分かれているそうだが、燿たちの氏族ほど長《おさ》となる始祖の血を受け継ぐものの代替わりが少ない一族はないらしい。そのせいで、ほかの氏族たちも成り行きを虎視眈々《こしたんたん》と見守っているらしく、油断がならない。

とにかくいまは微妙な情勢であるため、燿は夜の種族たちの世界を長く離れてはいられないのだ。律也のもとを訪れるのが一ヶ月に数回になるのも仕方がないのだった。

「――律？　わかってくれないのか」

黙り込んでしまった律也に、燿がやさしく声をかける。諭すように見つめられて逆らうわけにもいかず、律也は渋々頷《うなず》いた。

「わかった。……でも、もう少しだけ会えればうれしいな。顔を見ないと、なにかあったんじゃないかって不安になるから」

「一週間に一回では足りない?」

「足りないっていうか、だって……」

　櫂の正式なパートナーとしては、いまはわがままをいわず、心配をかけないようにするしかないとわかっている。だが、律也はその事情をレイからではなく、櫂の口から直接聞きたかった。伴侶なんだから、そのくらいは許されてもいいのではないか。ヴァンパイアの勢力争いなど守備範囲外だが、律也だって櫂のためになにかの役に立てるようになりたいのに。

　自分の無力さがなによりも歯がゆい。

　だからこそ、これ以上の不満はいえなくて、律也はちらりと上目遣いに櫂を見た。

「その……せっかく伴侶になったのに。そばにいられないのが少し淋《さび》しいだけ。櫂はあんなに俺が欲しいっていってくれたのに。嘘《うそ》つきじゃないか」

「嘘はついてない」

　苦笑する櫂の目許《めもと》に甘いものが滲《にじ》む。律也が会えないのを拗ねているだけと判断して、安《あん》堵《ど》しているようでもあった。

「いまも俺はきみが欲しいよ。律――」

「そんなふうに見えない。櫂はいつだって俺を子ども扱いしてるし」

「大人扱いしたいけど……まだ律には無理だろ。少しずつ慣らしていかないと。このあいだの夜だって、『もう無理だから。許して』って泣いてたから、俺は途中で我慢した。朝までずっと抱きたかったけど」

いきなり閨《ねや》での泣き言を暴露されて、律也は真っ赤になった。

「そ、そういう意味じゃない。『欲しい』ってのは、そっち方面じゃなくて……そばにいるってことで。それに俺、そんなことといってない。泣いてないだろ」

「気を失う前にいってたんだよ。匂《にお》いに酔ってたから、覚えてないんだろう」

櫂に抱かれているとき、律也はそのからだから漂う薔薇の香りに酔ってしまい、わけがわからなくなる。痛みも羞恥《しゅうち》もひたすら甘くなって、全身に沁《し》み込むように溶けていく。だからなにをいっても覚えてないのは当然だが、記憶にないことは断固認めるわけにはいかない。

怒る律也の形相《ぎょうそう》を見て、櫂はおかしそうに肩をすくめてみせた。

「わかった。じゃあそういうことにしておこう。律はそういう意味では俺を欲しがってないんだな」

「そんなことといってないだろ。なんでそんな意地悪いうんだ?」

「意地悪じゃない。律が最初につれないことをいうから」

うっすらと笑みを浮かべる櫂の表情はやはりどこか揶揄するようだった。最初はおもしろくなかったものの、じっと見つめられているうちにだんだんと落ち着かなくなってきた。櫂から律也へと向けられる視線がゆっくりと絡みつくような熱を帯びてきたから。

「――律」

つまらないことをいいあうのはよそうといいたげに、櫂が身を寄せてきた。ベッドの上で、律也は櫂に抱き寄せられる格好になる。

まったくだ。一週間ぶりに会ったというのに、律也だって口喧嘩《くちげんか》なんてしたくない。腕のなかにくるまれると、櫂のからだから漂う薔薇の匂いがいっそう濃くなった。欲情している証拠なのか。吸い込むたびに、律也の頭はくらくらしてきて、心臓の鼓動が早くなる。唇を合わせると、体臭よりもいっそう濃い薔薇の香りの蜜《みつ》が直接体内に入り込んできた。背すじから甘いものが突き抜けて、からだの芯《しん》が一気に火照《ほて》った。

たいしてさわられているわけでもないのに、あきらかに過剰に反応している。ヴァンパイアの体臭や体液が催淫《さいいん》剤の役目を果たすせいなのか。耐性ができるといわれたが、いまだに律也のからだはその強烈な快感に慣れていない。

「あ……んんっ」

パジャマの前をはだけられて、胸を撫《な》でられ、突起に軽くふれられただけで、ビクビクと震えてしまう。直接ふれてもいないのに、即座にズボンのなかのものが反応して、とろとろと濡《ぬ》れるのがわかる。自慰ではありえない反応だった。

「あ……んんっ」

「つらい？　平気？」

強烈すぎる快感は、息苦しくさえある。

自分のからだが制御できない状態は恐怖にもつながるし、そのうちに心臓でも止まってしまうのではないかと怖くなる。事実、その可能性があるから、おそらく櫂は「平気なのか」といちいち体調を気遣ってたずねてくるのだ。

「つらくないように——すぐにいかせるから」

律也は身長こそあるものの、からだつきは華奢《きゃしゃ》だ。パジャマを脱がして、ほっそりとしたからだをあらわにさせると、櫂は尖《とが》っている小さな乳首に吸いついた。吸われるたびにそこは色づき、淫靡《いんび》な熱が広がる。

乳首にキスされながら、パジャマのズボンに手を入れられ、勃《た》ちあがっているものをほんの少しこすられただけで、腰にぶるっと震えがきた。

たったこれだけで——恥ずかしいくらいに我慢がきかない。

「や……櫂。駄目、だ。もう出ちゃうから」

「出していい」

いうなり、櫂は律也のズボンを下着ごと引きぬくと、その股間《こかん》に顔を埋《うず》めた。「やだ」と

突き飛ばすひまもなく、下腹のものを口に含まれる。

「あ——や……やっ」

あたたかい口腔《こうこう》の感触を感じとった瞬間、こらえきれずに熱を放出してしまった。

駄目といっているのに、櫂は律也のそこから口を離してくれなかった。達したあとも、綺《き》麗《れい》に最後の一滴まで舐《な》めとるように舌を這《は》わせる。

体液のついた口許を拭《ぬぐ》いながら顔を上げる櫂の表情は、ぞくりとするほど壮絶な色香に満ちていた。まるで甘露でもすすったように満足気で、律也から視線をそらさないまま指先をぺろりと舐める仕草が色っぽい。律也は恥ずかしさを通り越して、その目線に犯されているような気がしてぞくぞくした。

ヴァンパイアにとっては血にかぎらず、精液もその飢えを満たすものらしい。しかし、さらなる食欲をかきたてるものでもあった。

いよいよ本気で興奮してきたのか、櫂の目がほんのりと赤く光ってきた。

「律——少しいい？」

櫂は許しを請うと、ふいに首すじに口許を寄せてきた。その唇が肌にふれた途端、ふっと全身の力が抜けて、ふわふわとした気持ちよさが広がる。

上体を起こしていられずに、律也はベッドの上にどさりと倒れた。気を吸われたのだ。なんともいえない虚脱感につつまれる。

精液と気を吸ったことで落ち着いたらしく、燿の目の赤い光が収まっていた。まだ熱を孕《はら》んではいるものの、徐々にやさしい色が戻ってくる。

燿はベッドに横たわる律也の頰をあやすようになでる。それ以上はふれようとしなかった。

「……燿、しないの？」

「まだ少し敏感になってるみたいだから。からだに負担になる」

「俺は平気」

「先週、きみのなかに俺が出した体液の効果がまだ残っているみたいだ。何回かしたから。……興奮しすぎると、心臓が痛いだろ？　いまの状態でまたしたら、催淫効果がひどくなって苦しいはずだ」

先ほど感じすぎたのは、いまだに先週の濃厚な交わりのせいだと教えられて、頰が熱くなった。

たしかに何度か抱きあった。途中で「もう許して」といったかどうかは覚えてないが、逃げようとするたびに腰をつかまれて太い楔《くさび》でからだをつなげられた。

先日の行為が響いているといわれると、激しい行為を思い出すと同時に、パートナーとしてきちんと相手を満足させてないようで心苦しくもある。

「だからって、俺ばっかりっていうのも、燿はつらいだろ？」

「今夜は気を吸わせてもらったし、律のも味わったから」

口でされるのはいまだに恥ずかしいので、律也はしばしいいかえせなかった。ますます赤くなる頬を、櫂の指が再び撫《な》でる。

「俺はいつだってきみが欲しい。だけど……きみを壊したくはないから。俺が本気できみを欲しがったら、いまはまだきみのからだが耐えられない」

「だから、あんまり会いにきてくれないのか？」

「そうじゃない」

向こうの世界を長く離れていられないからだろ？　レイから聞いてるんだから、説明してくれればいいのに——と律也は心のなかで少し反抗的に呟く。

櫂が夜の種族たちの世界のことを律也に話したがらない理由はわかっている。

櫂はヴァンパイアで、律也も伴侶になることを選んだときからもう普通の人間ではない。しかし、それでも櫂は律也の前ではヴァンパイアの一族の長ではなく、ひとりの男として——国枝櫂として存在していたいのだ。だからいまだによほどのことがなければ、ヴァンパイアらしいところを律也には見せない。

律也にしてみれば櫂が牙《きば》を剝《む》きだしにして闘っているところも目撃しているし、いまさらなにを見ても驚きはしないのだが、櫂はこと律也に関してはおそろしく慎重だった。

だいたい契る前には「きみの乱れるところが見たい」といっていたくせに、実際には櫂は律也が自分の体液の催淫効果でおかしくなるのをあきらかに避けている。それでも一緒にいるだけで——その薔薇の香りにつつまれているだけで、律也にしてみれば胸が高鳴ってからだが火照ってしまうのだから、生殺しもいいところだった。

でも、こうして大切にされている感覚は悪くない。部下のレイが「櫂様はお強い」とよく褒めるけれども、周囲にはそう見られている櫂が律也に対してはまるで壊れものを扱うように、うっかり抱き潰《つぶ》してしまうのを畏《おそ》れるような態度をとる。

そうやってこわごわとふれるときもあれば、興奮に我を忘れて振る舞う少し強引な櫂がいることも知っている。

人間の頃と変わらない櫂と、ヴァンパイアとしての欲望をそのまま情熱的にぶつけてくる櫂と——どちらも、律也にとっては怖いくらい魅力的だった。

その狭間《はざま》で揺らいで、あがいているところがあるからこそ、櫂はどれほど力強く美しく、周囲にひとを超越している存在であるといわれても、律也にしてみれば幼い頃から慕っていた国枝櫂そのものであるのだ。だから人間としての人生を捨ててもついていくことに決めたし、ずっとそばにいたいと願った。

気が遠くなるほど長い時間をこれから過ごすであろう櫂をひとりにはできないから。

櫂の苦しみは自分の苦しみ——それなのに、櫂は律也をいつまでも守ろうとする。

櫂が自ら律也に事情を話してくれるまでは、レイが時々洩《も》らす情報で待つしかない。まだ〈浄化者〉である自分のことはもちろん、夜の種族たちのこともよくわからないし、一緒に生きるパートナーとして、律也には不足なところが多くあるのだろう。だが、少なくとも、恋人として櫂を癒《いや》せる役目だけはきちんと果たしたかった。

「櫂――俺は……大丈夫だから。その……もう少し、さわって……？」

相手が「もういい」といっているのに、それ以上巧みに誘う言葉など思いつかなくて、律也はストレートに告げてみた。

櫂はとまどったように瞬《まばた》きをする。

「律、俺なら平気だといってるだろ？」

「櫂が平気でも、俺が平気じゃない。その……櫂がっていうより、俺だって――櫂に抱いてほしいと思ってるのに」

いっている途中で、「俺がしてほしいんだから、しろ」の論法ではまるで脅迫じゃないかと我ながらあきれた。駄々っ子かと内心ツッコミをいれる。だが、ほかにいいようがないのだから仕方がなかった。

櫂は少し返答に困ったように小首をかしげる。

「律は、俺に抱いてほしい？」

「――うん」

緊張してごくりと唾《つば》を呑《の》み込みながら頷く律也を前にして、櫂はうっすらと唇の端を上げた。おかしそうに小さく声をたてて笑いだす。

「な……なんだよっ。笑うことないだろ？　馬鹿《ばか》にしてる？」

せっかくひとが頑張って誘ってみたのに――憤慨して、律也はベッドから起き上がって櫂を睨みつける。

「馬鹿になんてしないよ。……まったく俺はきみのいうなりだな」

櫂は目を細めたまま、ふくれっ面の律也の頬に手をかける。

「あんまり俺をおかしくさせないでくれ。――律」

相手を惹きつけて離さない、蠱惑《こわく》的なヴァンパイアの瞳がすぐ間近に迫っていた。まともにその呪縛《じゅばく》力にかかって、律也は身動きがとれなくなる。

おかしくさせないでくれといっても、もう手遅れだった。櫂の肌が人間離れした輝きをはなちはじめる。月の光を集めたような、白すぎるヴァンパイア特有の肌の色。彼らが端麗な容姿をしているのは、人間を魅了するためだった。危険で、美しい捕食者たち。

「おかしくなってもいいから……櫂、抱いて。また一週間ぐらい会えないんだから」

櫂が無言のまま顔を近づけてきて、律也の唇をそっと吸う。

くちづけはじれったいほどにやさしく、背中に回された腕は荒々しく力強かった。攫《さら》われるようにして、ベッドの上に倒れ込む。

「律――」

薔薇の香りの吐息に溺《おぼ》れる。魅惑的な芳香に全身をつつまれるようにして抱かれながら、律也は櫂の下で甘いうめき声をあげた。

(――おいで)

またあの声がした。

夢のなかで誰かが呼ぶ声だ。

とても魅力的だったが、律也は動けない。無数の薔薇の花びらのなかに埋もれていた。酔ってしまいそうな強い薔薇の香り――おそらくこれは、眠っているあいだも律也が櫂に守られている象徴だった。

ただの夢ではなかった。ヴァンパイアがつくりだす結界のように、自分の意識が別の世界に誘い込まれている気がした。あと一歩のところで相手の手に落ちてしまいそうな領域にきている。

ところが、律也を取り囲む無数の薔薇たちがそれを許さない。霊性の強い花だから、力の弱いものには毒のように効く場合もある――と櫂が教えてくれたことを思い出す。

声が囁き合う。

(駄目か)

（駄目だね。やつの残り香が強すぎる）

（でもまだからだが完全に変化しきってはいない）

（まだ我らの地にくるのは難しい）

（完全体になったほうが血の威力は高まる）

瞬時、両手首をナイフで切り付けられ、だらだらと血を流している自らの映像イメージが頭のなかにぱっと殴り書きでもされるように広がって、律也は眠りの底から引き上げられた。

「うわああっ」

叫びながら、ベッドの上で飛び起きる。

窓からはカーテン越しに温かい光が差し込んできていて、鳥のさえずる声が聞こえてくる。眩《まぶ》しいほどに平和的な朝だった。

隣に櫂の姿はなく、律也はベッドにひとりだった。叫んでしまったことが恥ずかしくなるほど、あたりは何事もなく静まり返っている。

昨夜、櫂が部屋を訪ねてきたのも夢かと思ったが、ベッドサイドのテーブルに庭の薔薇が一本手折られて置いてあるのを見て――なによりも自分のからだに抱かれたときの甘い気だるさが残っているのを感じて現実だとわかった。

律也が眠っているあいだに、櫂は去ってしまったのだ。一週間ぶりなのだから、もう少しゆっくりしていってくれてもいいのに。

「――律也様、お目覚めですか」

突如、部屋のドアが開いて、レイが顔を出した。

レイはまだ少年といった外見をしたヴァンパイアだ。見かけは律也よりも幼いが、おそらく何倍も年をとっている。櫂と同じような闇色の髪、なにもかも達観したような瞳が印象的な、ヴァンパイア特有の冷めた美貌《びぼう》の持ち主だ。

美形揃《ぞろ》いの夜の種族たちのなかでも、ひとをその性的魅力で惹きつけるというヴァンパイアは抜きんでて美しい。なかでも貴種のヴァンパイアは際立っていた。美しさは力の象徴でもあるからだ。

「あ……ああ」

レイがいてくれたことに、律也はあわてると同時に胸をなでおろす。必要なとき以外は姿を現さないが、レイはつねに人界での律也の警護役を果たしてくれている。

自分よりも若い外見のレイに頼るのは少し抵抗があったものの、彼の本来の姿――ヴァンパイアとしての強さも知っているので、彼以上に最適な人選はないこともよくわかっていた。

「櫂様がいらしてたんですね」

部屋を少し見回しただけで、レイは櫂の来訪をいいあてた。どうしてわかるのだろうと律也は首をかしげる。

「レイは櫂に会った？　なにかいっていた？　俺が眠ってるあいだに帰ってしまったみたい

だけど」

「いえ。わたしにはなにも。お顔も見ていません。昨夜お見えになるとは知らなかったですし」

「じゃあなんで耀がきたってわかるんだ」

「匂いがしますから。部屋のなかにも漂ってますし……律也様のからだからも強く漂ってきます」

表情を動かさないままレイはきわどいことを平気でいうので、律也は時々反応に困る。なにも感じていないから口にするのか、それともわかっていて無表情のままからかっているのか。年齢不詳の美少年顔をしているせいでよけいに混乱するのだ。

レイにはいつも見られているという感覚があるので、深く追及しないようにしている。いったいどこまでボディガードとして律也の私生活を覗《のぞ》いているのか、知ってしまったらまともに会話するのがしんどくなる。

「耀はまだ忙しそうだった。落ち着かないって。俺を夜の種族たちの世界に連れて行くのも、見通しが立たないみたい」

「そうですね。まだもう少し時間をかけたほうがいいでしょうね」

レイはわかったふうに頷いて、律也をじろじろと眺めた。

昨夜抱かれたとはいえ、耀は律也にパジャマを着せていってくれたので乱れた格好はしておらず、見られても困ることはない。しかし、レイの視線は衣服の下まで透視しているかのように興味深げだった。

「時間かけたほうがいいって、なぜ?」

「律也様はまだピュアすぎますから。浄化者として、気の力が強いのは結構ですが、我らからしたら魅力的すぎて、目の毒です。もう少し櫂様の匂いを濃くからだに沁み込ませたほうがいいでしょう。悪い気を起こすやつがいるとも限らない」

「どういう意味だよ?」

「櫂様のものだという印はついてますが、まだ完全ではないということです。櫂様の血をきちんともらっていますか? 立ち入ったことをお聞きしますが、その——伴侶としての夜の生活は?」

珍しくレイが言葉を濁してくれたので、律也はよけいに恥ずかしくなった。こういう聞き方をされるくらいなら、いつものようになにも感じてない冷淡な表情で「精をもらってますか」とはっきりたずねられたほうがまだ救われる。

「な……なんで、それが関係あるんだよ」

「契約の儀式のときに説明されませんでしたか? 櫂様の血を定期的に入れて、性の交わりによって櫂様の体液が律也様の体内に沁み込むことで完全に肉体が変化すると」

たしかにそんなことをいわれたような覚えがあったし、契約の儀式のときには櫂の血を口にした。その後、何回か「飲んで」といわれたが、会うたびにというわけではなかった。だいたい逢瀬《おうせ》の回数だって、契ってから一ヶ月に数回ほどなのだ。いまはいわゆる新婚の時期だと思うのだが、そのわりに律也はほったらかしである。

「血は……最初のうちだけ何回かもらったけど――最近は櫂がまったく『飲んで』っていわないから。だいたいレイだって知ってるだろ？　櫂があまり家にきてくれないこと」

「訪問があったときに、何度でもねだればいいでしょう。精も血も。櫂様はいやがらないはずですよ。人間とは違って、血を流してもすぐに傷口は塞《ふさ》がりますし、性的な体力は無尽蔵にありますから」

「……そ、それは……そうなの？」

前言撤回、やはりはっきりといわれるのも苦手だ――と律也は頭をかかえた。

昨夜だって、律也から櫂を誘って頑張ってみたつもりだが、櫂は決してヴァンパイアの本能のままに律也を貪《むさぼ》り尽くすような真似《まね》はしない。夜の種族たちの世界を離れられない情勢はあるのだろうが、逢瀬が少ないのは律也のからだを気遣っているせいもあるのかもしれない。櫂もいっていたではないか。「俺が本気できみを欲しがったら、いまはまだきみのからだが耐えられない」――と。

レイはやれやれというようにためいきをついた。

「櫂様は律也様におやさしすぎる。律也様は浄化者だから、本来の自分を見失うことなどないとわたしからもさんざん申し上げているのに、それでも心配だというわけなのですね」

「自分を見失う?」

「普通の人間ならば、ヴァンパイアと契約をしてその血を体内に入れれば、たいていはその虜《とりこ》になってしまう。もちろん律也様のお父様の花木《はなき》氏のように強い気の持ち主は別ですが……彼は始祖と契約していたのに、自分からそれを打ち切ったくらいですから。ですが、ほとんどは我らに魅了されて、いうなりになってしまうのですよ。律也様の力も強いから、そんなふうにはならないはずですが。櫂様は、あなたがほんの少しでも変わるのがいやなようです。だから血も与えず……激しく交わることもセーブしてらっしゃるのでしょう」

変わるのがいやだといっても、律也はすでに変化することを選んでしまったのだ。人間としての時間を止めてしまった。

「でも、もう俺は普通の人間じゃない。櫂の側にいるのに?」

「櫂様はとてもお強い。だけど、同時にやさしすぎるのです。ヴァンパイアにしては珍しく感傷的すぎる。律也様がよほど愛《いと》しいのでしょう」

いつも淡々としているレイの口から「愛しい」という言葉が洩れたのが意外だった。

最近は一緒にいることが多くて気を許しているとはいえ、律也にしてみればレイを根本から理解しているとはいいがたい。人間であった頃とヴァンパイアの意識のあいだで揺れ動いている櫂とは違って、レイはつねに動じない表情を顔に貼り付けているし、ヴァンパイアらしい理屈で動いているように見える。

「愛しい――って、レイにはわかるのか？」

ついつい失礼な口をきいたが、レイは気にさわったふうでもなかった。

「自分にはないものでも、そのものの構造がわかれば理解するのはさほど難しくありません。わたしだって空腹を覚えるのですよ。空腹を満たすためには、人間が必要ですから。彼らの心理がわからなかったら、誘惑もできません」

さらりといわれて、律也はなるほどとうなる。しかし、レイもかつては人間であったはずなのに、いったいどれほどの時間がたてばこれほど突き放してものを考えるようになるのか。

「レイも……そうだよな。ヴァンパイアなんだから、気や血をもらう契約者がいるんだな」

ついつい忘れてしまいそうになるが、夜の種族にとって人間は狩るものなのだ。

「そうですね。わたしは特定の相手をつくらずに、ほとんど行きずりですが」

「え？　行きずりに襲うのか？」

レイの闘いにおける残虐性《ざんぎゃくせい》を知っているだけに思わず叫んでしまったが、レイは心外そうに片眉をあげてみせた。

「それも魅力的ですが、暴力に訴えるのは紳士的ではありませんから、きちんとヴァンパイアのやりかたで優雅にお誘いしますよ。餌《えさ》として血や気をいただければいいのですから、それ以上傷つけたりはしません」

嘘つけ、血が大好きなくせに――とオオカミたちと戦闘していたときの嬉々《きき》とした様子を思い出して律也は突っ込みたくなったが、口にだすのはこらえた。レイの姿勢はヴァンパイアとしては当然で、あるべき正しい姿なのだ。

「どうやって？」

耀が相手を誘惑するのは想像できるが、美しい容姿をしているとはいえ、レイがそういう真似をする場面が思い浮かばなかった。ひとを誘うには、愛想がなさすぎるからだ。

興味津々でたずねると、レイはいささか途方にくれたように律也を見つめて、ふいにぺろりと上唇を舐めた。

「試してみてもよろしいのですか？　律也様をお相手に？」

その目になにやら奇妙な艶《つや》っぽい光が浮かぶのを見て、律也はあわてて首を振った。ふだんはほとんど意識しないレイの体臭が鼻をつく。耀とは少し違う――魅惑的な薔薇の香りだ。

「いいよ、遠慮しとく」

ベッドの上であとずさる律也を前にして、レイは「そうですか」と頷いたあと、唇の端をわずかにあげてみせた。

「それが懸命です。律也様は魅力的で食べてしまいたいくらいですが、わたしも耀様に塵《ちり》にされたくはありませんから」

からかわれたのだと知って、律也はしかめっ面になりながらも胸をなでおろす。レイもすぐにいつものすまし顔に戻った。

「燿様が落ち着かない状況なのは事実ですが、もう少しおふたりで過ごされたほうがよさそうですね。早くからだの変化を促したほうが、律也様にとっても安全なはずです」

先ほど夢のなかで聞いた奇妙な会話を思い出した。

（でもまだからだが完全に変化しきってはいない）

（まだ我らの地にくるのは難しい）

（完全体になったほうが……）

あれはいったいなんだったのだろう。レイの話を聞くと、あの声の主たちは律也の現状を正確につかんでいることになる。燿の匂いが残っていたから手出しはできなかったようだが、何者かが律也の様子をさぐっていたのか。

「どうしたのです？　律也様」

レイがめざとく声をかけてくる。

「あ。いや、ちょっといやな夢を見て……」

ほんとうに夢なのか。たんなる夢にしては生々《なまなま》しい感覚だった。

昔からヴァンパイアが部屋の窓を叩《たた》いてきたり、夜の種族たちにちょっかいを出されるのは慣れていたが、いやな予感がした。

「どんな夢ですか？」

「あ……いや。レイに話すほどではないから、大丈夫」

とっさにごまかしたのには理由がある。

レイなら信頼できるし、頼りになるとわかっているが、彼は櫂の忠実な部下だ。レイに告げたら、すぐ櫂に報告される。夜の種族たちの世界で気苦労が多そうなのに、律也のことまで心配させていいのか。自分が〈浄化者〉という気の強い持ち主で、夜の種族たちを引き寄せるのはわかっているのだから、自分の身の回りぐらい守れるようになりたい。

確信もないまま夢のことを告げたら過剰に心配され、警護を増やされるかもしれない。レイだけならいいが、他の者に四六時中そばにいられるようになるのは困る。

なにより櫂によけいな負担をかけたくなかった。あやしいものたちが家の周囲に漂っているのは、いまにはじまったことではないのだから。

それにしても……。

(でもまだからだが完全に変化しきってはいない)

(まだ我らの地に……)

なんであんなことを――?

「慎ちゃん、おはよう」

いつものようにハムエッグとトーストの朝食を用意していると、叔父の慎司が「ふああ」とあくびをしながらキッチンに現れた。

「おはよ……りっちゃん」

慎司は乱れた髪をくしゃくしゃとかきあげる。白いシャツの前ははだけたままで、いつもながらラフな格好だ。普段は裸で寝ているし、以前はそのまま起きだして家のなかをうろうろしていたこともあったが、律也が思春期になって「見たくないもの見せるな」と騒ぐようになってからはきちんと服を着てくれるようになった。いまにして思えば、裸でいることが多いのは変身するときにどうせ服が駄目になってしまうせいなのだと納得がいく。

叔父の慎司は普通の人間に見えるが、実はオオカミ族だ。ずいぶん長いあいだ一緒に暮らしていたのに、律也はずっとその事実を知らされていなかった。

慎司はだらしないところもあるが、狼というには不似合いなほど甘めに整った顔立ちの持ち主だった。すらりと細身に見えるが、実は着痩《きや》せして見えるだけでしっかりと筋肉のついた身体つきをしており、変身したときも銀色のつややかな毛の狼で、獣としての姿も驚くほどに美しい。

律也と櫂が結ばれたあとは家を出ることを考えているといっていたが、慎司はいまのところまだ一緒に暮らしている。それというのも、いくら伴侶になったとはいえ、櫂が毎日家にやってくるわけでもないせいだろう。耀はたいてい真夜中に律也の部屋に直接訪れるので、慎司と顔を合わせることもない。

律也にしてみれば、慎司は大好きな叔父だし、唯一の肉親なので一緒にいてくれるのはうれしいが、以前求婚された経緯もあって、実際の心情は複雑なのだろうと気にかかる。

慎司は、律也と耀が結ばれたことについてはおもしろくはないはずだ。普段は気にしていない様子を見せているものの、やはり心穏やかではないはずだと考えると、耀とのことはなかなか相談できなかった。もちろん「新婚だっていうのに、耀があまり訪ねてきてくれないんだ」などという愚痴は、決して慎司にはこぼせない。

以前は慎司も夜の種族についての知識を律也にほとんど教えてくれなかったが、耀個人のことをたずねるのはタブーでも、向こう側の世界の状況やヴァンパイアの一族については質問しても差し支えないはずだった。

奇妙な夢のことを耀やレイに話せないだけに、慎司だけが頼りだった。よし、今日こそは――と律也はさぐりを入れるつもりで意気込んでダイニングのテーブルに向かい合わせに座った。

ところが慎司は腰かけるなりぴくりと鼻をひくつかせて、いきなり眉間に深い皺を寄せた。

「……昨夜、耀がきてたのか?」

慎司の嗅覚も獣だけあって、とても鋭い。

昨夜は櫂に抱かれたから、おそらくその匂いが律也のからだには沁みついてるのだ。

「あ、うん。すぐに帰ったみたいだけど」

「そうか」

慎司は不機嫌な顔つきになってトーストをかじる。険しい表情をしているせいで、その口許に狼の牙がのぞけているような錯覚さえ受けた。

「櫂もまだ落ち着かないらしくて……その、始祖が代替わりして、櫂が氏族の長になっただろ？　だからいろいろあるみたいで」

「先代はカリスマだったからな。櫂みたいな若造には荷が重いだろ。ヴァンパイアってのは、氏族ごとに分かれてて、敵対してるしな。ほかの氏族もいまが好機とばかりに狙《ねら》っているらしい」

やはりレイの話していたとおりなのだ。天使のような真っ白な翼の持ち主だった始祖の顔を思い出す。長い時間を生きてきた者特有の圧倒的な存在感。たしかにカリスマなのかもしれない。

だが、オオカミ族のタチの悪い群れに律也が捕らえられたと誤解して、ヴァンパイアの仲間たちと救いに現れたときの櫂も充分に長としての貫禄があった。一歩間違えば、律也が畏れてしまいたくなるほどの、残酷《ざんこく》なほどの美しさと力強さだった。

「櫂だって強いんだから、大丈夫だよ。ヴァンパイアは強い者を王としてかつぎたいから、わざわざ代替わりするんだろ？　耀は歓迎されてもいいはずじゃないか」

「ほとんどは歓迎してるさ。でも、ヴァンパイアはひねくれてるやつも多いからな。なんにしても、りっちゃんをほったらかしにしてるのは許せないな」

「俺はべつに気にしてないけど。ただ向こうの世界には早く行ってみたいな」

せっかく伴侶になったのに、律也はまだ夜の種族たちの世界を一度も訪れていない。情勢が安定しないから仕方ないとはいえ、ひとならざるものになれば自由に行き来できると思っていたので残念だった。

耀がヴァンパイアの世界で実際はどんな存在なのか。単純に耀が住んでいるという城を見てみたいという興味もあった。以前ふたつの世界が重なっているように見えたときの情景が忘れられない。色のついた星がたくさん瞬《またた》いていると思ったら、小さな妖精たちが飛んでいる姿だった。妖《あや》しく美しいものたちが住んでいる場所――。

「契約の儀式を終えているなら、連れていくのは簡単だよ。俺もりっちゃんを連れていこうと思えばできる」

「え？　そうなの？」

「あまり歓迎されたことじゃないけど、ほんとは契約の儀式をしていなくても、普通の人間のままでも連れて行くのも可能なんだ。だけど、それは一応良くないこととされてる。世界のバランスを乱すから。普通の人間は夜の種族たちの世界に連れていっても……長くはいられないんだ。おかしくなる」

「おかしくなる？」

「短期間なら、大丈夫だけど。こういってはなんだけど、要するに、肉食獣ばかりの世界に、人間っていうエサを投げ込むのと同じだから。実際に肉を食らうような種族は少ないけど……精気だって根こそぎ吸われたら、廃人になるだろ？　それにやっぱり違う世界に行くんだから、なんらかの影響もあるんだろうな。あっちの世界を見て、戻ってきた人間も多いはずだけど、その世界を正しく伝えられるものはいない。妖精を見た、狼男とヴァンパイアが喧嘩してた、って話をしても、正気じゃないと思われるだけだろ？」

ぞっとしない話だった。慎司は律也に怖い思いをさせないために、いままで夜の種族たちの話を詳しく語らなかったのかもしれない。自らの存在が異質だと認めるのと同じ行為だし、肉親である律也を悪戯《いたずら》に怯えさせたくなかったのだろう。だが、律也がヴァンパイアである櫂を伴侶にしたいまとなっては、その配慮も無駄だし、事実をきちんと把握していなければ危険にもつながる。

人界と、夜の種族たちの世界は違う。父が「夜の種族に気を許してはいけないよ。彼らは違う理屈で生きているのだから」と律也に伝えた真の意味もそこにあるのだろう。

「りっちゃん、怯えちまったか？　まいったな、そんなつもりじゃなかったんだけど」

にわかに緊張した面持ちになる律也を見て、慎司はいいすぎたなというように舌打ちした。

「夜の種族たちの世界って、そんなに怖いところなのか？」

「いや、それほどでもないよ。ただ、無力なものにとっては怖いところだ。夜の種族はなによりも力を重んじるから。相手にいうことをきかせようと思ったら、力でねじふせるしかない。ある意味、わかりやすいんだけどな。ともかくりっちゃんはみんなに好かれる浄化者だし、耀の後ろ盾があるから、心配する必要はないはずだ。もう普通の人間でもないし」

「……でも、俺はまだからだが完全には変化しきれてないって。耀の印はついてるけど、レイにもう少しはっきりしないうちは駄目でしょうっていわれた」

再び夢のなかの綺麗で怖い声が、「まだからだが完全に変化しきってはいない」といっていたことを思い出す。

慎司はおもしろくないことを聞いたように唇をゆがめた。

「ああ……ほかのやつにまだ手を出されるかもしれないってことか？」

「うん、そうみたい」

完全に変化するためには耀の血をもっとからだのなかに入れて、耀と交わる必要がある——説明しなくても事情がわかるらしく、慎司はむっつりしてしまった。

「……そんなことは耀に相談してくれ。俺にはどうしようもない」

完全に不機嫌な様子で、慎司は吐き捨てるようにいう。

耀とのことを相談するのは無神経すぎると自覚しているだけに、律也は黙り込むしかなかった。すると、律也の様子を見て、慎司は気まずそうに頭をかく。

「ごめんな。力になれなくて――いいかたが悪かったな。でも、耀がまだ駄目だっていってるのに、俺がりっちゃんをあっちの世界に連れて行くわけにもしかないし。初めて行くときは特別だからな」

「うん、わかってる。俺こそ、ごめん」

「謝ることないよ。さっきのは撤回する。相談なら、俺にいくらでもしてくれ」

慎司がすぐにいつもの調子で笑顔を見せてくれたので、律也はほっとする。

耀がいたから、求婚者としては受け入れられなかったが、慎司のこういう気さくでやさしいところが、律也は大好きだった。家族として大切な存在だ。

「ただ相談は聞くだけなら聞けるけど、今回の件だけは――りっちゃんはもうヴァンパイアの伴侶になったから、俺にも迂闊《うかつ》に口をだせないんだ。下手をすると、オオカミ族とヴァンパイアの争いごとになるから。やつらは普段は氏族同士で争ってるくせに、他の種族が相手となると一致団結してくるからタチが悪いんだよ。自分たちが夜の種族たちの頂点に立ってると思ってるから」

慎司はうんざりしたような口をきいた。

「ヴァンパイアは七つの氏族に分かれてるんだっけ？」

「そう。やつらが氏族間で争ってるのは、要するにヴァンパイアの氏族のなかで一番になれば、夜の種族たちを統べる王になれるって考えてるからだよ」

律也は浄化者という立場だが、櫂の伴侶になったときからヴァンパイア陣営の一員なのだ。ヴァンパイアとオオカミ族とは仲が悪いから、いくら叔父でも慎司と親しくしすぎると微妙な立場になるらしい。そういえばレイはいつも律也のそばにいるが、慎司がいるときには滅《めっ》多《た》に姿を現さない。律也のことは「律也様」と呼ぶのに、慎司のことは「あのオオカミ男」としか口にしない。違う種族同士というのはとかく難しいものなのだ。

「そうか……俺が慎ちゃんに頼りすぎてると、ヴァンパイアはおもしろくないんだ」

オオカミ族の慎司の群れの長老なら夜の種族に詳しそうだし、世界事情でも聞こうと思っていたのだが、そう単純にことは運ばないらしい。オオカミ族に迷惑がかかるというのなら、相談できるのは自分と同じような立場で中立の人物を探すしかない。となると……。

「あ……そうだ」

すぐに東條忍《しのぶ》の顔が思い浮かんだが、慎司の前ではその名前をだせなかった。オオカミ族にとって、狩人は天敵なのだから。ここでもややこしい。

「ん？　どうした？」

慎司に問われて、律也は「ううん」とかぶりを振る。

夜の種族について知っているものは周りにたくさんいるのに、種族間の仲が複雑なおかげで、相談ひとつするのにも苦労しそうだった。

結局、夢のなかで聞こえた声のことは、慎司にもいいそびれてしまった。

大学は前期の試験日程もほぼ終わって、八月から始まる夏休みを待つだけの状態になっていた。

レポートの提出を終えると、律也は構内の学食をうろうろとさまよった。東條がいるかもしれないと期待していたのだが、姿を見つけることはできなかった。

「おう、花木。久しぶり。おまえ夏休み、バイト決まった？」

同じ授業をとっている顔見知りに声をかけられて、律也は立ち止まる。顔に覚えはあったものの、名前がすぐに浮かんでこなかった。

「いや、全然」

「俺もさぁ、いいのがなくって。いまバイトしてるとこ、フルではシフトに入れないから、せっかく長い休みがあるっていうのに、稼げないんだよなあ」

「俺はバイトしないかもしれない」

「花木は小説の仕事があるもんな。いいなあ」

「いや……全然原稿書けてないし」

笑って答えながら、律也は必死に「誰だっけ……」と記憶をフル回転させて相手の名前を思い出そうとしていた。

一年の頃はホラー小説で学生作家デビューしたこともあって、それなりに誘われて飲み会などにも参加していたが、最近ではすっかりご無沙汰になっている。作家志望の見知らぬ学生に好奇心で声をかけられることはあっても、こんなふうに親しげに話しかけられるのは珍しかった。

律也は決して内向的ではないが、もともと幼い頃から夜の種族の存在を身近に感じていて、普通のひととは感覚が違うと自覚していたし、自分の見えるものを正直に話しても信じてもらえないとわかっていたので、自然とひとと距離を置く癖がついている。外国の血が混じっている端正な容姿の効果も相俟《あいま》って、つねに周囲からは近づきがたいといわれてきた。

女子には王子系の顔のせいでそれなりに人気があったが、容貌に似合わない血みどろのホラー小説を書いていると知られてからは、「あのひと、ちょっと、内面はアレなのかも」と悪い意味でアブナイひと扱いされて遠巻きにされるようになった――ような気がする。

いままでもひとに知られたら困ることが多すぎるせいで、親しい友だちと呼べる存在はいなかった。もちろん誘われれば人並みに飲み会にも遊びにもつきあうが、基本的にどんな場面でもひとりで行動するのが苦ではないし、それで困ったこともなかった。童話作家だった父の性質を受け継いでいて、もともと空想癖があるせいかもしれない。くわえて、なんだかんだいって図太いから平気なのだと自己分析している。

律也はひとつのことしか目に入らない。耀がいてくれればそれだけで満足だし、ほとんど悩むこともなく人間としての時間を止める選択をできた。後悔もないのは、律也にしてみれば幼い頃から耀よりも大切なものなどなかったから。

少々変わっているのかもしれなかったが、父が生きている頃には父が一番の理解者だったし、耀もいたし、耀がいなくなってしまってからは慎司がそばにいてくれた。だから不自由に感じたことはなかったが、いまのように耀も慎司も頼れない状況になると、己の人間関係の乏しさにあらためて愕然《がくぜん》としてしまう。

「じゃあな、花木」

顔はたしかに見たことはあるが、どこの誰だか思い出せない相手が手を振って去っていくのに、同じように手をあげて笑って応《こた》えながら、律也は心のなかでこっそりとためいきをついた。

——俺、ひょっとして孤独？

困ったときに相談できるような相手が自分にはいないのだ。とはいえ、普通の人間に相談できる悩みごとではないし、すでに肉体の時間を止める選択をしてしまった身としては、これから先のことを考えると親しい人間などつくれるはずもない。

律也がなにか相談事をもちかけられるとしたら、やはり同じような立場の東條忍しかいない。ほんの少し前までは普通の人間だったのに、夜の種族の狩人として覚醒した彼以外に適任などあろうはずがなかった。

だったら、さっさと東條のマンションを訪ねればいいのだが、律也はなかなか決心がつかなかった。それというのも以前、東條に話したことが彼のテレパス能力のせいですべて夜の種族たちに筒抜けになるという事態を経験したからだ。以前とは違って、東條も狩人としての結界を張れるようなので、用心してもらえば同じ轍《てつ》は踏まなくてすむかもしれなかったが、東條が素直に自分のいうことを聞いて結界を張ってくれるかどうかが怪しかった。

天使のように綺麗な顔をしているくせに、東條忍ははっきりいって変人だった。話しているうちに妙な方向に論点がずれていくし、向こうが律也を気に入ってくれているのはわかるが、少し苦手なところがあるのは否めない。決して嫌いではないが、自分から関わろうとするにはかなりのエネルギーを要するし、相手のペースに巻き込まれないように踏ん張らなければならない。

大学を出てどうしようかと書店巡りをしながらさんざん悩んで、律也がようやく東條の部屋を訪れる覚悟をしたのは夕方になってからだった。

それというのも街なかを歩いていると、妙な視線を感じることが多かったせいだ。やたらと目を引く綺麗な顔をした男が、物欲しげに律也をじっと見つめている。

おそらく人界に紛れて暮らしている夜の種族たちに違いなかった。いままでは律也にもはっきりと人間とそうでないものの区別がつく。以前にもそういう存在に出くわすことはあったが、その日はやたらと数が多くて不気味に感じるほどだった。

律也はすでに櫂の伴侶として契った身だから襲いかかってくることはないが、物珍しげに視線を這わせられるだけでもやはり落ち着かない。貴種と思われるヴァンパイアたちの姿をあちこちで見かけた。

どうしてこんなに数が多いのか。しかも家の近くでよく見るような、櫂と同族のヴァンパイアではない。おそらく別の氏族の——。

怖くなって、救いを求めるつもりで東條のマンションを訪ねた。事前に連絡をしないのは失礼かとも思ったが、以前に「お気軽にいつでもどうぞ」とメールをもらったこともあったので、その言葉に甘えることにした。

部屋のインターホンを鳴らすと、すぐに「はい」と応答があって東條が出てきた。

「おお……律也くんか。今日は客人が多い日だ」

ドアを開けて律也を見るなり、東條はとぼけた声を上げた。

一八〇センチ近い長身でほっそりとした体躯《たいく》、天使を思わせる中性的な美貌の持ち主であるにもかかわらず、これほど内面と外見が乖離《かいり》している人物も珍しい。東條は己の容姿の美しさなどにまったく頓着《とんちゃく》しない人物だった。

「さあ、入りたまえ。歓迎するよ。今日は外にヴァンパイアどもがウロウロしてるだろう」

どうやら東條も異変に気づいているらしい。やはり訪ねてきて正解だった。

「東條さん、事情を知ってるんですか？　大学からここにくるまでのあいだに、貴種らしいヴァンパイアを何人も……」

律也が勢い込んで訴えると、東條は「うん」と頷いた。

「ここにもひとりいる。舶来《はくらい》ものが」

ちらりと後ろを振り返った東條の視線の先に、ひとりの青年が音もなく姿を現した。

東條の住まいは学生にしては少し広めとはいえ、ごく普通のマンションだ。廊下にまで本や書類が積み上げられていて、お世辞にも綺麗とはいいがたい。

東條の背後に立っているのは、そんな雑多な生活感あふれる室内には似つかわしくない、優雅な佇《たたず》まいの青年だった。二十代半ばといった外見年齢をしている。

ひとめ見ただけではっきりとわかる。ヴァンパイアの貴種だった。しかもかなり上位の階級のものだとそのただならぬオーラが告げている。

少しくせのある金色の髪、青灰色の瞳。育ちのいいお坊ちゃんという風情で、ひどく爽《さわ》やかな笑みを口許に浮かべているのに、どこか酷薄そうに見えるのは、ヴァンパイアの美貌の特徴ともいえた。

視線を向けられただけで、律也の背中にぞくぞくとしたものが走った。

（……の——伴侶か）

心話がいきなり頭のなかに入り込んでくる。ピリリとこめかみが痛んで、律也は顔をしかめた。

（櫂の伴侶か）

以前、かつての始祖に心話で語りかけられたときにはこんな痛みはなかった。わざとやっているのか、あきらかにやりかたが乱暴だった。

律也が思わず東條の影に隠れると、東條が「おやおや」と呟《つぶや》いて背後の男を振り返った。

「アドリアン。律也くんが怯えてしまっているじゃないか。きみは見た目が不気味なんだから、もう少し愛想よく振る舞ってくれなきゃ困る」

美貌が売りのヴァンパイアの貴種に向かって、よくも「見た目が不気味」といえたものだった。だが、アドリアンと呼ばれた青年は気を悪くした様子はなかった。

「そうか。僕は不気味か。これが噂《うわさ》のひとかとついじろじろ見てしまったから、無理もないね。初めまして。律也くんだね」

まるで洋画の吹き替え版を見ているみたいに流暢《りゅうちょう》な日本語だった。滑らかすぎて、不自然ですらある。先ほど頭のなかに入り込んできた鋭い声と印象が違う爽やかな声音に困惑する。

「……花木律也です」

「僕はアドリアン。きみの愛しいひとと同じくヴァンパイアです。どうぞお見知りおきを」

アドリアンはうっすらと微笑む。口許は笑っているが、目が笑っていない。昔から人を獲物のように見るヴァンパイアの遠慮のない視線には慣れているが、純粋な食欲というよりは子どもが物珍しい昆虫を見るときのような好奇心が剝きだしにされている目だった。

子どもは虫の羽を平気でむしる。でも、虫が憎いわけではない。そんな無邪気な残酷さ。

「アドリアン、きみはもう帰るところだっただろう。さっさと行きたまえ。それ以上律也くんに接触してると、どこからともなくドSの美少年が湧《わ》いてでてきて牙をむくぞ」

「ああ、護衛役のレイだね。彼は怖い。では、退散するか」

アドリアンは律也の脇《わき》を通り抜けて、玄関から出ていこうとする。すれ違いざまに律也をちらりと見て、ふっと微笑む。甘い薔薇の香りがふわりと広がった。

くらりとくるような強烈な芳香。相手を惑わすためにわざと目眩《めくら》ましの術でも使っているかのようだった。

事実、いつのまにか律也は近づいた覚えもないのにアドリアンのすぐそばに接近していた。

(素敵だね。とても美味《おい》しそうだ)

頭のなかに直接低い声が響く。律也が焦って飛び退《の》こうとした瞬間、手を摑《つか》まれて引き寄せられた。

アドリアンは優男らしくない力でもって律也の腕をがっちりと拘束し、うやうやしく手の甲にくちづける。

「お目にかかれて光栄でした。とても美しい方。あなたの青い光に、僕の汚れた魂も浄化されそうです」

律也が蒼白《そうはく》になって手を振り払うのと同時に、バサリと翼がはためく音が聞こえた。天井から黒い羽根がひらひらと舞う。

赤い閃光《せんこう》が差した。真紅のオーラとともに空間を割るようにしてレイが現れ、アドリアンと律也のあいだに立ちはだかった。

レイは翼をすぐにはしまわず、戦闘態勢のまま、冷ややかな目をアドリアンに向ける。

「失礼でしょう、アドリアン様。いくら〈ルクスリア〉の長とはいえ――我が氏族の長の伴侶に気軽にふれないでいただきたいものです。あなたの色香は鋭い刃《やいば》と同じなのですから」

「レイ、久し振りだね。相変わらず可愛らしい顔をして物騒なひとだ。僕はなにもしてないよ。律也くんの出す気のパワーにふらふらと引っ張られただけだ。彼は誘い上手だね」

レイの全身から不穏な気配が漂う。

「わたしのいるところで、律也様に対して品のない戯れのお言葉を口にしないでいただきたい。貴方には冗談でも、我らには侮辱です」

「きみを怒らせたくていってるんだよ。かわいらしいひと」

「会うたびに耳が腐りそうなほどおかしな口をきく方だ。では挑発にのって、これ以上喜ばせるのはやめておきましょう」

レイは言葉遊びにうんざりしたように息を吐く。表面上はいつものように冷静な仮面を貼り付けて礼儀正しくしているものの、「八つ裂《ざ》きにしてやろうか、この小僧」とでもいいたげな苛立《いらだ》ちがわずかな瞳の動きから伝わってきた。

アドリアンはレイから滲みでる嫌悪に、うっとりしたように微笑む。その恍惚《こうこつ》とした表情が半端ではなくて、ひとのいやがることが大好きらしいと察せられる。

「では、また近いうちにお会いしましょう。花のように美しいひとたちとの再会が楽しみだ」

アドリアンは芝居がかった捨て台詞《ぜりふ》を残し、今度こそ玄関のドアを開けて出ていってしまった。

ドアが閉まったあと、律也はしばし通り魔でも見たように茫然《ぼうぜん》としてしまった。

「いまのは……」

「我らとは別の氏族の長です。七つの氏族のうちのひとつ、ルクスリア族のアドリアン。相変わらず虫唾《むしず》が走る」

レイはその名前を口にするのもいやそうだった。

「ドSくんはお怒りだな。きみたちがそんなに仲が悪いとは知らなかったよ。塩でも撒《ま》いたほうがいいかい？」

レイに睨みつけられても、東條は応えたふうもなかった。

「しかし、あれだね、ヴァンパイアってのは全員もれなく気障《きざ》な台詞を口にするんだな。僕がきみたちのことを『花のようなかわいこちゃんたち』と呼んだら、どうする？　もし望まれるのなら、僕は鳥肌を立てながらでも努力して口にしてみようかと思うんだが」

いいかげんたまりかねたのか、レイが背中の翼をばさりと大きくはためかせる。舞い散った羽根の一本が、東條の鼻先をナイフのようにかすめた。

「無用だ、狩人——やつと、いったいなにをしてたんだ？　我らとルクスリア族が不仲なのは承知だろうに」

「たぶん期待されるようなことはなにもしてないが」

「ふざけるな。どうしてアドリアンが貴様のところにいるんだ。やつは真夜中でもない限り、人界にはこないはずだぞ。やつの一族の貴種がたくさんうろうろしてるのも理由があるのか」

「さあ？」

東條はとぼけて肩をすくめてみせたあと、律也に視線を移した。

「律也くん、僕になんの用だ？　話があるんじゃないのか」

「そうなんだけど。でも東條さんに話してしまうと、みんなに伝わってしまうから、結界を張ってもらえますか？」

「なるほど、内緒話なんだな」

予想に反して東條は素直に頷くと、律也を「おいでおいで」と部屋のなかに通した。次の瞬間、ぐにゃりと空間がゆがみ、エレベーターで落下していくような浮遊感が襲う。背後で

「おい、狩人」というレイの声が聞こえてきたが、振り返ったときにはもう姿がなかった。

部屋の様子は一見なにも変わらないが、透明なカプセルに入れられているような違和感がある。

「レイも閉めだしたんですか？」

「内緒話だといったじゃないか。大丈夫だ。僕の結界内なら、ボディガードなんて無用だから。それで、話ってなんだい？　心の友よ」

そう呼びかけられて迂闊に頷いていいものか迷ったが、先ほど自分が孤独だと気づいたばかりなので、友と呼んでくれる相手はなるべく大切にするべきだと考えなおす。

律也は散らばっている本を脇にどけてから、床に腰を下ろした。

「話というか、いろいろと教えてほしくて。東條さんは覚醒したときに、夜の種族たちの知識が頭のなかに入ってきたとかいってたでしょう？　俺はそういうのが全然なくて。いままでもよくわからないことが多いんです。だから、情報が欲しい。ヴァンパイアのことも、櫂とレイを通してしかよく知らないんだ。でも、櫂たちとはべつの氏族もいるんでしょう？」

東條は律也と向きあうようにベッドに腰掛けてから、「ふむ」と頷いた。

「国枝櫂がきみに情報を与えないのは、それなりの理由があるんだよ。識るということは、いままで見えなかったものが見えてくるということだからね。たとえばきみの周りを化物がうろうろしていても、それが化物だと知らなければ、怖がることもないだろう？　でも一度そいつが化物だと知ってしまえば、知らなかった頃には戻れない。そこらへんは大丈夫かい？」

律也はわずかに緊張したものの、すぐに頷く。自分は櫂と生きていくと決めたのだから、無知でいるわけにはいかなかった。

「よろしい。では、まずはヴァンパイアの基礎知識から。聞いたことはあるだろうけど、ヴァンパイアは七つの種族に分かれている。国枝櫂の氏族は、〈スペルビア〉と呼ばれる一族だ。ヴァンパイアのなかでもプライドが高くて、保守的で、正統派。形式美を重んじるから、比較的優美な一族だね。先代の長が長いこと君臨していて、白い翼をもっていたことから、もっとも旧《ふる》い血を濃く受け継いでいる一族ともいわれている。国枝櫂の翼もきみのおかげで白くなったから、他の氏族と一線を画しているね。そのせいで七氏族の筆頭といわれている」

自分が基礎的な知識でさえも欠いていたことに、律也は愕然とする。

「一族に名前があるなんてのも聞いてなかったけど」

「ヴァンパイアどもは本来『わが氏族』としかいわないよ。彼らは人間を前にしたときには言葉に縛られるのを嫌うからね。ただ他と区別するときは仕方ないから、ヴァンパイア同士で違う氏族のことを語るときに必要になるだけだ。知らなくてもなんの問題もない」

「そういうものなんですか？」

「七氏族あるってことを知らなければ、ヴァンパイアはみんな同じヴァンパイアだろう。それでほんとはかまわないいんだ。そのぐらいのレベルだ」

いまいちよくわからなかったが、話の先をうながすことにする。

「さっきのアドリアンは、〈ルクスリア〉って一族の長なんですか？　レイがそういってたけど」

「そう。ルクスリアは色好みの一族だ。ヴァンパイアはみんなお盛んなはずだけど、彼らはとくにそっちの方面に優れている。夢魔を配下にしていて、操ることができる」

「夢魔？」

「人間の夜の夢に忍び込んでくる妖かしだよ。インキュバスなんかもその類《たぐい》だな。聞いたことあるだろう？　いかがわしい夢を見させて、精気を吸い取るといううけしからん輩《やから》だ」

夢のなかに忍び込んでくる――という話に、律也はぴくりと反応した。

最近、夢のなかで聞こえてくる声を思い出したからだ。「おいでおいで」と呼ぶ魅惑的な声。あれはひょっとして……？

「ほかには〈インウィディア〉という、女性ヴァンパイアの氏族とかもいる。人界に深く関わらない氏族もいるし……まあ、そこらへんは深く知る必要はない。話だけしても、頭が混乱するだけだから。七つの氏族の特色はあとでレポートにでもまとめてあげよう」

「人界に深く関わらないって……そういう氏族はどうしてるんですか。血や気を人間からもらう必要があるでしょう？」

「ヴァンパイアは種族としては斜陽だ。人界と関わらない一族の貴種はすでに伴侶としてのパートナーをもっているから、とりあえず気の供給源は確保してる。ただ、積極的に人界に自分たちの血脈をつなごうとはしない。たまに契約なしで人間を攫ってきてるようだがね。そのせいで新しい貴種が生まれないが、残っている連中も滅多に死ぬことはない。没落した貴族が、その長すぎる寿命のおかげで延々と没落しつづけてるさまを想像してみるといい」

わかりやすい例えのようでいて、実際に想像してみると、律也は首をひねってしまう。レイも以前、貴種はそう簡単に生まれないといっていたが……。

「櫂たちも……？」

「国枝櫂の氏族と、さっきのアドリアンの氏族はまだ活発なほうだ。人界に契約者が多くいれば、ヴァンパイアの血をもらった人間たちの血脈のうちにやがて貴種として覚醒する人間が生まれる。だが、そうやって代々受け継がれていく血のなかで目覚める人間を待つだけで、繁殖方法として効率が悪いことには変わりがない。ヴァンパイアはオオカミ族のように単純に人間と交わって増えるものではないからね」

「活発っていうと、櫂の氏族はまだ貴種がたくさんいるんですか？」

「前の始祖が圧倒的に強かったからな。人界に星の数ほどの契約者がいて、自分の血を与えてたから、それこそ貴種の芽となる種はたくさん蒔《ま》いてる。彼にならら血を吸われてもいいって人間が大勢いたということだな。貴種の数が増えれば、七氏族のなかでの勢力争いでは優位になる。国枝櫂とアドリアンの氏族が強いのは、要するにこのふたつの氏族の連中は人間を誘惑する力に飛び抜けて長《た》けているということだよ」

　誘惑——と聞いて、なぜか櫂が見知らぬ誰かを抱きしめている構図が頭に浮かんできた。せっかく伴侶になったのに、一ヶ月に数えるほどしか会えない状態が続いているから、無意識のうちにもやもやとしたものを抱えていたのかもしれない。

「櫂も？」

「そりゃあ誘惑するのは大得意だろう。国枝櫂の鼻につくほどの美男ぶりが役に立つ機会なんて、それぐらいしかないじゃないか。ヴァンパイア同士で闘うときには、牙を剝きだしにして『うおお』とか叫んで嚙《か》みついて血みどろになればいいんだから、あの美貌は無駄なだけだ。はっきりいって必要なのは、牙と爪だけ。そこだけが発達して異形になってもおかしくないのに、やつらはなぜバランスのとれた美形なのか？　人間を搾取するために決まっている」

　東條に口にかかってしまうと、ヴァンパイアの自慢の美貌もかたなしだった。人間を誘惑するために優れた外見をしているというのはそのとおりだが、彼らにとって美しさは力の象徴でもある。東條自身、強い力をもつ狩人だからこそ、性格とはかけ離れた天使と見紛う外見をしているのがいい証拠ではないか。

　櫂が人間を誘惑しまくっていると決めつけられて、律也は愉快ではない。

「櫂はそれほど誘惑なんてしてないと思いますけど。みんながみんな乱れてるわけじゃない」

「律也くん。きみの気持ちはわかるけど、ヴァンパイアの伴侶はそれではつとまらんだろう。ましてや長なら、氏族の血をつなぐために次代の貴種が生まれる土台をつくるのに励むのはあたりまえなんだから。契約者の気をもらい、血を飲み、代わりに自分の血を飲ませることで、ヴァンパイアは人間のなかに血脈を残すんだ」

「契約者はたくさんいても、必ず寝てるわけじゃないっていってた。そういうことをするのは、俺だけでいいって。櫂は『約束する』っていったんです。俺に嘘はつかない」

律也がきっぱりといいきると、東條はしばし無言になったあと、瞬きをくりかえした。

「――それをほんとに信じてるのかい？」

揶揄するように笑われたらすぐさま毒づくこともできたのに、天然記念物を見るような物珍しげな、もしくは憐《あわ》れみをかけるような目を向けられて、律也は弱気になった。

「だって、櫂は俺と約束……」

「きみはとてもピュアなひとだ。さすが僕の心の友だ。傷つかないでほしいんだが、国枝櫂が好色なわけじゃないんだ。ヴァンパイアが好色なんだ。よって、ヴァンパイアの国枝櫂は好色だという方程式が成り立つ。わかるかい？」

馬鹿な子を諭すような口をきかれて、律也はいいかげん腹がたった。

「わからない。とにかく櫂は違うんです。東條さんが考えてるようなことはしてない。子どもの頃だって、『大人になって覚えてたら迎えにくる』って約束をするときにも、きちんと自分の血を使って正式に契約してくれた。だから俺には絶対に嘘をつかない。たしかに前はたくさんそういう相手がいたのかもしれないけど、いまは違う。性的な関係を結ばなくても、契約者に血を与えていれば、次代の貴種の種を蒔いていることになるんだから」

「それはまあそうなんだが。でもヴァンパイアは基本的に性的な生きものなんだよ。欲望が主食だ。氏族のトップになるほどの強いヴァンパイアが、きみひとりで満足するとも思えないんだが」

「なんで東條さんにそんなことがわかるんですか」

「だって、きみはまだヴァンパイアの匂いが完全には沁みついてない。それほど血ももらってないし、まぐわってもいないだろう。人妻の色気がまだ感じられないというか、固い蕾《つぼみ》の青臭さが残っているというか。きみをそれほど抱いてないってことは、他に発散する先があるってことじゃないか」

東條にデリカシーがないことは百も承知だったが、さすがに頭にきて、律也はそばにあった本を投げつけるためにつかんだ。途端に東條が「暴力反対」と怯えたようにのけぞったので、ぐっと唇をかみしめてこらえる。

(……きみを壊したくはないから。俺が本気できみを欲しがったら、いまはまだきみのからだが耐えられない)

櫂が先日いっていたことが気になる。あのときはパートナーとして櫂を満足させていないようで不安になっただけだったが、会える回数が少ないだけに、東條の指摘は追い打ちをかけた。もしかしたら、櫂にはほかに複数の相手がいるのかもしれない。ヴァンパイアの性としてはそちらのほうが自然だというのもわかる。

「もしも、です。もしやむをえず、俺以外にもそういうことをしてるんだったら、櫂はちゃんとほんとのことをいうはずだ。俺だって……それがヴァンパイアの性でどうしようもないとか、長の役目だっていうなら、我慢する。それで櫂が楽になるなら」

嘘だ。櫂が自分以外の誰かを抱くなんてとうてい無理だと思ったからこそ、以前「律を抱けるなら、ほかには手を出さない。約束する」という言葉を聞いたときに安堵《あんど》したのだ。

「でも、たとえそんなことがあっても、櫂は仕方ないからそうしてるだけで、櫂のほんとの気持ちは俺と『約束する』っていってくれたとおりのはずだから。俺はそう信じてる」

現実問題として、櫂に「律以外にも関係を結んでいる」と告白されたら、いまのように力強くいいきれる自信はなかった。でも櫂の気持ちを疑いたくないのもほんとうだ。

表面上はあくまで気丈に振る舞う律也を見て、東條は唸《うな》った。

「きみは頑固というか、一途だなあ。これは国枝櫂もたまらないだろうね。種族としての特性も無視して、きみひとりに貞節の誓いを立てる変わり者のヴァンパイアになったとしても、おかしくないかもしれない。律也くんのためにもそういうことにしておこう」

勝手に結論付けて、東條は「うんうん」と無責任に頷いた。

「ヴァンパイアが色好みといっても、個体差があるのは事実なんだよ。さっきもいったように、氏族によっても違うしね。アドリアンの氏族はそういった技に長けているといっただろう？　アレは見かけだけは品のいい美青年で、律也くんと張り合うほどの王子様タイプに見えるだろうが、実際は油断ならない坊ちゃんだ。『爽やかな腹黒美青年』と僕は心の日記の中で呼んでる」

　レイのことを「ドSの美少年」といったり、ひとに失礼な呼び名をつけるのはやめたほうがいいと思うのだが、東條のアドリアンに対する評価を聞いて、律也は少し胸のつかえがおりた。

「さっきレイも聞いてたけど、その爽やかな腹黒美青年と、東條さんはなにをしてたんです？　答えられない理由があるんですか？」

「いいや。仲介人を頼まれてた。夜の種族たちの世界で、ヴァンパイアたちの小競り合いが最近続いていてね。律也くんも知ってるだろう？　たぶんそれできみはまだあちら側の世界に行けないはずだから」

「知ってます。詳しいことまでは聞いてないけど。なんで東條さんが仲介を頼まれるんですか」

「狩人は調整役だから。そして、僕は先日狩りをしたばかりで、空腹ではないから。狩人は夜の種族を狩るんで、あっちでは結構畏れられていて、特異な存在というか、要するに好かれてるキャラクターではないんだ。残念ながら。オオカミ族なんかにはゴキブリのように嫌われてるし。僕は個人的にはケモミミはかなりかわいいと思うんだがね。まあ、それはともかく、一度狩りをすれば、しばらく誰も狩る気にはならないし、基本的に中立の立場なので、仲裁などの役目も担うんだ。わかりやすくいうと、人界でいうところの裁判官みたいな――狩りという即時決行の私刑の権利ももつ存在といえばいいのか。僕も弓矢片手にフラフラしてるだけの自由人ではないのだよ」

東條が裁判官というのは甚《はなは》だ不似合いだったが、以前オオカミの群れを狩っているときは別人のように威厳に満ちていたので、あのときの様子だけ考えればなるほどと思う。

「小競り合いをしてるのは、櫂の氏族とアドリアンの氏族なんだ。それで互いに休戦協定を結びたいって話が出ている。その立会人に空腹ではない狩人が呼ばれる。僕もそのひとりだ」

「ヴァンパイアの立会人？　だったら、空腹でも満腹でも関係ないんでしょう？　狩人はヴァンパイアとは敵対しないって聞いたけど」

「基本的にはそうだけど。でもやつらを力で抑えられるのは狩人しかいない。牙を剝きだしにして争っているうちはいいが、ヴァンパイアは霊的存在でもあるから、肉体的な戦闘でカタがつかないと、己の霊的エネルギーを放出して闘いはじめるだろう。ああなったら、ほかの種族の手には負えないし、エネルギーのぶつかりあいは下手をすると空間を歪《ゆが》めて、危険なんだ。狩人は、調整する必要があるときはヴァンパイアも粛清する。だからいくら『敵対しない』とはいっても、ヴァンパイアも獣ほどじゃないが心の底では狩人には警戒心をもってる」

耀と先代の始祖が戦ったときも、途中から赤い光のエネルギーのぶつかりあいになっていたことを思い出す。

「満腹だと、東條さんはなんの力もないんですか？」

「いいや。ただ面倒くさくなるから、腰が重くなるのは事実だ。興味がないときはしんどい。ヴァンパイアのどの氏族が優勢になろうと、傍《はた》から見ればみんな同じくヴァンパイアなんだからかまわないしね」

狩人が気まぐれなのは知っているが、「面倒くさい」では裁判官の役目はつとまらないだろう、と律也は内心あきれる。

「アドリアンの氏族が街なかにうろうろしてるのは、どうしてなんですか？　俺、東條さんのところにくるまでに、貴種のヴァンパイアが人間に紛れてるのをいつもより多く見たんだけど。理由知ってます？」

先ほどレイがたずねたときにはとぼけていたから答えてくれないかと思ったが、東條はあっさりと肩をすくめた。

「契約者を探してるんだよ。ヴァンパイアは世界中にいるが、氏族ごとに縄張りが決まっているわけじゃない。とりあえず棲《す》み分けてるが、どこに出没しようがおかしくないんだ。アドリアンは櫂が〈浄化者〉の伴侶を得たと聞いて、自分も欲しくなったんだろう。で、あちこちを探索してるらしい。〈浄化者〉なんてそう簡単に見つかるわけがないんだがね」

自分のことをいわれているのに、いまいちぴんとこなかった。そもそも律也自身にも、〈浄化者〉という存在はよくわからないのだ。

「……〈浄化者〉って、なんなんですか。気の力が強いっていうのはわかるけど」

「さあ、僕にも謎《なぞ》だね。狩人がなんで同じ夜の種族を狩る能力があるのかわからないと同じように。僕も律也くんと同じように自分の存在には疑問をもってるよ。闘争心も向上心も支配欲もないのに、狩人は能力だけは強い。なぜか？　構造上、必要だから組み込まれてるんだろう。そこになんらかの上位の存在の意図を感じなくもない」

さすがに人間だった頃からオカルトマニアなだけあって、ぶつぶつと自問自答しながら考察する東條の顔つきは楽しそうだ。いまや東條自身がオカルトそのものなのだが。

「東條さん、アドリアンがここにきていた理由、べつに秘密じゃないなら、どうしてさっきレイの質問に答えてあげなかったんです？　結界を張って閉めだしてしまったし、きっと心配してる」

「そんなの理由は簡単だろう。僕はドMじゃないからだ」

わけのわからない返答に、律也はたずねたことを後悔しながら「はあ」と頷く。

「あのドSくんはひとにものをたずねるっていうのに、いつも僕を威嚇して責め立ててるじゃないか。『やい、狩人』といいながらいまにも嚙みついてきそうで怖い。もっと友好的にかわいらしく教えてくださいっていえば、僕だって親切に教えるのにやぶさかではないのだが。ドSくんにはきっと友だちがいないに違いない」

櫂と契る前に、東條が律也に求婚した経緯があるから、主思いのレイが神経質になる気持ちもわかる。

レイはすでに櫂の次に律也にとっては身近なヴァンパイアだし、一方の東條は夜の種族たちのことを相談できる唯一の存在だ。時折好き勝手なことばかりいわれて辟易《へきえき》しても、狩人として覚醒したあとも飄々《ひょうひょう》としていて人間だった頃と変わらない様子を見せる東條にはかなり救われている。人間としての時間を失った律也にしてみれば、共感できる大切な存在であることは間違いない。

「レイはたしかにヴァンパイアらしいヴァンパイアで理解しにくいけど、俺は好きです。だから、東條さんにも理解してほしいな。顔を合わせるたびにふたりがいいあうのを見るのはいやですよ」

「なんだ？　律也くんは僕とドSくんの三人でピクニックでも行きたいのか？」

「そうはいってないですけど」

三人で仲良く出かけるところなど想像するだけで頭痛がしてきそうだったが、できるだけ仲良くしてほしいのだ。

将来の寿命を考えれば、人界で親しい人間関係がつくれなくても仕方がない。律也はこれから長い時間を櫂とともに生きるのだから。

東條やレイは大切な存在だった。東條がいてくれなかったら、自分だけが夜の種族たちと生きるのに不安を覚えていただろうし、櫂以外に初めて親しくなったといってもいいレイがもしもいやなやつだったら、ヴァンパイアそのものに拒否反応を示していただろう。ふたりが律也にとって好ましい存在だから、変化した状況に耐えられているのかもしれないのだ。

「律也くんがそれほどまでいうなら、ドSくんのいいところを見つめ直すように努力しよう」

尊大に頷く東條を見て、律也は「お願いします」と笑った。

「東條さんが立会人をするっていう休戦協定って、いつなんです?」

「アドリアンのほうから声をかければ、国枝櫂はことわらないだろう。落ち着いた情勢にして、きみを向こう側の世界に連れていきたいだろうから」

律也は最近夢のなかで呼びかけてくるあやしい声の件を東條に告げるべきか迷った。

アドリアンが夢魔を配下にしているのなら、あの声の主はアドリアンの氏族の者なのかもしれない。律也になんらかの危害を与えようとしているのか。

だが、その疑惑を休戦協定とやらが結ばれる前に公にしてしまっては、双方はまた争うのではないか? それは得策ではないような気がする。

休戦協定が結ばれれば、ちょっかいをかけてくる輩も引っ込むだろう。夜の種族たちの世界に行ける機会がまた遠のいてしまうのは切ない。

レイが警護役でついていてくれる限りは、あやしいものたちも手出しできないだろう。

――と、そこまで考えて、律也はふと疑問に思った。

いままで何度か呼ぶ声がしたとき、いつも律也を守っているはずのレイはなにも気づかなかったのだろうか。先ほどアドリアンが律也の手の甲にキスしたときには、どこからともなく現れたのに？

夢のなかに入り込まれているのなら、レイにも防ぎようがないのか。

「……東條さん。もしもなんですけど、夢魔とか、さっきのアドリアンの配下のものたちが俺に危害を加えるために近づこうとしたら、レイの目を欺くことはできますか？　奴らはそんなに優れてる？」

「ドSくんはかわいい顔をしてるが、仕える者としてはかなり上位のヴァンパイアだ。一応礼儀はつくすが、さっきのアドリアンへの態度を見てもわかるように、相手が他の氏族のトップでもきみを傷つけられそうになったら引くことはないだろう。張り合えるだけの力はあるよ。だからこそ国枝櫂はきみの護衛役として彼を選んだんだろうし。適《かな》わない相手がいるとしたら、同じ氏族の上位の者だけだな」

櫂が全面的にレイを信頼しているのは知っている。たいていのヴァンパイアには負けないともいっていた。かつての始祖にはたしかにダメージを与えられていたけれども……。

「どうしたんだい？　アドリアンがきみになにかしたのか」

「……いいえ。小競り合いをしてると聞いたから、もしかしたら俺も狙われるんじゃないかって考えただけです」

「だとしても、きみの家にいる限りは安全だろう。あそこはきみが咲かせた薔薇に守られているから、きみの領域だ。叔父の慎司さんていうオオカミ男もいるし、ドSくんも目を光らせてるだろ？　初めての家には招かれない限りヴァンパイアは入ってこられない。夢魔は夢から忍びこむが、ヴァンパイアの配下なら気配が乱れるから、ドSくんが気づく」

「そうです……よね」

律也は眉間《みけん》に皺を寄せる。

東條のいうとおり、櫂が氏族のトップとなったいま、律也の家はどこよりも安全なはずだった。だとすると、よけいに疑惑が深まる。

以前は見知らぬヴァンパイアが窓の外から物欲しげに律也を見ていることがあったが、櫂の正式な伴侶になってからは見かけなくなった。櫂には誰も敵わないからだ。

そういう状況で、なおかつ「おいでおいで」とあやしげな声をかけてくるのは、かなり能力が強い相手だということを示唆《しさ》していないだろうか。

でも、他の氏族のヴァンパイアが律也に近づいてきたら、レイが察知しないはずがない。レイにも気配が感じられない、櫂よりも上位の存在？　それはいったいなに――？

夜はいつも窓の鍵《かぎ》をあけて眠っていた。

無用心といってしまえばそれまでだが、もし泥棒が入ったとしても、レイと慎司がなんとかしてくれるという安心感があったのだが、これからは気をつけなくてはならないのかもしれない。

東條の話を聞いてから、律也はさすがに用心するようになっていた。しかし、あの日以来、「おいで」と呼ぶ声はぴたりとやんでしまった。ひょっとしたらアドリアンに会ったせいかと考えると不気味だった。

あの日から数日後、東條のいうとおりに夜の種族たちの世界で櫂の氏族とアドリアンの氏族に休戦協定が結ばれることになったとレイから伝えられた。

当然ながら櫂は忙しくなって、人界でゆっくりと過ごす時間はないようだった。しかし、合間を縫って顔だけは見にきて、「律を向こう側に連れていけることになった」と伝えてくれた。

櫂は東條が教えてくれたような、氏族同士の小競り合いがあった——などという事情はいっさい律也に教えようとしなかった。よけいなことを考えさせないようにしているのはわかるが、少しばかり不服だった。

燿がなにも説明してくれないので、律也も東條から事情を聞いているとはいえず、あやしい声の件もいいそびれてしまった。あの日以来聞こえないのだから、自分の懐にしまったほうがよいのかもしれないと思いはじめていたせいもある。

そして、いよいよ明日は燿が夜の種族たちの世界へと連れていってくれる日――。

その夜、いったんベッドに入ったものの、律也は寝つけずに起き上がった。部屋の灯《あか》りを付けて、机のパソコンに向かう。

恥ずかしい話だが、遠足を前にした子どものように興奮して眠れそうもないのだ。出発は明日の夜なのだから、まだ時間がある。少しからだを休めなければならないのに、目は冴《さ》えてくるばかりだった。原稿の続きでも書こうかと液晶画面を眺めていたとき――。

(くすくす……)

どこからともなく笑う声が聞こえてきて、律也はキーボードを打つ手を止める。

声は窓から聞こえてきた。律也が振り返ると、窓の外にひとりの少年が立っていた。二階の窓にふわふわと浮いてはりついていることから人間ではない。

少女かと見紛うほどにやさしげで綺麗な顔が微笑んでいる。肩まで届くゆるやかなウェーブのかかった長い髪をしているせいで、より女性的に見えた。ヴァンパイアというよりは妖精みたいだ。だが、繊細でありながらもどこか体温を感じさせない不思議な美貌は、彼がヴァンパイアであることを示していた。貴種の証である黒い翼がその背には生えていたし、なによりも面立ちがどことなく櫂やレイと共通するものがある。

「誰？」

気配から櫂と同じ氏族だとすぐにわかったが、微妙な時期だけに警戒しながら問いかけた。

ヴァンパイアの少年は律也と目が合うと、深々と頭を下げた。

（フランと申します。ご安心ください。僕は櫂様に仕えているものです）

心話で話しかけてくる。小川のせせらぎのように心地よく頭のなかに響く声だった。

「きみは言葉が……？」

フランは少し困った顔をしてから、コツンコツンと窓を叩く。「開けてくれ」ということらしい。

（話せますが、ここで大声をだすわけにもいかないので）

櫂と同族なのはわかる。だが、いくら配下の者だといわれても、櫂やレイに引き合わされてもいないヴァンパイアを信用してもいいのか。

律也はごくりと唾を呑《の》み込んでから、あたりをきょろきょろと見回す。不審者が近づこうものなら、いつもはすぐにレイが現れるはずなのに、その夜に限っては影もかたちも見えなかった。

察したのか、フランが請うような目をする。

(護衛役のレイなら、僕には気づいていません。そのことでお話があって、今夜お訪ねしたのです)

表情を硬くする律也を見て、フランはゆっくりとかぶりを振る。

(僕を怪しむ必要はありません。櫂様から秘密の命を受けて動いているものです。櫂様が目眩ましの術をかけてくださっているので、レイは僕には気づかないのです)

「なんでそんなことをするんだ。レイの目を欺く必要がどこにある?」

(——裏切りを暴くために)

思いもかけない言葉に、律也は一瞬頭のなかが真っ白になった。

「裏切りって……誰が?」

(それを詳しくご説明したいのです。まだ調べている段階なので、確実なことはいえないのですが)

すっかり気が動転して、律也はフランを部屋に入れるために窓に手をかけた。

もしフランが嘘をついていたら? 自分に危害を加えようとしているのだとしたら?

その可能性も充分に考えたが、今夜は慎司も家にいる。律也が叫べば、すぐに助けにきてくれるはずだった。

律也はゆっくりと窓を開けた。フランはいきなり襲いかかってくるということもなく、優雅な動きで部屋に入ってくると、翼をたたみ、深く頭をたれた。

「——ありがとうございます。言語能力にはあまり自信がないのです。僕はちゃんと話せていますか」

実際に、その口から洩れる声も涼やかな響きをもっていた。不安げなことをいっているが、きちんと流暢に言葉をあやつっている。

「大丈夫だよ。とても綺麗に話してる」

普段は心話ばかりを使っているヴァンパイアなのだろうか。人界に馴染《なじ》んでいるヴァンパイアは、どんな国の言葉でもしばらく聞いているうちに話せる特別な能力が備わっているらしい。反対に、心話ばかりで過ごしていると、言葉が不得手になるようだ。

「いきなり律也様の部屋をお訪ねするのは失礼だと思ったのですが、明日には向こう側の世界に渡ってこられると聞きましたので。誰にも気取られずにお話をするのなら今夜しかないと思ったのです」

「裏切りって、どういうことなんだ？」

フランは悩ましげな顔をした。

「その前にひとつ、律也様にお聞きしたいことがあります。最近、妙な声を聞いたことはございませんか。たとえば、眠っているときに誰かに誘い込まれるような……」

どうして知っているのか。律也は再び緊張せざるをえなかった。

「なんでそんなことをいうんだ？　どういう意味がある？」

「実は、律也様の家の周辺で空気が乱れていることが何度かございました。ですが、レイからはなんの報告もないのです。それが不自然なので、僕がひそかに調査しているのです。おそらく夢魔の類が入り込んで、律也様を惑わそうとしたのではないかと」

やはり夢魔の仕業だったのか。空気が乱れていたと聞かされて、自分の勘違いではなかったと確信した。

「……そういうことがあったといったら？　どういうことになるんだ？」

「護衛役が気づかないのはおかしいのです。僕がいまこうして櫂様のかけてくださった目眩ましの術でレイをごまかしているのと同じように、よほど強い能力のものなのか、もしくはレイが気づいていてもなにもしない可能性があります。律也様に危害をなすものを手引きしているのではないのかと」

裏切り――というのがレイを指しているのだと聞いて、律也は拍子抜けした。即座に首を振る。ありえないことだからだ。

「それは絶対にない。櫂がレイを疑えといったのか？　櫂がそんなことをいうわけがない」

正直なところ、律也は櫂とレイの主従関係の実態をよくは知らない。レイが櫂を「わが主」と呼んで、ある意味心酔しているのはわかるが、櫂の口からレイに対する個人的な評価や関わりは聞いたことがなかった。だが、櫂はレイに律也の警護を任している。ほかの配下は滅多に近づけず、レイだけに許している。それはある意味、絶対的な信頼を意味していた。

「もちろんです。耀様はレイを疑っていません。よからぬ動きがあるのではないかと警戒しているだけです。夜の種族の世界でも、他の氏族と諍《いさか》いが続いておりまして。レイの目をも欺くものが関わっている可能性もあります。敵を欺くにはまず味方からと申します。ですから、耀様は僕に秘密裏にさぐらせているのです」

レイひとりを疑っているわけではないと知って、安堵する。あのあやしげな声は、耀たちと敵対する氏族の仕業ではないかと律也は思うが、どうしてレイが気づかないのかという疑問が残るのも事実だった。

「耀様はレイのことを信頼しております。だから、もしも裏切りがあったと考えると、僕の心も痛みます。まさかレイがとは思いますが……残念ながら、律也様が妙な声を聞いているとうかがって、疑念が深まる結果となってしまいました」

「なんで？　レイが気づかないような術をかけているのかもしれないだろう？　能力が高い相手なら」

「レイの血は濃い。律也様にはまだおわかりにならないかもしれませんが、ヴァンパイアの能力はその血で決まってしまいます。レイは始祖候補にはなれませんが、仕える者としては最も優れた血をもつ高位のヴァンパイアなのです。レイを欺いたり、制御できるのは長クラスのヴァンパイアだけです」

東條も同じようなことをいっていたが、レイはそんなに強くて地位のあるヴァンパイアなのかとあらためて驚いた。戦闘能力はすごいが、淡々としながらも律也に対しては意外に世話焼きだし、真面目《まじめ》な顔をしてからかうようなとぼけたところもある。プライドが高いのは、東條に対する態度からいやというほど知っているけれども。

「でも、きみがこうして櫂の術でレイに気づかれずに俺と話しているように、長クラスなら可能なんだろ？　だったら、ルクスリア族のアドリアンという長だって……」

「アドリアン様をご存じなのですか。たしかに能力の強さではそうかもしれませんが……べつの氏族なら、気配に気づかないわけがありません。それこそ血が違いますので、いくら術をかけられても匂いでわかります。下位のヴァンパイアならともかく、レイがそんな間抜けとは思えません」

ヴァンパイアの能力のことはよくわからないので、そう説明されてしまうと、律也としてはどう反論していいのかわからなかった。

「僕もつらいのです。レイは旧い友人なので……正直なところ、律也様があやしげな声に悩まされていたと櫂様にご報告するのはためらわれます。櫂様はきっとレイの申し開きは許さずに警護役の任をといて、即座に彼を拘束するでしょう」

拘束、という言葉に反応して、律也はあわてて首を振った。

「なんで？　そんなの駄目だ。事情を聞かないなんて、櫂はそんなことしないし、俺がさせない」

フランは哀《かな》しそうに目を伏せた。

「少しでも疑いがあれば、能力が強いものほど危険だと判断されます。いくら櫂様がレイを個人的に大切な部下だと思っていても、夢魔が入り込んだ可能性があるのに見過ごしたと知られれば、理由の如何《いかん》を問わずに失脚は免れないでしょう。律也様が頼んだとしてもです。情けをかけるような判断をしては、櫂様が長としての能力を疑われます。人界とはいささか感覚が違うのです。上位の者には絶対服従。裏切ったと疑われるだけでも充分罪なのです」

そんな大事になるとは知らなかった。いままで周囲に心配をかけるかもしれないと考えてあやしげな声の件は黙っていたが、ある意味正解だったわけだ。侵入を見過ごしたとレイの過失にされて、警護役の任もとかれてしまうなんて。

「そんな……俺はいやだ。だいたいレイが関わっているとは思えない。なにかの見過ごしがあったとしても、俺は無事なんだし、関係ないじゃないか」

必死にいいつのる律也に、フランはいささか意外そうに目を瞠《みは》った。

「レイを庇《かば》ってくださるのですか」

「あたりまえだ。櫂がレイを信頼してるから、俺の警護につけてくれたんだし……櫂が信じてるなら、俺も信じる。まだ知りあってからそんなに長くないけど、レイは俺を一生懸命守ってくれているし、とてもよくしてくれてる。まだ友だちって雰囲気ではないけれど……感謝してるんだ」

フランはしばらく何事か思案するような顔つきを見せてから、「噂通り、なんておやさしい律也様」と呟いた。

「――では、このことはご内密に。あやしい声を聞いたと、しばらく誰にもお話にならないことです。僕も律也様から聞いたと櫂様には報告しません。今夜は律也様が眠っていて、お会いできなかったことにしましょう。でも、しばらく様子は探らせていただきます。僕も友人を疑いたくはない。ただの見過ごしならよいのですが、心配です」

フランの口調の重々しさが妙に引っかかった。

「なにを心配するっていうんだ。まさかレイがほんとに裏切って手引きをしてるとでも？きみも友人だったら、わかるはずじゃないか。レイはそんなやつじゃない」

強い口調で反論してから、フランの不思議そうな眼差《まなざ》しに、律也は口をつぐんだ。フランの目は「あなたはなにを知っているのか」といいたげだった。

たしかにそのとおりだった。知りあってから数ヶ月しか経《た》っていない。警護役としての顔以外に、レイのなにを知っている？

ひどく心もとなくなった。東條から櫂の件で「ほんとにそれを信じているのかい」とたずねられたときと同じく、律也は憤ると同時に途方にくれた。

夜の種族のことは、人間の感覚では理解できないのかもしれない。自分の物差しで解釈しようとしても、なにが正解なのか予測もできない。

「レイはヴァンパイアらしいヴァンパイアです。とても強く、誇り高く好戦的で、己の美学に忠実です。我らは我らなりの情もありますが、それよりも絶対的な力に惹かれます。もしレイが氏族への忠誠よりも興味のある対象を見つけたのなら、そちらに流れるでしょう。その結果として裏切るのなら、ありえることです」

「……きみはまるで最初からレイを疑っているように見える」

律也の指摘に、フランは動じた様子を見せなかった。

「正直なところ、疑っています。だからこそ、櫂様に知られてしまう前に、もし間違いを犯しているのなら、僕から説得したいのです。ほかに知られたら、ただちに拘束ですから。表沙汰《ざた》にならないうちに前と同じようなことはするな、と思いとどまらせたい」

「前――？」

「主人を選ぶ権利は誰にでもありますが……レイは櫂様に仕える前は、かつての始祖に属する一派でした。もちろん主を変えるのは自由なのです。自分が『このひとだ』と感じた人物についていくのがあたりまえですから。『血が呼ぶ』ともいいます。ですが、レイは前の始祖に何百年も仕えていたのです。レイのような強力な、古参組が櫂様についたことで、流れが一気に変わりました。ですから、前の始祖に忠実だった者からは、レイは『裏切り者』と呼ばれています」

初耳だった。櫂は数年前に覚醒したばかりだから、レイがそれまで別の誰かに仕えていてもおかしくないが、かつての始祖だったとは聞いてなかった。

「ほんとなのか？　俺は聞いたことないけど……」

「ええ。秘密でもなんでもありませんから。わざわざ話さないだけで、隠してるつもりもないと思いますよ。翟様もその事情はよくご存じです。律也様と伴侶となる契約の儀式の前に、始祖が翟様と闘われましたよね？　その前にレイは負傷しているはず。あれは始祖の能力が圧倒的だというのもありますが、一方的にやられてしまったのはレイが油断していたからです。なにせ、かつての主ですから」

律也を守るために、レイは始祖に腹を切り裂かれた。「油断した」とたしかにレイはいっていたような気もするが、あれはそういう意味だったのか？

レイが始祖に仕えていたという事実は衝撃で、律也は一瞬動揺を隠せなかった。涼やかなフランの声が響く。

「僕から聞いたということは伏せて、レイにたずねてみてください。どうしてかつての始祖のカイン様を裏切ったのか、と——」

Ⅱ　薔薇の都と語り部の石

ヴァンパイアは七つの氏族に分かれている。

天から堕《お》ちたとき、神に逆らった首謀者は七人いた。それに追従する者も次々と地に堕ちてきた。始祖となったのは首謀者の七人、それぞれの始祖に十二人が従った。あとから七人が降りてきて、七つの氏族にもうひとりずつ加わった。だが、ひとりは裏切って天界に帰ってしまった。残ったのは、九十七人の天界の血をもつものたち。

地上のヴァンパイアは、すべてこの九十七人からはじまった。

彼らのもつ生命エネルギーは時空をゆがめ、ひとの住む人界とはべつの世界を出現させた。

そのときの「ゆがみ」が地上のありとあらゆるものに影響を与え、新たな存在を生みだした。獣とひとの合わさった獣人たちをはじめ、自然界をかたちなき魂として彷徨《さまよ》っていたものに肉の器が与えられ、美しいゆがみをもつものたちが多く生まれた。

地上で彼らは飢えた。やがてひとの血肉や精神がもつ未知数のエネルギーを糧とすることを覚えた。

美しき異形である彼らは、夜を支配した。ひとを惑わし、ひとを食らうには暗闇のほうが都合のよかったせいもあるが、なによりも夜の静寂《せいじゃく》に満ちた空気が彼らの性質にあっていた。夜はその闇色ですべてを覆いかくす。同時に、すべてを暴き立てる。昼間は人々が隠しているもの――その本心、その欲求。無意識の泉の底から湧きだしてくるエネルギー。夜の歓《よろこ》びのなかからひとが生まれるように、夜の種族たちはそれらの精神的エネルギーによって存在を保つ。

ヴァンパイアは貴種の歴史からいって、夜の種族たちの中心的な種族といえる。美しく刺《とげ》のある薔薇は古来より霊性の強い花とされ、一般的に吸血鬼伝説では、薔薇は悪《あ》しきものを退ける力をもつといわれ、花弁にふれると酸のように皮膚を焼く。だが、夜の種族であるヴァンパイアの貴種は薔薇を好む。逆説的に考えれば、それほどパワーあふれる花なのだから、栄養源として取り込めればこれ以上の気の摂取源はないのだ。

貴種によって創造される、生ける死体である混血のヴァンパイアは毒をエネルギーに変換させるほどの能力がないため、薔薇が苦手とされている。人間の吸血鬼伝説で薔薇が邪気を退けるという解釈は混血のヴァンパイアを対象としたものと考えられている。

夜の種族たちの世界でヴァンパイアの住む街には、いたるところに薔薇が咲いている。これは純血の貴種のみが住める都という証でもある。

ヴァンパイアの貴種は非常に誇り高く、同時に血の序列には絶対服従とされている。貴種のヴァンパイアの血は契約を交わした人間たちの体内にひそみ、覚醒のときを待っている。

その者が身にまとっているオーラや血の匂いによって、ヴァンパイア同士は出会った瞬間に即座に相手の血筋や序列を知る。

ヴァンパイアは、主となるヴァンパイアを本能的に見極める。どういう理由で選択するのか、明確な基準があるわけではない。始祖の血をもつものはすべてが美しく、例外なく強い。だが、彼らはほとんど迷うことがない。また新たに覚醒したものが自分の主だと思えば、いままでの主を裏切ることも厭《いと》わない。

ヴァンパイアの世界では、それは「裏切り」とは呼ばない。「当然のことだ」と彼らはいう。なぜなら、「血が呼ぶのだ」——と。


『——というようなヴァンパイアたちの世界事情を、律也くんが知りたいといってたから書いてみたんだが、どうだろう。希望があれば、続きもレポートして送る。参考にしてくれ』

東條からのメールに添付されていた文書を読んで、律也はあまりのタイミングのよさに薄気味が悪くなった。

自分の知りたいことを、テレパシー能力で読みとられたように感じたからだ。東條が遠隔操作で心をさぐっているのではないかと疑ったほどだった。

昨夜、フランというヴァンパイアが部屋を訪れた。レイのことで新事実がわかって混乱したが、どうやら東條のレポートによるとヴァンパイアの世界では主を変えるのはさほどおかしなことではないらしい。でも、フランは『裏切りもの』という表現を使っていた。ヴァンパイアのなかでも個人差があるのか。

疑問はふくらむばかりだが、東條からの情報は律也の頭のなかをすっきりとさせてくれた。今夜はいよいよ夜の種族たちの世界に行くのだ。あと少しで櫂たちが迎えにくる予定で、レイも顔を見せるだろうし、動揺したところは見せたくなかった。

レイが櫂の前に誰に仕えていたのか、気にならないといったら嘘になるし、ヴァンパイアの感覚が人間とは異なることも知っている。レイにしてみれば、律也を守ってくれるのは主の櫂に従っているだけで、なんの感情もないのかもしれない。それでも律也にとってレイは大切だし、なんらかのトラブルが発覚して、警護役を外されてしまうのはいやだった。

なにやら厄介事がはじまりそうな予感もしたが、それほど憂鬱《ゆううつ》にならなかったのは、待ちかねていた瞬間がもうすぐ訪れるからだった。不安もなにもかも、異世界に行くことを考えると吹き飛んでしまう。

午前十二時を時計の針が指した頃、律也は一階の居間へと降りた。慎司も向こうの世界に行くということで、今夜は留守だった。庭に続いている硝子《ガラス》戸を開けると、薔薇の濃い匂いが鼻をついた。

開花の季節を過ぎても、散ることもなく咲き続ける不思議な薔薇。昼間の光の下で見るときには淡いピンクだが、夜の闇のなかでそれらは発光しているように見える。

星々のように瞬く、美しい光。

薔薇の形のランプが庭にたくさん飾られているかのようだった。ピンク色に見えていた花弁が輝きとともに色を増して、やがて血のような真紅に変わる。

この庭の薔薇を変化させているのは律也らしいが、本人に自覚はなかった。

握りしめた手が青い光につつまれているのを知る。浄化者であるために、常人よりも強いというエネルギー。涼やかな光の揺れは、庭の薔薇の輝きと連動している。

強くなったり、弱くなったり。点滅が早くなったり、遅くなったり……。律也の心臓の鼓動のリズムに合わせているかのようだった。

律也は薔薇に魅入《みい》られるように庭へと出た。薔薇たちが歓びをあらわすかのように、より光を増す。

これ以上ないほどに真紅の薔薇たちがゆらめき、輝いた瞬間――無数の薔薇の花びらを散らせたような真紅のオーロラめいた光のカーテンが庭へと降ろされた。

薔薇の香りがいっそう強くなる。くらりと眩暈《めまい》を覚えるほどの芳香。

「――櫂？」

視界いっぱいに真紅のオーロラが広がったと思った刹那《せつな》、黒の天鵞絨《ビロード》がさっと広げられたように、闇が落ちる。

大きな翼がはためく音がした。闇に一筋の光がさすように、純白の翼から落ちた美しい羽根が宙を舞う。ヴァンパイアの貴種の翼は黒いが、原始と変わらぬパワーをもつ者は白い翼をもつとされる。

光り輝く真っ白な翼を背にはためかせて、櫂はいつのまにか律也の目の前に佇んでいた。薔薇の灯りに照らされた彼の面は、声をだすのも忘れるほどに美しかった。ゆったりと微笑む黒い瞳、月光を集めたような白い肌。一分の隙《すき》もなく整っている顔立ちは繊細ですらあり、ひとに近寄りがたさを感じさせるほど冷ややかで、なおかつ甘やかな魅力に満ちていた。

純白の天使のような翼と、夜そのもののように黒尽くめの櫂の衣装がさらにアンバランスな魅力を引き出している。ヴァンパイアになってからの櫂はいつも黒い服を着ているが、コートでもジャケットでもシンプルで、少々クラシカルとはいえ普通に街なかを歩けるスタイルのものだった。しかし、今夜はいささか違って、闇に溶け込むような黒の長いマントを身にまとっている。

天使のような翼をもつ闇色の王子――とでも評したくなるような、幻想的な一枚の絵がそこにあった。

櫂は律也の前では翼を見せないことが多いので、こうしてヴァンパイア本来の姿で圧倒的な美貌を見せつけられると、ただ息を呑むばかりだった。美しすぎて、現実のものとも思えない。

「……律？」

律也が惚《ほう》けたままでいるので、燿が心配そうに声をかけてくる。もう一度「律？」と呼びかけられたところでようやく我に返った。

「あ……うん」

「どうした？　律。なにかあったのか？」

「ううん。燿が格好いいから、びっくりしちゃって。その、いつも格好いいんだけど、今夜はなんだか……ほんとにお伽《とぎ》話のなかのひとみたい」

燿は反応に困ったように口許に笑いを浮かべた。

「俺はいつもと変わらないよ。でも、今夜の律は一段と綺麗だ。会う早々、かわいいことをいってくれるんだな」

燿はそっと手を伸ばしてきて、律也の頬をなでた。やさしく目を細めるさまは、いとしくてどうしようもないといいたげな甘さに満ちている。そのまま顔が近づいてきて、チュッと額《ひたい》にくちづけされた。

おそらく慎司や東條あたりが聞いていたら、鳥肌をたてて「だから、ヴァンパイアは気障だっていうんだ」とでもいいそうな場面だった。律也も普段だったら、「恥ずかしいことしないでくれ」とツッコミを入れたくなるが、こうして麗しい燿の顔を間近にしてしまうと、魔法をかけられたようにうっとりするだけだから困る。

やはり櫂の前だと乙女化するんだな、俺は……と、あきらめとともに自覚する。

「櫂。そのマント、よく似合ってるね」

「今日は城に行くから。古い時代から生きている者が多いから、あちらの世界は少し旧式なんだ。時代ものの映画でも観に行く気分でいると、違和感がないかもしれない」

なるほど、だからコスチュームプレイ——東條のレポートに薔薇が咲き誇る街とあったし、俄然《がぜん》期待が膨らんだ。

「今夜は……櫂、ひとりなの？　誰もいないんだ？」

律也はあたりを見回す。レイや、ほかの者の姿もなかった。たぶんレイは姿を見せないだけで、どこかにいると思うのだが。

「初めて律が向こう側の世界に渡るんだ。そんな特別な瞬間に立ち会うのは、俺だけでいい」

普段は穏やかで、やさしい櫂なのに、律也に関してだけは時折独占欲を丸出しにすることがあって、ドキリとする。

「どうやったら、夜の種族たちの世界に行けるの？　なんか儀式があるのか？」

「儀式はとくにない。ただまだ律のからだは向こう側の世界には馴染まないから、少し負担がかかるかもしれない。今回は俺が抱えていくけれども、やりかたを覚えればひとりでも行き来できるから」

「そんなに簡単なの？」

「すでにここの庭は、半分あちらと混ざり合っている」

櫂は背後に咲き誇る薔薇を振り返る。薔薇たちが再び光を強くした。

「よく目を凝らして見てごらん。ほら――チャンネルがつながってる。きみの能力だ」

いわれたとおりにしてみると、薔薇の向こうに小さな光の点が無数に見えた。七色の星のような光には羽が生えていて、飛んでいるのがわかる。

以前もフィルターを重ねたように別世界の風景が見えたのを思い出した。ゆらゆらと掴みきれない幻のように見えたそれが、次第にはっきりとした輪郭をかたちづくる。

そうだ、前にもあの星のような光に見えたのは、小さな妖精たちが飛び回っている姿だと気づいて……。

律也がさらに目を凝らそうと一歩足を前に踏みだしたときだった。いつのまにか、全身が大きな青い光につつまれているのを知る。

ぶわっとやわらかい風が吹き抜けていった。風が頰をなでていったのだと思ったが、実際にはそれだけではなかった。シフォンのようなやわらかいものが律也の肌をかすめた。

見上げると、ぽわんとした光を放ちながら、人型のなにかが頭上に浮かんでいた。

妖精――？

その姿形は半分透け、背には蝶々《ちょうちょう》のような大きな羽が生えている。小さな妖精ではなく、ひとと変わらない背丈をしている。これほど大きいと、人型と昆虫の羽の組み合わせは一見グロテスクなはずなのに、その存在はすべてを超越して美しかった。先ほどふれたのは、彼もしくは彼女の羽だったのだと気づく。

マネキンのように中性的で感情のない無機質な美貌が、律也を見下ろしている。瞬きひとつしない、ガラス玉のような瞳。綺麗なのに恐ろしいという形容がぴったりだった。

「――お迎えだ。門番だよ」

櫂の声とともに、蝶々のような羽が大きくはためく。同時に、再び真紅のオーロラのような光のカーテンがあたりを覆った。

「律、おいで」

櫂が律也の腕を摑み、抱き寄せる。

門番とやらが羽を動かして飛び立つと同時に、あたりの空間がぐにゃりと歪んだ。光がさまざまな色のグラデーションとなり、四方八方へと飛び散る。

吸い込まれていくような感覚は一瞬だった。櫂にしっかりと抱きしめられて、さほど衝撃を受けずにすんだ。

次の瞬間、先ほどよりもやわらかい薔薇色のオーロラ状の光が見えた。赤とピンクの濃淡の光のなかを、律也は櫂に抱きしめられたままふわふわと飛んでいた。

門番の蝶々の羽はしだいに大きく広がり、あたりの光のグラデーションにすっかり溶け込んでいた。いまや彼の羽こそが、この異空間の光のカーテンをかたちづくっていた。

やがて、前方に先ほど同じように真紅の光のベールが緞帳《どんちょう》のように降りてくる。

あそこが出口だ、と本能的にわかった。

門番がまず先陣を切るようにして、真紅の光を割る。蝶々の羽が大きくはためいたと思ったら、春の嵐のような強い風が吹き抜けた。

世界は再び闇に包まれる。

まばゆいオーロラ状の光から、いきなり視界が暗くなったことに対応できなくて、律也は目をつむった。

「——着いた」

櫂が囁く。たしかに足が地にストンと着いた感覚があった。

律也はおそるおそる目を開ける。

ああ、星空がある——と思ったら、その小さな光がふわふわと飛んでいるのが今度は鮮明に確認できた。

まず目に入ってきたのは、薔薇の花びらだった。

たくさんの小さな羽根の生えた妖精たちが無数の薔薇の花吹雪を降らせながら、律也たちの頭上を歓迎するように舞い踊っていた。

こちらの世界も夜だというのに、妖精たちのからだが発光しているために、まるでイルミネーションのライトアップの演出効果が働いているみたいだった。

ようやく目が慣れてきて、律也は瞬きをくりかえす。周囲には律也の家の庭と同じようにたくさんの薔薇が咲き誇っていた。ただし、もっと広くて、中央には噴水があり、東屋《あずまや》なども整備されている庭園だった。庭を彩る薔薇はやはり普通のとは違って、不思議な光を帯びている。

しかし律也が目を瞠ったのは、そんな薔薇の園のせいばかりではなかった。

すぐそばに、多くの貴種のヴァンパイアの姿が見えた。全員が櫂と同じように黒い衣装に身をつつみ、数は百人を下らなかった。

櫂と律也が視線をやると、ヴァンパイアたちは揃って片膝をたてて跪《ひざまず》き、優美な動きで頭をたれた。

これほどたくさんの貴種のヴァンパイアを一度に見たのは初めてだった。美貌のヴァンパイアが翼を背に生やした本来の姿のまま、整然と控えている様子は圧巻で、律也は固唾《かたず》を呑んだ。そのあいだにも、夜の空を舞う妖精たちは花びらを撒き続けている。

控えている貴種のヴァンパイアのなかから、ひとりが立ち上がってすっと歩み出た。レイだった。普段から綺麗な顔をしているが、その夜は特別な照明でもあてたみたいに美貌が際立っていた。ほかのヴァンパイアたちを見ても、人界にいるときよりも本来の世界に戻ると、その容貌はよりいっそう輝くように見える。

律也たちに近づいたところで、レイは再び跪く。人界にいて律也の警護役をしているときとはまた違った威厳と凛《りん》とした美しさに満ちていた。

「——ようこそ、律也様。夜の種族たちの世界、ヴァンパイアの薔薇の都へ」

頭をたれたまま、歓迎の口上を述べる。

レイの言葉を合図にするように、頭上に鮮やかな花火が上がり、空を割るような音を響かせたあと夜空にきらめく模様を描いた。

花火の光につられて空を見上げながら、律也はさらに目を瞠った。

白い石灰石を積み上げた壁が見えた。そのまま視線を上に向けていくと、高く青い尖塔《せんとう》をもつ、荘厳にして華麗な白亜の石造りの城がそびえたっているのがわかる。

深い緑に囲まれた、小高い丘の上に建つ城の中庭の薔薇の園に、律也はいま立っているのだった。

まるでお伽話の風景——。

先ほどは櫂を見て、美しい一枚の絵のようだと思った。そして今度はその絵の世界に自分が迷い込んでしまったことを実感した。

その夜はもう遅いからということで、城内に入ると、すぐに休むための部屋に案内された。塔のなかの螺旋《らせん》階段をのぼっていくと、控えの間に出た。そこに何人かの従僕が待っていて、「おやすみのための準備を」といって律也を櫂から引き離した。

「――え……ちょっと」

「大丈夫だよ。行っておいで」

櫂にいわれて、律也はしぶしぶ従う。櫂はレイになにやら声をかけられて、すぐにほかの部屋に入っていってしまった。

人界ならば、律也のそばにはレイがいつもいてくれるが、こちらではそういうわけにもいかないらしい。

律也は浴室に連れていかれ、湯浴《ゆあ》みをするように促される。石造りの城の外観は、中世からタイムスリップしてきたかのようだったが、城の内部は豪奢な内装ながらも現代風なアレンジが加えられ、設備も整っているようだった。

ヴァンパイアが礼儀と様式美を重んじることは知っていたが、律也の湯浴みの世話をしてくれる従僕たちは初めて会った律也に平伏《ひれふ》さんばかりで、決して目を合わせようとはしなかった。敬われているというより、畏れられているようだ。手足に香油を塗り込まれるのはさすがに恥ずかしかったが、ヴァンパイアは基本的に無表情なので、必要以上の羞恥は感じなくてもすんだ。

湯浴みを終えると、寝間着の着替えを手に待っているものがいる。服くらい自分で着られるのだが、これが彼らの仕事だとわかっているので、黙って従うことにした。

王子様系の顔をしているといわれたことはあるが、実際の律也は普通の庶民感覚あふれる大学生なので、こんな王子様みたいな扱いには慣れていなかった。櫂の伴侶なのだから、堂々としていなければならないと思いつつも、正直なところ肩が凝ってしまう。

支度が終わると、広い寝室へと案内される。大きな天蓋付きのベッドが置いてあり、部屋にはむせかえるような薔薇の香りが漂っていた。それもそのはず、契約の儀式のときと同じようにベッドには薔薇の花びらが撒かれていた。サイドテーブルには、硝子の器に入れられた乾燥した薔薇の花びらもある。

なんだ？　とベッドに腰掛けながら律也が手にしたところで、寝室の扉が開いて櫂が入ってきた。知らないところでひとりでいるのは不安だったので、ほっと胸をなでおろす。

「――櫂」

「ごめん、律――ひとりにして」

櫂はゆっくりと歩いてきて、ベッドの隣に腰を下ろした。律也が手にしている硝子の器を見て、かすかに笑う。

「それがなんだかわかる？」

「なに？　ポプリとかいうやつだろ？　甘いにおいがする」

「契約の儀式にベッドに撒かれていた花だよ」

あのときの花びらを乾燥させたもの——と気づいて、さまざまな記憶が一気に甦《よみがえ》ってきた。首すじまでカアッと赤くなる。

そういえば、あの花びらをこちらの世界のベッドに撒くとかレイがいってなかったか。

「一応、慣習だからね。それ以上の意味もないいんだけど」

耀が硝子の器から花びらをつまんで、パラパラとベッドの上に落とす。

「——律、喉渇いただろ？」

律也が頷くと、耀は窓際のテーブルに行って、用意されているグラスに冷たい飲み物をそそいで渡してくれた。

ひとくち飲むと、甘い果実の味が広がる。軽い果実酒のようだった。

「耀は……こんなすごいお城の主なんだな」

喉の渇きが潤されると、律也はあらためて広い寝室のなかを見回した。ほんとうに西欧の時代ものの映画で見るセットのような室内だった。

「そういう血筋だからね。ヴァンパイアの世界は血がすべてだから」

「いきなりこんなお城が自分のものになるの？　覚醒したのは数年前だろ？　こっちに来た途端に、たくさんの貴種が耀の部下になるためにわらわら寄ってくるのか？」

自分でも変ないいかただと思ったが、耀もやはりおかしかったらしく、こらえきれないように笑いを漏らした。

「さっきの門番みたいに、城にもそれぞれの精霊がついている。その精霊に認められれば、城の主になれるんだ。始祖の血を継ぐものだけに許される。それ以外の血は、城が拒否する」

まるで城が意思をもっているかのようだった。無機質な石の建造物にも魂が？ しかし、先ほどの蝶々の羽のついた門番を見たあとでは、なにをいわれても信じるしかなかった。

「――驚いた？ 少し疲れただろう」

ふーっと息を吐く律也に、櫂が気遣わしげな視線を向けてくる。

こうしてゆっくりとふたりで向き合うのは久しぶりだった。律也の部屋を訪れても、櫂はいつもなにかに追われている様子で忙しなかったからだ。

でも、今夜の櫂は抱えていた問題が片付いたからか、落ち着いた顔をしていた。毎度のことだが、その美貌から滲みでる色香がすごくて、律也は隣に座っているだけで頬がかすかに熱くなる。恥じらいもあるけれども、櫂のそばにいると、子どもの頃と同じようにうれしくて妙にはしゃいだような気分になってしまうのを抑えられない。

「ううん。たしかに驚いたけど、疲れてはないよ。むしろ興奮してる。櫂はこんな世界を知ってたんだな。すぐに慣れるもの？」

「覚醒したときに、こちらの世界のことは自然と理解できるんだ。新しく覚えたというよりも、忘れていたことを思い出した感じに近い。かといって、人間の頃の感覚もそのまま覚えている。自分が――ひと以外のものになってしまった自覚ももちろんあるけど」

東條も覚醒したあと、狩人の役割がわかるとともに人間の頃の個性もまったく変わらないと話していた。だが、以前レイは覚醒するときに変化するものもいるといっていたから、個人差があるのだろう。

「……その……俺がこっちにこられたってことは、櫂の問題は片付いたの？　レイから少しだけ聞いてたけど、いろいろあったんだろ？」

「大丈夫だ。律はなにも心配することない」

やさしく微笑みかけられて、律也はいくぶん落胆せずにはいられなかった。

やはり櫂はなにも話してくれない。氏族のなかの問題や、ほかの氏族との小競り合い、レイやフランのこと――たずねたいことはたくさんあるのに。

先ほど中庭で出迎えてくれた貴種のなかに、律也はフランの姿を見つけていた。もしかしたら、彼には怪しいところがあるのでは？　ほんとに櫂に仕える者なのだろうか？　と疑っていたのだが、同じ氏族で櫂の配下なのは間違いないらしかった。

フランってどういう子なんだ？　と質問してみたかったが、先日の夜、律也は眠っていてフランとはまだ会っていないことになっているので、迂闊に名前をだすわけにもいかなかった。

夜中に何者かに「おいで」と呼ばれていたことは秘密なのだ。見過ごしていたとして、警護役のレイが罰せられてしまうのだから。

「……律。きみが不満に思ってることはだいたい想像つくけれど、俺はきみに危害が及ぶのを避けたいんだ。まだきみは、夜の種族たちの世界にからだが馴染んでいないから、心配を増やして負担をかけたくない。理解してくれ」

「わかってる。燿が俺のためを思ってくれてるのはわかるけど……」

律也は頷いたものの、やはり我慢できなくて唇をゆがめた。

「燿が大変なときだって充分わかってるんだけど、ちょっとほったらかしにされて拗ねてたっていうのもあるんだ。でも、いまはちゃんとわかってるから。こうやってこっち側にもこられたし。ごめん、子どもみたいなことといって……」

本音を漏らしてしまってから謝ると、燿の指が律也の頬にすっと伸びてきた。

「いいよ。いくらでも拗ねて。律にはその権利があるから」

「権利って、なんだ？　俺はもう燿の伴侶なんだから、わがままなんていう気はない。その……できれば燿の役に立ちたいんだ」

甘やかすような口調がうれしくも情けなくもある。燿は頬をなでてから、律也の手にそっと手をかさねた。自らの口許に引っ張っていき、うやうやしく手の甲に唇をつける。

「律。きみは俺のものだし、俺はきみのものだ。だから『燿がいうことをきいてくれない』と思ったら、いくらでも文句をいっていいんだよ。俺はきみのいうことはきく。事情があるときは、いまは無理だけどもう少し待ってくれと頼むけれど」

燿にいくらでも「いうことはきく」といわれても、こうして手の甲にキスされながら色っぽい眼差しを向けられると、律也は自分の望みなどどうでもよかった。むしろ燿のいうことをなんでもきいてあげたい気持ちになってしまう。結局、燿には適わない。ひとを魅了するのがヴァンパイアの性《さが》とはいえ、少し恨みがましく思ってしまう。

「ずるい。そんなこといったら、反対に俺も燿のいうことを全部きけってことだよな?『きみは俺のもの、俺はきみのもの』っていうんだから」

「そう——いうことをきいてくれる?」

燿はおかしそうに微笑んで、甘えるように律也の手の甲に頬をすりつけた。たったそれだけなのに、律也は真っ赤になった。

「俺は燿みたいにお城ももってないし、付き従ってくれるような部下もいないし、なんにもしてあげられない。せいぜい燿が『心配するな』っていうなら、それを素直に信じるだけ」

「それで充分だ」

やはり「下手に好奇心などもたずに、おとなしくしていてくれ」というのが燿の望みなのか。それならば、いうとおりにするしかなかった。手にふれられただけで、心臓の鼓動が早まっている律也には抗いようもない。燿の匂いに早くも酔ってしまったようだ。

「律……? もうひとつ、いうことを聞いてほしい。きみはどのくらい城に滞在できる?」

「学校はもう夏休みだし、できるだけいるつもりだけど。邪魔じゃなければ。こちらの世界をあちこち見にいきたいとも思ってる」

「夏休み中いられるのか？」

「俺はそのつもりだけど……駄目？　気を悪くしないでほしいんだけど、慎ちゃんたちと会う約束してるんだ。オオカミ族の住む街はべつにあるんだろ？　東條さんもこっちにくるっていってたから」

ようやく夜の種族たちの世界にこられたので、「あれも見たいこれも見たい」とすっかり観光気分なのだった。

慎司と東條の名前を聞いた途端、櫂はいささか怖い顔つきになったものの、律也が「だって……ふたりとも、俺にとっては親しいひとだし」と弱々しい声で訴えると、仕方ないなとためいきをついた。

正直なことをいえば、幼い頃からとにかく櫂一筋で、一番輝かしい青春期にも櫂を思いながら血みどろのホラー小説を書いてうっとりとしていた「櫂オタク」の律也にしてみれば、人界で遊んでくれるような親しい友人はひとりもいない。

しかし、「ほかに友だちがいないから、あのふたりとつきあうなといわれたら困る」とストレートに訴えるわけにもいかない。櫂はおそらく「友だちもいないなんて、俺の育て方が悪かったのか」と嘆くことだろう。むしろ育てかたの問題というより、櫂みたいな男性に甘やかして育てられれば、ほかにまったく目がいかなくなってしまうのも仕方ないのだが。

「駄目なのか？　夏休み中いるのとか、慎ちゃんや東條さんにこっちで会うのも？」

「駄目じゃないよ。夏休みのあいだ、いてくれるのは俺もうれしい。律とゆっくり過ごしたいと思っていたから。それに……慎司や、あの狩人と会うのをそんなに楽しみにしてるなら、会うなとはいわない」

てっきりそんなに長くいられたら困る、慎司たちには会うなといわれるかと思っていたので、律也は「ありがとう」と笑顔になった。

櫂は複雑そうに眉をひそめた。

「律は――俺と一緒にいるのはそんなに楽しみにしてないのか。慎司や狩人のほうがうれしい？」

「まさか。なにいってるんだよ。櫂と一緒にいるのが一番うれしいに決まってる」

律也がきっぱりと返すのに櫂はいささか面食らったようだったが、悪い気はしないらしく表情をほころばせる。

櫂一筋には年季が入っているので、こういうときは即座に臆《おく》することなく気持を堂々と表現できる。数少ない長所だ――と律也は自分では思っている。

「じゃあ、律は俺と一緒にいる時間もつくってくれるのか」

「つくるもなにも……櫂さえ迷惑じゃなかったら、ずっと一緒にいるよ。さっき、もうひとついうことを聞いてほしいっていっただろ？　あれはなに？　俺にできることなら、なんでもするから」

「――律にしかできない」

「なに？　なんでもいってほしい。頑張るから」

律也が「まかせろ」というように自分の胸を叩いてみせると、櫂は苦笑した。

「慎司たちと会うのはいいんだ。ただ、できるだけ俺と一緒に過ごしてほしい。契約の儀式のあとから、律のいうように少しほったらかしにしてしまったけど、いまは状況が少し見えてきた。……だから、こちらにいるあいだは、毎日律が欲しい」

ストレートに訴えられて、律也はどう返していいのかわからずに狼狽《うろた》えた。櫂が悪戯っぽい目をしたので、慎司たちの名前を出した仕返しをされているのだとわかっていても心臓に悪い。

「そんなのは櫂の好きに……」

「ほんとに？　俺だって好きできみをほっといたわけじゃない。毎晩でも通って、抱きたかった。でも律のからだの負担にもなるし、俺の匂いに慣れてもらうなら、こちらの世界にいるときのほうがいいから」

蜜月期なのにほっとかれてないか？　と思ったこともあったが、いざ櫂本人に説明されてしまうと、ひたすら恥ずかしい。

「みんなに、俺のからだがまだ変化しきれてないっていわれた。……その、耀の血――をあんまりもらってないから」

さすがに精をもらってないから、というのは憚《はばか》られた。耀は察したらしく困ったように微笑んだ。

「変化してしまったら、きみはさらに浄化者としての力を増すから……ゆっくりと変わっていくほうがいいかと思ったんだ。俺がなかなか城をあけて、律のもとに行けなかったっていうのが一番大きいけど」

「……こられるなら、毎晩でも俺が欲しかった？」

「もちろん」

耀は頷くと、サイドチェストの引き出しから細身のナイフを取りだして、自らの手首を切りつけた。グラスにその血を注ぐ。

以前だったら、「痛そう」という思いが真っ先にのぼってきたはずなのに、その夜は違った。ごくりと喉が鳴る。すでにその血が甘いことを知っているからだった。数回飲んだけれども、耀は最近血を与えようとはしなかった。

耀の横顔が徐々に白くなっていく。見つめられただけでからだの奥が火照りそうな眼差しが、ゆっくりと律也に向けられ、同時にグラスを差しだされる。

「――飲んで。飢えてただろう？」

櫂の血が欲しいと思ったことはない。しかし実際に血の注がれたグラスを目の前にだされると、律也はその問いかけに頷きながら受けとった。

すぐに一気に喉に流し込む。先ほど口にした果実酒よりも、舌には甘かった。ほんの少しで、体温があがり、体中の細胞が活性化してくるような感覚があった。

「あ――」

よろめいた律也のからだを櫂が抱きとめて、ベッドにゆっくりと横たえる。

頭がくらくらとした。抱かれるのは初めてでもないのに、口にした血のせいか、心臓の鼓動が痛いほどに速まる。

「律……」

すぐに唇がふさがれた。キスされているうちに、櫂の薔薇の香りに全身がつつまれる。

「……律。今夜は久しぶりに、きみを思う存分に抱ける」

耳もとに囁かれた言葉に、頬が熱くなる。

「……いままでは我慢してたの？　俺は櫂を満足させてなかった？」

心配になって問いかける律也を見て、櫂は苦笑した。

「満足はしてたよ。律がそんなことを気にしなくてもいい」

「気になる。俺は櫂のパートナーだろ？　だったら……」

東條にいわれた言葉がいまだに引っかかっていた。ヴァパイアの氏族の長がひとりで我慢するわけがない――と。

「律は、なんで今夜はそんなことというんだ？　誰かになにかいわれたのか？」

「そうじゃないけど……耀が俺ひとりで満足してくれないんだったら、いやだから。ヴァンパイアはその――そういう生きものなんだろ」

もしそれが長の役目だったら我慢する――と東條にいいきったくせに、実際は覚悟ができていない。耀が他の誰かにふれることを想像しただけで、悔しくて泣きそうになる。

「今夜の律はかわいいことばかりいってくれるんだな。大丈夫だよ。律が心配してるようなことはなにもない。契る前に約束しただろ？」

「でも、耀は長だから……役目として、たくさんの――」

「そのことも説明したはずだ。また同じことをいわせるのか？　契約者はたくさんいるし、血は与えてる。でも、抱くのは律だけだ」

「――」

東條の「信じてるのかい？」という顔が思い浮かんだ。

律也をまっすぐに見つめてくる耀の憂いを帯びた眼差しが、嘘をついているとはとうてい思えなかった。また、この瞳を間近にしてしまうと、嘘をつかれてもいいとすら思えてしまう。これもヴァンパイアの魔法なのだろうか。

「俺は、律だけが欲しい――ほかはいらない」

耀は、その証拠を示すように律也の首すじに顔を埋める。かすかに興奮した吐息を感じた途端、全身の力が抜けていった。気を吸われるのは倦怠《けんたい》をともなうが、不思議な心地よさもある。

「かわいい律……そんなに心配なら、俺を満足させてくれ。——いい？」

少し怖いような気もしたが、律也は「ん」と頷く。

すぐさま寝間着が脱がされて、胸をあらわにされ、からだの線をたしかめるように撫でられる。平らな白い胸のなかでツンと尖っている小さなピンク色の乳首を揉《も》まれ、舌で舐められた。

「ん——」

甘噛みされて、「んん」と律也は悶《もだ》える。

普段は隠されているが、耀に牙があることを考えると、噛まれるのは柔らかくでも怖かった。

「や……ん——」

「痛い？」

少しも痛くはなかったが、律也はじんじんと疼《うず》いてくるのが我慢できなくて、「うん」と頷いた。

耀は「ごめん」といいながら、今度は傷口でも癒《いや》すように突起を舌先でやわらかくぺろぺろと舐《な》める。子猫が美味しいミルクでも吸っているかのようだ。

延々とソフトに舐め続けられて、律也はよけいに身悶えるはめになった。硬くなった乳首をチュッと強く吸われた瞬間、全身に痙攣《けいれん》が走る。

胸を舐められているだけで下腹のものは勃《た》ちあがり、先端からとろとろと蜜を流している。

「や……耀、もう……」

耀の血を体内に入れたせいか、感覚が過敏になっている。普段なら律也の反応を見て、耀は愛撫《あいぶ》の手を止めるが、今夜はそのつもりがないようだった。

律也を見つめる耀の目――冷ややかでいて、不思議に甘い瞳の奥に激しい欲情が見てとれる。

「もう降参?」

笑いを含んだ声でたずねられ、律也は返答に詰まる。耀を満足させるつもりなのに、先ほどから協力的とはいいがたいかもしれない。

「……降参……じゃない。耀の好きにしていい」

「じゃあもう少し味わわせてくれ」

耀はおかしそうに微笑み、好物の果実でも食《は》むようにして、再び律也の胸を舐める。

乳首を吸われながら、下腹のものを刺激されているうちに甘い疼きが溜《た》まっていった。

「あ……んっ」

耀の手のなかで擦《こす》られ、律也の欲望は限界まで一気に膨れ上がった。あっというまにはじけて、白濁したものが腹へと飛び散る。

「——や」

腹を汚したものを耀が指ですくいとり、口許へともっていく。ぺろりと舐めて、律也を真っ赤にさせたあと、耀はからだを下にずらして、直接肌の上からそれを舐めとった。

「や……やだ、耀」

そのまま剝きだしになっている下半身に顔を埋められて、律也は足をばたつかせた。

「ん……」

薄い草叢《くさむら》を指ですいて、まだ半分硬くなっているものをこすりながら、耀はその先端にくちづける。唾液が敏感な皮膚を濡《ぬ》らすたびに、催淫効果でもって達したばかりのそれが再び反応してくる。

「や……や、耀」

特別なことをされているわけではない。ただ耀が指でふれるだけで、舌で軽く舐められるだけで、律也はハアハアと息が乱れてしまう。

下腹のものは再び勃起《ぼっき》して、耀の舌先を先走りで濡らした。あまりにも気持ちがよくて、とろとろと先端から溶けてしまいそうだ。

「や……もう舐めないで……や」

すぐに達しそうになって、律也は櫂の頭を引き剝《は》がそうと手を伸ばす。

「また出る……から、櫂――」

「出していい。律の血も甘いけど、これも美味しいから」

櫂が律也のそれをきつく吸ったので、こらえるひまもなく腰がぶるぶるっと震えた。

「――あ」

律也の精液が櫂にとって血と同じようにエネルギーを与えるものだと知ってはいたが、はっきりと櫂の口から聞いたのは初めてだった。櫂はあからさまに律也の血や精が欲しい、と告げたことはなかったから。物欲しげなところも見たことはない。

それなのに、今夜の櫂はいつもと違う――？

櫂の喉が満足げにごくりと鳴った。呼吸を整える時間も与えず、櫂は律也の太腿《ふともも》の内側を舐める。ていねいに膝《ひざ》の裏を舌で辿《たど》っていく。

いくら「好きにしてもいい」といっても、続けて二回も射精させられたことで、律也は頭がくらくらしていた。下半身に血液をみんなもっていかれたみたいだ。

足をマッサージするように撫でられ、足指を口に含まれたときには、感覚がどこか麻痺《まひ》していた。恥ずかしいのに、抵抗する気にもならない。鼻腔《びこう》をくすぐる薔薇の香りが強すぎる。

「律――とてもいい匂いがする」

律也の足指を一本一本ていねいに舐めながら、櫂が囁いた。

湯浴みのときに肌に香油を塗りこまれたからだろうか。つねに薔薇の香りを身にまとっている耀から、「いいにおい」といわれるとなんだか不思議だった。

「耀のほうが……いいにおい」

「律は俺の匂いが好き?」

「うん——」

大好き……と呟いたところで、その言葉を吸いとるように唇にキスされた。

耀がいったん身を起こして、ようやく自らの衣服を脱いでから、再び律也の上に覆いかぶさってくる。服を着ているときはほっそりと着痩せして見えるのに、剝きだしになった耀の上半身はしなやかな筋肉に覆われていて、引き締まっていた。

からだを重ねた瞬間に、耀の男の部分が興奮して硬くなっているのがわかった。素肌から熱が伝わってくる感覚に背すじが震えてしまう。

「律……きみをたくさん味わいたい」

合わせた唇から、蜜が注ぎ込まれる。口腔を舌で舐めつくされて、耀の薔薇の匂いに酔わされる。

ぐったりとなった足を恥ずかしくなるほど大きく開かされたときにも、律也はもはや抵抗する気にならなかった。耀の視線が犯すように、律也の秘められた蕾を見つめる。サイドチェストの引き出しからなにかを取りだし、閉じている部分にぬるりとしたものを塗り込まれる。先ほどと同じ香油だった。

指で少しずつほぐされているうちに、ゆっくりとそこは開いてくる。二度も射精したはずなのに、内側からの刺激で下腹のものが勃ちあがり、弓なりになった胸の先が尖った。

櫂が再び敏感になった乳首を吸ってくる。

「あ……あ。も……やだ、そこ」

「どうして？　律はここがとても感じるだろ。いつも悦《よろこ》んでる」

「——だから、やだ……」

いやいやをする律也の耳もとに、櫂が熱い息を吹き込む。

「駄目だよ。律のここは、俺の好物だから。すごく甘い味がする」

「いつもそんなこというけど、嘘だ。味なんてしな……」

いいかえしているうちに、上体を起こしている櫂の下半身に目がいってしまい、律也は真っ赤になった。いつもまじまじと見ないようにしているが、先ほどふれた感触どおり、櫂の下腹のものは大きく膨れあがり、そそり立っている。

初めてでもないくせに、律也が怖《お》じ気づいてシーツの上であとずさるようにからだを引いたところで、櫂が肉食獣みたいなすばやさで腕をとらえて磔《はりつけ》にした。

「律——」

表情は一見していつもと変わらないのに、熱っぽい眼差しが昂《たか》ぶりを伝えてきた。すぐに膝の裏に手を入れられ、両足を抱えられるようにして受け入れる体勢をとらされる。そのときになって初めて、余裕があるように見えた櫂も、実際は切羽詰まるほど興奮しているのだと気づいた。

ハア、とひときわ熱い息がこぼれるのと同時に、指でほぐされて、やわらかくなった場所に硬く張りつめた熱が押しつけられる。

「もう少し力を抜いて」

月に数回の逢瀬があったとはいえ、律也のそこは、櫂をすんなりと受け入れるにはまだ狭くて、すぐには全部挿入できなかった。

毎回、挿入されるたびに、最初は引き裂かれるのではないかとすら思う。

香油のぬめりを借りて、いったん性器を根元まで収めると、櫂は動かないまま、身をかがめてきて律也の唇を吸った。

「んん……」

「──律……」

やがて櫂の体液が粘膜に沁み込んでくると、催淫効果でじわじわと交わっている場所が熱をもって疼いてくる。突き上げられてもいないのに、腰がびくびくと震えてしまいそうだった。

「や……櫂」

櫂が腰を動かしはじめると、甘い疼きはさらにひどくなった。突き上げられるたびに痺《しび》れて、快感が背すじを伝わっていく。

櫂のものをつつみこんでいる肉が震えているのがわかる。締めつけがきついのか、櫂は苦痛でも覚えるように眉間に皺をよせていた。

「律——」

囁く声が興奮にかすれていて、耳の奥をくすぐる。

内側から硬い肉に貫かれる快感は、表面を愛撫されるのとはまた違うものがあって、律也のものは再び反応していた。櫂につながられて揺さぶられているうちに勃ちあがってくる。

「や……や……」

律也のなかを存分に味わいつくすように、櫂は腰を突き入れてくる。激しく動かされて、律也は「あ、や」とかぶりを振り続けた。

感じすぎていて、頭のなかが白くなった。なにも考えられず、心地よい熱だけがある。

「や——」

三度目の射精をしたあと、櫂が律也の動きに合わせるように腰をひときわ荒々しく振った。ほどなくして、一番深いところに挿入したまま、櫂の情熱がどくどくと内部を濡らしたのを知る。体液がなかで出されるたびに、恍惚とした感覚が広がった。

「ん……」

つながったままキスしながら、律也はずっと射精しているような悦楽に包まれていた。あと少しこの快感が続いたら、頭がおかしくなってしまうのではないかと怖くなった瞬間、すうっと感覚が和《やわ》らいでいき、安堵のためいきが洩れた。

「律……」

しかし、ほっとしたのも束の間、櫂に再びキスされると、また淫《みだ》らな感覚が甦ってくる。

「あ……櫂」

もうさわらないで――と思わずいいそうになったところ、櫂が律也の心を読んだように「駄目だよ」と囁いた。

「律は、今夜は俺を満足させてくれるんだろう？　違うのか」

「……違わないけど……」

「だったら、拒まないで――」

熱っぽくもあり、どこか切なげな色気のある瞳を向けられて、律也はそれ以上なにもいえなかった。ヴァンパイアはずるい――こんな顔をして迫られたら、誰も拒めないのに。

「律がもっと欲しい」

体内にいる櫂の男の部分が再び興奮してくるのがわかった。何度も達したのに、律也はまた内側から揺さぶられる感覚に眩暈を覚える。

「律――」

擢が律也の腰をかかえてきて、硬い楔をさらに深く打ち込む。「や――」と拒否する声は、なだめるようなキスに吸い取られた。

再度からだを揺すぶられつづけて、やがて脳のなかまで甘く溶けていく。

「んん――」

深いくちづけを交わしながら激しく動かされて、擢の欲望が体内でまた弾《はじ》ける。律也も同時に熱を迸《ほとばし》らせた。

ハア……と満足したような甘いためいきが洩れたものの、擢はまだ律也を解放してくれなかった。いったん上体を起こして、律也も引っ張り上げると、今度は腰の上に座らせる。

「や……もう擢、駄目……」

「駄目はなしだ。今夜は許さない。律が自分からいったんだから。俺を満足させてくれるって」

向かいあわせで抱きかかえられて、律也は擢を上目遣いに睨みつける。

「擢の意地悪――」

「意地悪なんてしてない」

擢は心外そうに首を振ると、とろけそうな甘い眼差しを返してきた。

「こんなに甘やかしてる――自分でもどうかしてると思うほど」

擢が律也の腰をやさしくなでて、先ほどまでの交接で濡れている秘所をさぐる。萎《な》える気配もないものをあてがわれ、串刺しにされるように貫かれた。

「あ――」

櫂の首にしがみつくようにして、律也は細い悲鳴を上げる。

初めはゆっくりと揺さぶってくれていた腰の動きがだんだんと激しくなる。朦朧《もうろう》としてくる意識のなかで、櫂の口許に牙が覗いているのが見えた。

からだを揺らされて、律也が大きく首をのけぞらした瞬間、櫂は上体を伸ばすように覆いかぶさってくる。首すじに牙をたてられた瞬間、痛みと悦びにからだを同時に貫かれて、律也は甘い呻《うめ》きをあげた。

「や……あ」

血をすすられるたびに、つながっている場所が連動してひくひくと痙攣し快感を訴える。終わりのない悦楽にからだも頭も痺れて、櫂の腕のなかで甘い蜜のようにどろどろと形をなくして溶けてしまいそうだった。


目を覚ましたのは、日も高くなってからだった。

「律――」

うっすらと目を開けると、櫂がすでに身支度を整えていて、ベッドに腰掛けて律也を覗き込んでいた。やわらかい陽《ひ》の光が窓から差している。

「片付けなきゃいけないことがあるから、俺はもう部屋を出るけど、きみはまだ寝てていい」

「え……」

律也はあわてて起き上がりかけたものの、櫂がそっと肩を押し戻した。

「いいんだよ。無理させたから、疲れてるだろ？　眠っていい。起こさないで行こうかと思ったけど、起きた顔を見たかったから。からだが大丈夫なのかも気になったし」

「え？　からだ？」

半分寝ぼけて聞き返してから、下半身に残る違和感に、律也はカッと目許を染めた。

昨夜はいつ眠ったのか記憶がなかった。延々と櫂につながれたまま、「いや、駄目」といいつづけていた気がする。

「律はすごくかわいかった。俺を満足させてくれるって頑張ってくれて――」

嘘だ。途中で何度も「もう許して」と音をあげたはずだった。事前に「俺ひとりで満足してくれないといやだ」といったくせに、結局は情けない姿をさらした。女の子みたいに「いやいや」とかぶりを振っていた自分の姿が記憶に甦ってきて、律也はどっと汗をかいた。

「……っ、次はもっと頑張るから……」

律也が真っ赤になりながら告げると、櫂はおかしそうに笑った。

「頑張るって、なにを?」

「あんまり『いやいや』っていわないようにする。耀が気持ちよくなれるようにするから。ちょっとまだ不慣れだから……俺、耀のそばにいると、女の子みたいになっちゃうんだ。慎ちゃんにはいつも『耀の前でだけ乙女化する』ってからかわれてて……ほんとはもっと積極的なほうがいいんだよな。耀の前だと、なんか恥ずかしくなっちゃって」

耀は反応に困ったように眉根を寄せたあと、感慨深げな眼差しを向けてきた。

「律は俺の匂いに酔っても、まったく変わらないんだな。憎らしいくらい律のままだ。安心した」

「え? 変わってるだろ? 乙女化してない?」

律也のいいかたがおかしいのか、耀はこらえきれないように小さく噴きだした。

「少なくとも俺の目にはいつもの律に見えるけど。律はそのままでいいよ。無理に頑張らなくてもいい」

「でも、俺はちゃんとパートナーを満足させられるように頑張りたいんだ。耀の伴侶なんだから」

「満足してるよ。『いやいや』っていってる律は、とても可愛くて興奮する。昨夜は頭がおかしくなりそうだった」

耀の目が昨夜の名残りをあらわすように熱を帯びたので、まんざら嘘でもなさそうだった。

「そ、そうなんだ……耀がそういうの好きなら……」

途中でちぐはぐなやりとりになっていると思いながら、律也は目のやり場に困ってうつむいた。

「どんな律でも好きだ。いまもこうして向きあってるだけで、抱きたくて仕方ない」

「——え」

いくらなんでも勘弁してほしい。腰にはまだ大きいものが入っているような感覚が残っていて、もう一度挑まれたら、さすがに壊れてしまいそうだった。

律也のこわばった顔を見て、耀は再び噴きだした。

「大丈夫だよ。夜までは我慢する。律は恥ずかしがり屋さんだから」

夜にはまたするのか——と思うと、いままでほっとかれて淋しい思いをしたにもかかわらず、はたして自分のからだは耐えられるんだろうかと考えてしまう。

「そろそろ行かないといけない。じゃあ律、少ししたら、レイが迎えにくるはずだから」

耀はいったん腰をあげかけたものの、思い直したように座って、身をかがめて律也の唇にキスを落とした。

「律——愛してる」

囁かれて、律也はすぐには返事ができずに固まった。

食べなれない甘すぎるお菓子を口いっぱいにほおばったみたいに、なかなか飲みくだすことができない。美味しすぎて、もったいなくて。

「お、俺もっ――」

律也が起き上がって叫び返したときには、櫂は扉を開けて出ていくところだった。背後を振り返り、目を細めて律也に笑いかけてから、「またあとで」と扉を閉める。

律也は惚《ほう》けたようにベッドの上で座ったまま動けなかった。しばらくしてから、「愛してる」という囁きを耳のなかに甦らせて真っ赤になってその場に突っ伏す。

せっかく伴侶になったのに――いわば新婚なのに、少しあっさりしすぎてやしないかと拍子抜けしていたが、いまになってようやく思い描いていたような蜜月を迎えたみたいだった。

俺はもうずっと乙女化したままでもいいかもしれない――とベッドに寝転がりながら、律也は浮かれた頭で馬鹿なことを考える。

常人離れした体質と環境のせいで、家族以外と深いつながりをもってこなかった律也は、親しい友人がいないのにくわえて、恋愛経験も皆無だったので、この手のことにはまったく免疫がない。大学生にしては天然記念物といえるくらい、色恋沙汰には初心《うぶ》なのだった。櫂のやさしい眼差しひとつで、幼い頃と同じように気分が際限なく舞い上がってしまう。

しばらく甘い睦言《むつごと》の余韻に浸ったあと、律也はさすがに正気に返って、ぱちんと頬を叩くとベッドから起き上がった。

惚けている場合ではなかった。せっかく夜の種族たちの世界にきているのだから、しっかりと状況を把握できるようにならなくてはならない。

いつまでも櫂に守られているだけではいられないのだから。すぐには無理でも、これから長い時間のなかでいつかは自分が櫂を守れるくらいに強くなれればいい。

よし、と自分なりに気合を入れて、律也はベッドから立ち上がり、窓へと近づく。

夜の種族たちの世界でも、昼夜はあるらしい。窓から見える空は薄い青を綺麗に刷《は》いていた。空気は澄み切っていて、爽やかだ。

眼下には、昨夜見た中庭があった。薔薇が鮮やかに咲き誇っているのが遠目にもはっきりとわかる。中央にある噴水は、立派なグリフォンの像が飾られていた。グリフォンは、鷲《わし》の翼と上半身、ライオンの下半身をもつ伝説の生き物だ。彫像だけではなく、城の至るところにグリフォンを象《かたど》った紋章が飾られているのが目についた。氏族のシンボルとなっているようだ。

この寝室は、どうやら塔の高いところに位置しているらしい。城は高台に位置していて、城門の向こう側には放射状に街が広がっているのが見えた。上から見ると、きちんと区画整備されている。明るい光の下で見ても、西洋のお伽話のような街並みだという印象は変わらなかった。大きな屋敷もあれば、マッチ箱みたいな綺麗な水色やエンジ色の屋根をもつ可愛らしい外観の家が並んでいる。

すぐ近くには鬱蒼《うっそう》とした森があり、また別の城が見えた。始祖の血をひく始祖候補は城持ちだとレイがいっていたから、いくつもの城が点在しているのだろう。

夜の種族たちの世界は、いつも夜なのか、深い霧につつまれているイメージがあったので、綺麗で明るい街並みは意外だった。

「いい陽気だな……」

人界は夏のはずだが、開け放した窓から入り込んでくる風は心地よく、熱くも冷たくもない。しばらく風にあたってると、ドアをノックする音がした。

どうぞ、と返事をすると、ドアを開けてレイが入ってくる。

「おはようございます、律也様」

レイは黒尽くめの格好で、やはり長いマントをはおっていた。襟のつまった上着を着ていて、どこかかしこまった様子だ。

「お目覚めでよろしいですか。それとも、もうひと眠りされますか」

「ううん。起きるよ。風が気持ちいい。夜の種族たちの世界がこんなに明るいとは思わなかった」

「いまは昼の季節ですから。夜の季節になると、がらりと印象がかわります」

聞きなれない言葉に、律也は「え」と聞き返す。

「季節があるの？」

「ええ。夜の季節に入ると、昼とされている時間帯でも暗いです」

また夜の種族たちの世界の新たな知識がひとつ——と律也は頭のなかにメモした。

「着替えを持って参りました。お目覚めなら、朝食も用意させます」

レイはテーブルの上にある呼び鈴を鳴らす。控えの間にいたらしい従僕がすぐに現れ、レイが指示をすると、ほどなくして朝食が運ばれてきた。

窓際のテーブルの椅子《いす》に腰掛けて、律也はレイの淹《い》れてくれた紅茶を口にした。あたたかい飲み物を飲んだせいと、いつもどおりにレイがそばにいてくれることにほっと息をつく。

「レイが着替えをもってきてくれるとは思わなかった」

「なぜです?」

「こっちの世界じゃ、レイはすごく偉そうに見えたから」

レイはかすかに笑った。

「ヴァンパイアの世界の序列は、律也様には関係ないでしょう。わたしはあなたの警護役兼世話係ですから。それに、昨夜、従僕たちから報告があったんです。自分たちがお世話していると、律也様が肩が凝るようだと」

無表情な顔をしていて、従僕たちはきちんと律也の本心を見抜いていたらしい。というよりも、心でも読まれたようでどきりとする。

「なんでわかったんだ?」

「わたしたちは人間の心の機微には敏《さと》いのですよ。自分たちとは異質なので、興味深くもあるのです。わたしがからだを洗って、香油を塗ってさしあげてもよかったのですが、律也様は知っている顔のほうが恥ずかしがるでしょう」

「そのとおりだけど」

ほら、お見通しですよ、といわんばかりに微笑まれて、律也は面白くなかった。いつも疑問だが、これほど人間を突き放して語るレイはいったいどのくらいの時間を生きているのだろう。相当長生きでなければ、これほどの境地には達しないのではないか。

「レイから見たら、俺なんてもちろんだけど、櫂だって相当人間くさいだろう？　覚醒してから数年しかたってないんだから。どうしてレイは櫂に仕えることになったんだ？」

フランから聞いた話の真実を確認したかった。ほんとうにレイは以前の始祖に仕えていたのか、何故櫂に付いたのか。

「年数は関係ありません。それに、櫂様は覚醒する前からヴァンパイアたちのあいだでは有名でした。あのかたは、律也様が思っているよりも長く生きています。覚醒する前から、人間なのに年をとらなかった。櫂様から、そのへんの事情はお聞きになってますよね？」

律也は頷く。ヴァンパイアの貴種の血が濃く流れているという家に生まれた櫂は、覚醒する前から時が止まったように若いままだった。だからこそ、自分を知っているひとたちの前から姿を消して、生きてきたのだと——。

「前の始祖はカイン様という名前でした。もっともあまりにも長く始祖の座にいたために、その名前で呼ぶものはほとんどいませんでしたけどね。もはや個人の存在ではなく、『始祖』という生ける象徴でした。口をきくこともなく、心話で会話することすら滅多になかった。誰にとっても近づきがたい存在で、ただ神のように君臨していたのです。荒ぶる神ではなく、もの静かな神でしたけどね。ここ数百年は、自分の感情というものもほとんど示さなかった。ただ他者の追従を許さないほど強かった」

燿に心酔しているようなレイから見ても、前の始祖というのは圧倒的な力とカリスマをもっていたらしい。

「レイは……なんで燿を選んだんだ？　きっかけがあるんだろ？　出会った瞬間にビビッときたとか？」

東條のレポートには、『血が呼ぶ』という表現があったため、律也なりに解釈してたずねてみたのだが、どうやら的を外していたらしく、レイは眉間に皺を寄せた。「――さあ」と悪戯っぽく笑って首をひねる。

「実は、わたしは燿様の前には、カイン様に仕えていたのですよ」

レイのほうから知りたかったことを話しだしたので、律也はびっくりしたが、とぼけて初めて知った顔をつくるしかなかった。

「え……そうなの？」

「ええ。ほかにもたくさんそういう者はいます。始祖が……カイン様が燿様に敗れて散ってしまってから、その配下の者たちの多くは櫂様のもとに下っていますし」

なるほど、主をなくせば次の主に仕えるしかないのだから、当然かもしれない。

それにしても意外なのは、レイがあっさりと過去の経歴を語ったことだった。主を変えることは、ほんとに隠すべきことでもなんでもないらしい。

「櫂様はカイン様の——要するに、始祖の血を色濃く継いでいることは、顔立ちがそっくりなことから誰の目にも明らかでした。とても優れた血をもつ器だと。『櫂』と偶然にもカイン様に似た音の名前をつけられているのも、運命めいたものを想起させます。だから、櫂様が覚醒したときから、次代の始祖は櫂様だと思ったものも多かった。ただ、それがこんなに早くなるとは想定していなかったのです。誰もが数十年、下手をすれば数百年かかると思っていた」

律也も納得だった。櫂が始祖と闘うつもりだと聞かされたとき、生き急いでいると感じたものだ。

「櫂様は、覚醒したときに『カイン様にそっくりの候補者は変わり者だ』ということで話題になった。せっかく優れた血をもって目覚めたのに、櫂様はこともあろうに人間に戻る方法を探していた。数年調べつくして無理だと気づいたようですが……ともかくそんな始祖候補はいなかったので、珍しかったですね。『今度こそ始祖の代替わりがある』と浮き足立って、櫂様に近づこうとしていた者たちの多くが、『これは駄目だ、期待はずれだ』と失望して去っていった。蜘蛛《くも》の子を散らすように人がいなくなりました」

おそらく櫂が人間に戻れたら、律也を迎えにこようと考えていた時期に違いなかった。いまは一緒にいられるとはいえ、その頃の櫂の心情を思いやると胸が痛む。

どんなに孤独だっただろう。儚《はかな》い希望にすがりついて、人間に戻れないことを思い知らされるたびに何度絶望したのだろう。見知らぬ世界で、たったひとりで……。

「レイは……?」

「わたしは、誰もいなくなってから、櫂様にお仕えすることを決めたのですよ。だから、律也様のいってくださるように、いまは『偉そうな』ポジションにいるのです」

要領よくその座を射止めたように聞こえるが、真実ではなかった。ヴァンパイアは血ですべてが決まるのだから、レイは誰に仕えても序列では高位なはずだった。

誰もそばにいなくなった櫂にあえて仕える気になったのはなぜなのか。

先ほどから何度聞いても的確な答えをもらえていないような気がするが、律也はしつこくたずねてみた。

「なんで? どうしてレイは誰もいなくなってから、櫂に仕えようと思ったんだ?」

レイは一瞬黙り込んでから、ほんの少し唇の端を上げた。

「櫂様がとても美しかったからです」

美しい――というのは、夜の種族たちのあいだでは単純に姿形ではなく、その力の強さを指す。では夜の種族らしく、力の強いものに付いたという意味なのか。

だが、レイは問いかけを封じるように話を切り上げた。

「わたしの話など聞いても、退屈でしょう。朝食を召し上がったら、着替えてください。あと数時間後には、調停式がはじまります。興味があるなら、見ることができますから」

律也はまだ質問したかったが、「調停式」という聞きなれない言葉に反応した。

「調停式って……なんの？」

「ヴァンパイアの氏族同士で小競り合いが続いていたことは、律也様にもお話ししましたよね？　境界線の地区での休戦協定を結ぶことになりましたので、その調停式が今日なのです」

ひょっとして狩人が仲介をつとめるといっていた件だろうか。アドリアンの氏族との――

律也は櫂からはなにも聞いていない。

「なんで黙ってたんだ？　いま初めて聞いた」

「ほんとうなら、律也様にお知らせしないでおこうと思っていたのですよ。こちらの世界にきて、合わないひとは何日間か眩暈がしたりして、体調を崩《くず》しますから。でも、律也様は平気そうなので、櫂様から先ほど『興味があるなら、見にきてもいい』とお許しがでたのです」

櫂が秘密主義なのはいまに始まったことではなかったが、東條も調停式の日程は伝えてこなかった。

「東條さんもなんで内緒にしてたんだろう。俺がこっちにくる日も知ってたし、その前にメールだってやりとりしてたのに」

「あの狩人は、単に律也様をびっくりさせたかっただけでしょう。やつの考えそうなこと、腹のたつ男です。わたしは律也様には参加してほしくなかったので反対なんですけどね」

レイが不機嫌そうに表情を硬くするので、律也はきょとんとする。

「なんで？」

「狩人にも会ってほしくないし、なにより調停式にはアドリアンが代表として参加します。先日、狩人の家にアドリアンがきていたのはその件だったのに、あの若造はとぼけて……できるなら、わたしはアドリアンの目に律也様をさらしたくない。彼はひとの玩具《おもちゃ》を欲しがる子どものようなところがあるのです」

律也もアドリアンに会いたいとは思わなかった。見た目は綺麗な青年だったが、油断ならない匂いがした。律也を見つめるときの、好奇心に満ちた無邪気な残酷さ。

彼は〈浄化者〉を欲しがっているのだと聞いた――。

そもそも〈浄化者〉というのは、こちらの世界ではどう捉《とら》えられているのだろうか。自分のほかにも存在するのか？

「アドリアンの氏族と、櫂の氏族は昔から仲が悪いのか？」

「アドリアンの氏族がわが氏族に絡んできたのは、櫂様が長になってからです。昔から敵対することの多い氏族でしたが、前の始祖がいたときには手を出してこなかった」

それではやはり長が変わったから、小競り合いがはじまったということか。

「それって、櫂がまだ若いから、ほかの氏族に舐められてるってこと？」

「いいえ。アドリアンの氏族も、代替わりしたばかりなのです。といっても十数年は経っていますが……年数は少ないほうです。だから、櫂様を一方的にライバル視しているのですよ。自分も若い長ですから。それとやつの性癖が……」

「性癖？」

「いえ、つまらないことですからお耳汚しになります。ともかく対抗心があるのは間違いありません」

なるほど、前の始祖は貫禄がありすぎたから、黙っていたわけか。それにしてもちょっかいをかけてくるのが、櫂と同じように長になったばかりのアドリアンだというのがわかりやすい構図だった。脆《もろ》そうなところから狙うわけだ。ヴァンパイアの勢力争いも、意外に人間くさいのかもしれない。

「——わたしは調停式の準備がありますので、ご案内するのは別のものになります」

律也が朝食を食べ終わったあと、レイが再び呼び鈴を鳴らした。

ほどなくしてドアが開き、レイと同じようにマントと黒の礼装姿のヴァンパイアが現れた。少女のように華奢な姿をひと目見て、律也は「あ」と声をあげるのを堪えた。

「お呼びでございますか」

頭を下げながら近づいてきたのは、先日の夜、律也の部屋を櫂の密命で動いているといって訪れたフランだった。

調停式が行われるのは、吹き抜けの大広間だった。アーチ状の柱が左右に連なり、正面の天井にはクリスタルのシャンデリアが飾られている。

中央には調印のための机が置かれていた。豪奢な彫刻を施された、曲線が美しい脚をもつ机だ。

律也は特別に見学させてもらうことになったので、柱の隅に案内された。結界を張って、ほかの者からは姿が見えないようにされている。

すでに大広間の中央には列席者たちが集まってきていた。櫂の氏族とアドリアンの氏族の代表者たち。それから他の氏族たちも立ち会っているようだった。

ヴァンパイアの七つの氏族——勢揃《ぞろ》いしているのを見るのは初めてだった。

〈スペルビア〉——櫂の氏族。現在では貴種の数がもっとも多いので、一番の勢力となっている。獅子《しし》の力強さと孔雀《くじゃく》の美しさをもつ一族。

〈インウィディア〉は水を司る蛇がシンボルで、女性ヴァンパイアが多い。

〈イラ〉は古い一族とされ、スペルビア一族と元は同じとされる。

〈アケディア〉は本来、結界をやぶったり、遠見に優れ、外敵に強い一族だが、弱体化して数が減っている。

〈アワリティア〉は狡猾《こうかつ》な一族で、ヴァンパイアのなかでは風見鶏的な存在。

〈グラ〉はスペルビアとは友好的な氏族で、小さきものをあやつる。

そして、アドリアンが長の〈ルクスリア〉は幻術に優れ、夢魔を支配下におく。

先ほど急いでレイに教えてもらった知識を反芻《はんすう》しながら、こんなことなら東條にもっと詳しいヴァンパイアの世界事情のレポートを送ってもらうのだったと後悔した。

それほど記憶力は悪くないほうだが、いちどきには覚えきれない。そう訴えたら、レイはしらっと「覚える必要はないですよ」といいきった。

「わが氏族はヴァンパイアのなかでもっとも優れた一族です。律也様はその長の伴侶。わが氏族のほかは、『その他大勢』だと覚えておけばよろしいのです。もちろんアドリアンも含めて」

しかし、はたしてその言葉通りにしていいのかと疑問が残る。好奇心的な興味からも、律也は頭のなかの氏族の特徴を思い出しながら、大広間に集まっているヴァンパイアたちを見て、「あれは〈アケディア〉、こっちは〈イラ〉だな」と見当をつけた。〈浄化者〉の力なのか、細かな特徴の説明は忘れてしまっても、不思議と氏族の見分けははっきりとついた。

なかでも目を引くのは、櫂たちの氏族のなかではほとんど見ない女性ヴァンパイアが多いという〈インウィディア〉の一族だった。妖しく美しい薔薇が咲き誇っているような美貌の持ち主ばかりで、「櫂一筋」のはずの律也も、彼女たちの集団を目にしたときには見惚《みと》れてしまった。

夜の種族が美形揃いなのは知っていたが、女性ヴァンパイアがこんなに華やかな美女ばかりなら、櫂も心奪われたりしたことはないのだろうか。

しかし、ヴァンパイアは性交で繁殖することはなく、あくまで人間たちに与えた血のなかで、自分たちの仲間が覚醒するのを待つことで次代に血をつなげるため、同族同士では通常は欲情しない。だから、男女という区別も、あまり意味がないらしい。

「――〈インウィディア〉の女たちに反応するなんて、律也様も立派な男性なんですね」

くすくすと笑ったのは、大広間で律也の隣に控えていたフランだった。レイは代表者の一員という仕事があるので、彼が代わりに律也のそばについていてくれるのだ。

レイの前では、律也とフランは初対面のふりをして互いに挨拶《あいさつ》した。

いままでどこかで疑う気持ちが拭えなかったのだが、フランが櫂の配下でレイの友人だというのは嘘ではないと判明した。レイははっきりと律也にフランのことを「旧くからの友人です」と紹介したのだ。

「いや、だってすごい美人たちだから……自然と目がいく」

「大丈夫です。それが普通の反応です。でなきゃ、彼女たちのプライドも傷つく。男性を虜にするフェロモンを垂れ流して歩いているような女性たちですから。彼女たちに誘惑されたら、逆らえる男はいませんよ。ただ櫂様の伴侶なので、律也様は男性がお好きなのかと思っていたのです」

自分のセクシャリティについて深く考えたことはなかった。律也は櫂の姿を見て、「なんて美しい男なんだろう」と見惚れることはある。だが、櫂以外の美男を見ても、うっとりした経験はない。慎司も東條もかなり美形だし、「格好良い」とか「綺麗だ」と素直に感じるが、櫂に対する反応はやはり別物に思える。

「俺は……櫂が好きなんだ。櫂だけが特別だから」

「そうらしいですね」

なにがおかしいのか、フランはくすくすと笑い続けている。

かなり華奢なからだつきをしているので、フランは少女のように可憐だった。こうして笑っている姿を見ると、先日の夜、律也の部屋を訪れて物騒なことをいっていたのが夢の出来事のように思えてくる。

あれはほんとにあったことなのか？

「フラン……その、きみのことを知らないふりしろっていわれたけど。まだ調べてるのか？　俺を呼んでいた声の正体について……あと、レイのこととか」

「ええ。まだ調査中です。今日は休戦協定が結ばれる日なので……このままなにもなければよいのですが」

「進展はあった？」

結界内とはいえ、フランは周囲を見回してから声をひそめた。

「たとえ何者であろうと、あの家のなかで、律也様に近づこうとしたことが問題なのです。並の夢魔には入り込むこともできない。あの庭には浄化の薔薇が咲き、完全に櫂様と律也様の領域になっていますから。あやしげな声だけとはいえ、普通は入り込む余地がないのです。たとえば……警護役であるレイ本人が夢魔を操っているのでなければ」

「それはありえない」

再びレイに疑惑がかけられているみたいで、律也は即座に否定した。フランは「僕もそう思いたいです」と頷いた。

「――でも、夢魔を従えている一族の長、アドリアンがレイに興味をもってるのはご存じですか？」

そういえばアドリアンはレイをよく知っているようだった。

「アドリアンにそそのかされたのかもしれません。もしくは……かつての始祖のカイン様の復活を願っているとも考えられます」

「復活？」

「ええ。浄化者の血を捧げれば、塵となったヴァンパイアが甦るといわれているのです。氏族内で櫂様に不満をもっているものたちは、カリスマだった前の始祖に甦ってもらいたいと願うものたちなのです」

始祖は櫂が塵にして、すべて終わったと思っていたのに——新たな事実を聞かされて、律也は愕然とした。まだ決着はついていないのか。始祖の亡霊に呪《のろ》われている気分だった。

「浄化者の血って、俺のこと？」

「そうです。レイに聞きましたか？　どうしてカイン様を裏切って、櫂様に仕えたのか」

「裏切った理由は聞いてないけど。どうして櫂に仕えたかは聞いたよ」

フランの表情が硬くなった。

「なんていってました？」

「——櫂がとても美しかったからだ、っていってた」

「それだけですか？」

「うん……」

レイがかつての始祖の復活を願って暗躍しているとは考えにくかった。だったら、わざわざ櫂に鞍《くら》替えする必要などないではないか。

「そうですか。そんな一言だけでは、レイの忠誠がいまどこにあるのかはわかりませんね」

フランは厳しい顔つきのままだった。律也も『美しかったから』だけでは、レイの心情はよく理解できないが、たぶんヴァンパイアらしい美学なのだろうと察するしかない。

それにしても気になるのは、浄化者の血が始祖を復活させる——というフランの言葉だった。

「ほんとに始祖が復活することがあるのか？　散ってしまったのに？」

「僕もよくは知りません。ただ櫂様に抗う勢力が旗印にしようとしている噂があるのです」

夜の種族たちの世界ではなにが起こっても不思議ではないが、櫂にエネルギーのすべてを吸い取られて散ってしまった始祖が甦ることが可能なのだろうか。

浄化者の血にそんなパワーが？

「そもそも〈浄化者〉ってどういう存在なのか——俺はよく知らないんだ。フランは知ってる？　俺が聞くのも変だけど……」

「浄化者本人の律也様にそんなことをいわれるとは思ってもみませんでしたが」

目を丸くしたフランに痛いところを突かれて、律也はうなだれるしかない。たしかに間抜けな話だ。

「俺は……ほんとになにも知らないんだ。父もあまり夜の種族たちについては詳しく教えてくれなかったし、いまは櫂も俺によけいな情報を伝えないようにしてるから。もちろん俺のためを思ってくれてるんだけど」

「浄化者については、そもそもよくわかってないのです。ただ夜の種族は浄化者の発する気にとても惹かれます。だからおそらく――天界の……」

「天界？」

律也が聞き返したときだった。大広間がいっせいにざわめいたので、そちらに目をやる。扉が開き、黄金の長衣を見にまとった狩人たちの一団が整然と列をなして入ってくる。大広間が金色の光にあふれたように見えた。

狩人たちの背中には金の翼が生えている。翼を見せているときが、パワーをフルに生かせる状態らしい。これはヴァンパイアも同じで、通常時は翼を見えないようにしているが、戦闘時や能力を最大限発揮したいときには翼を開くらしい。

東條のせいでだいたいの予想はついていたが、狩人たちは聖堂の天使を思わせる浮世離れした麗人の集団だった。清らかで中性的な凛とした美貌が、ヴァンパイアたちのひとを誘惑せずにはいられないような艶めいた美しさとは違った雰囲気を醸しだしている。

狩人は二十人ばかりいただろうか。東條の姿も見えた。しゃべらなければ、ほんとうに彫像として飾られていてもおかしくないほど綺麗な男だった。

右を見ても左を見ても、綺羅綺羅しい容姿のものたちばかりなので、律也はしだいに目がチカチカしてきた。いくら櫂のおかげで人間離れした美形を子どもの頃から見慣れているとはいえ、こうも大勢が一堂に集まられると圧巻だった。

「……夜の種族って、ほんとに綺麗なんだな」

律也の呟きに、隣でフランが瞬きをくりかえした。

「律也様だって、とてもお綺麗ですよ。特に今日は以前お会いしたときよりも輝きが増しています。からだが変化してきたのですね」

昨夜、櫂の血を飲んで、何度も交わったからだろうか。

たしかに律也は淡麗な顔をしているとよくいわれる。亜麻色の髪も、色素の薄い瞳や肌も品よく整っていて、「王子様みたい」と評されることもあった。だが、櫂みたいな美男を見慣れていると、自分の容姿など所詮《しょせん》その他大勢のように思えてしまう。

「そういってもらえるとうれしいけど……夜の種族に褒められても、なんとなくピンとこないな。フランだって、妖精みたいにかわいいし」

フランは驚いたように「妖精ですか」と笑った。そしてふっと目許を和らげる。

「——レイも、昔、僕に同じことをいったことがあります。『きみは妖精みたいだ』って」

「え？　レイが？」

とうていそんな甘い台詞を口にするタイプには見えなかったので意外だった。親しい人間相手には、別の顔があるのか。

「レイって、友だちの前ではそんなふうなのか」

「そんなふうって？　レイはいつも変わらないですよ。『妖精みたいだ』っていうのも、決して褒め言葉ではなくて嫌味です。レイも僕も、少年の頃に覚醒したから、こちらでは若く見えるでしょう？　昔はレイもそれを気にしていて……僕が自分よりも幼く見えるので、『きみは妖精みたいだ』とか『女の子みたいだ』ってよく口にしていたんです。自分よりも若い子がいるってことを強調したかったんですよ」

フランがレイよりも幼く見えるから？　だとしても『妖精みたいだ』という台詞が嫌味とは思えなかった。くわえて、何事にも動じないように見えるレイが、自分の外見年齢が若いことを気にしていた時代があったなんて——微笑ましいエピソードだった。

「レイとはそんなに昔から仲がいいんだ？」

律也の問いかけに、フランは遠くを見るような目をした。

「ええ……仲はよかったですね。だからこそ、僕はなぜレイが変わってしまったのかを知りたいのです」

なにが変わったというのか。フランはまるでレイが裏切っていることに確信があるようだった。仲がよさそうなのに、なぜ？

「律也様……僕とこうしてレイについて話したことは、櫂様には内緒にしてくださいね。もしもレイが間違いを犯していたら、櫂様に知られる前に、きちんと理由を問いただしてみたいのです」

フランが古くからの友人を心配していることは伝わってきたので、律也は「わかった」と頷くしかなかった。

やがて大広間が再びざわめきにつつまれ、直後に水を打ったように静まり返る。休戦協定を結ぶふたつの氏族の長——櫂とアドリアンが大広間に入ってきたからだ。その後ろにはレイをはじめ側近たちが続いている。

こうして離れたところから見ると、櫂には覚醒してから数年しか経っていないとは思えないほど、ヴァンパイアの氏族の長としての風格があった。いまは翼を見せていないが、浄化された白い翼をもつものは滅多になく、現状では力で櫂に適うものはいないせいもある。

律也の前ではやさしく細められる美しい黒い瞳は、凜とした力強さを讃《たた》えて前を向いていた。一分の狂いもなく美をかたちづくっている整った顔立ち、つややかな闇色の髪。すらりと背が高く、バランスの良い体軀。どこをとってみても、不備なところがなかった。

対するアドリアンも、さすがに一氏族の長らしく、こういう場面では堂々としていた。まさに貴公子のような風情で、先日、東條の家で会ったときとはまた雰囲気が違って見えた。

夢魔を従えているという一族。

律也に「おいでおいで」と呼びかけてきた声の正体は、この一族の者だと疑うのが一番すんなりくるが……。

中央の調印のためのテーブルに並ぶ際、アドリアンがふいに視線を律也のいるほうに向けてきたので、心臓が飛びだしそうになった。

結界を張られているので、律也がその場所にいるのは見えないはずだった。それなのに、アドリアンの目はしっかりと結界内部を見透かしているように律也を見据《みす》えていた。


無事に調停式が終わって部屋に戻ると、東條が訪ねてきた。

今日ばかりは氏族間の仲介を果たしてくれた狩人だけに、レイも追い返すことはできなかったらしい。

豪奢な調度類が並ぶ居間で、向かい合ってお茶を飲みながら、律也が「どうして調停式のことを教えてくれなかったのか」とたずねると、東條はあっさりと答えた。

「びっくりしただろう？　サプライズがあったほうが律也くんも退屈しないかと思って」

レイの予想したとおりだったので、律也はがっくりとうなだれるしかなかった。そばに控えているレイが「ほら御覧なさい」という顔をしている。

「それにまあ、律也くんが調停式を見にくるとは思わなかったのでね。この調子じゃ、今夜の宴にも出席するのかな」

「宴？」

「他の氏族が立会人として集まってるんだ。なんの席も設けずに帰らせられないだろう。なあ、ドSくん」

話を振られてレイはいやそうに眉をひそめたものの、律也に「ほんと？」とたずねられると渋々頷いた。

「ええ。お客様をもてなしはしますが」

「俺も出られる？」

「櫂様がお許しになれば」

調停式を見物するのを反対していたのと同じ理由で、レイは宴にも出てほしくないらしい。先ほどの調停式は結界を張られていたので、アドリアンと直接対面する機会はなかったが、どういうわけか目が合ったような気がした。

なぜだろう――？

「東條さんが以前、ヴァンパイアの結界に入ってきたことがあったけど……あれって、普通にできることなのか？」

「普通にはできないよ。でなきゃ結界の意味がないからね。他の種族の結界を覗くことができるのは狩人だからだよ」

東條はこともなげにいう。「そうなの？」と律也がレイを見やると、おもしろくなさそうに「そうですね」と頷く。

では、アドリアンと目が合ったのは気のせいだったのだろうか？　夢魔の件といい、どうも彼に関してはきな臭いことが続く。

「じゃあ、夜の宴で会おう。律也くんが出席するなら、僕も少しだけ顔をだすよ」

東條はヴァンパイアの城のなかを見物したいといって、早々に席を立ってしまった。レイによると、狩人は宴に顔を見せることはめったにないらしい。おそらく東條以外の狩人はさっさと帰ったのではないかという話だった。

「やつらが普段なにをしてるのか、どういうネットワークをもってるのかも謎です」

宴では東條以外の狩人たちも間近に対面できるかと考えていたので、少しばかり残念だった。

宴に行きたいと律也が申し出ると、櫂は「ほんとに出たいのか」と歓迎する顔を見せなかったが、結局は出席を許してくれた。

宴では顔見せもかねるため、律也は再び無表情な従僕たちに風呂に入れられ、からだじゅうに香油を塗られまくった。風呂から出たあとは、衣装選びのために着せ替え人形のように次から次へと着替えさせられる。アドリアンのことは気になったが、ろくに考える時間もないまま夜になり、祝宴のはじまりを迎えた。

大広間はすでに準備が整えられていた。ヴァンパイアの宴だというので、血のワインでも用意されていたらどうしようと思ったが、普通の立食形式のパーティーだった。

人間の目から見ても美味しそうな料理がテーブルの上にたくさん並べられていた。ただひとつ例外なのは、薔薇の花がデザートのようにクリスタルの器になみなみと盛られていることだった。

ヴァンパイアは実際の食物では飢えを満たすことはできないので、あくまで口から食べる行為は形式的なものらしい。ワイングラスを片手に、ヴァンパイアが薔薇の花びらを口に含む様子は、彼らの外見のイメージにとてもよく似合っている。

櫂にエスコートされて律也が大広間に入ると、ヴァンパイアたちの視線がいっせいに集まってきた。もともと心話で会話する者が多いのか、大人数の割に話し声は少なかった。

調停式のときも、ほとんどが無言のやりとりだった。しゃべった言葉は古代語のような不思議な響きをもっていて、初めて聞く言葉なのに、律也の頭のなかには自動翻訳されて意味が入ってきたのに驚いた。

この宴の会場にも、さまざまな時代や国の言葉が飛び交っている。だが、どういうカラクリなのか、律也の意識にはきちんと理解できるかたちになって入り込んでくるのだ。これも浄化者である証なのかもしれない。

(あれが?)

(まだ若い?)

(なんて美しい青い光を身にまとっておられる)

(でも完全体ではない)

(……美味しそうな……)

（――しっ）

上物の肉を品定めするような視線には動じなかったが、周囲の空気が妙に興奮しているのが気になった。

昔、家の庭に現れたヴァンパイアたちは、いやしいほどに食欲を丸出しにしながらも、同時にヴァンパイアらしい突き放した冷ややかさがあった。ところが昔と違って、浄化者になったせいか、ここにいる多くのヴァンパイアたちは律也を見つめるときだけあきらかに視線が異様な熱を帯びている。ヴァンパイアの貴種の冷淡さに慣れているだけに、ある意味奇異な光景ともいえた。

櫂の氏族はすでに律也の存在に免疫があるが、ほかの氏族たちにとっては初めて目にするだけに神経が昂《たかぶ》るのを隠せないらしい。律也を前にして、ヴァンパイアたちの目は爛々《らんらん》と輝いていた。一部は崇拝するように――もう一部は、いまにも襲いかからんばかりに。

極端な例えだが、新興宗教の神様、もしくは獣たちの餌場に放り投げられた肉塊のような気分だった。どちらの役割も、律也はごめんこうむりたい。

「律――大丈夫だ」

隣を歩く櫂が、律也の困惑を察して、前を向いたまま囁く。

櫂はこうなることがわかっていたから、「ほんとに宴に出たいのか」と聞いたのか。

「うん、わかってる。平気」

律也はひそかに呼吸を整えて胸を張った。自分はもうこちら側の住人なのだから、ヴァンパイアたちの視線に怯《ひる》むことなく堂々としなければならない。

神経を張りつめていたせいだろうか。突然、カチリと頭のなかでなにかの鍵が合わさるような奇妙な感覚が走った。

細切れの映像が視界の裏に次々と浮かぶ。まるで映画の場面を思い出すみたいに。映像のなかで、律也が拘束されているのが見えた。腕をナイフで傷つけられて、傷口からグラスに血を注がれる。

この状況は——？

「なに？」と律也が映像の意味を理解する時間もないまま、その先を考えようとすると、ぶわっとからだの底からエネルギーがあふれてきた。

青い炎のような気に全身がつつまれる。

すると、放出された浄化者のエネルギーに惹かれたのか、周囲のヴァンパイアたちが色めきたった。あるものは恍惚とし、またあるものは欲望を剝きだしにさせた形相になる。

「うわっ」

律也が己のコントロールがきかないことに悲鳴を上げるのと、櫂に肩を引き寄せられて、その腕につつまれるのがほとんど同時だった。

瞬きをくりかえしていると、白い羽根が宙を舞うのが目に映った。律也を抱きかかえる櫂の背中に真っ白い翼が現れていた。己の力を誇示し、周囲を威嚇するように。

事実、効果があったらしく、櫂の大きな純白の翼を見た途端、周囲の興奮状態が一気に沈静化した。白い翼は、ヴァンパイアたちが地上に降りた頃の原始の力を象徴しているため、畏怖《いふ》と羨望《せんぼう》の対象らしい。

そっと見上げると、翼を広げている櫂の表情は神々しくすらあって、見慣れているはずの律也でも一瞬べつのなにかが乗り移っているのではないかと思ったほどだった。

櫂は普段、争いごとなど好まないといった風情の優雅な美男なのだが、こういうときはいつも物静かなだけに妙に迫力があった。

白い翼に気圧《けお》されたように、異様な熱気はいったん落ち着き、他の氏族の代表が次々と櫂と律也に挨拶の声をかけてくる。ヴァンパイアたちはようやく普段通りの冷静さを取り戻したようだった。

律也は安堵して挨拶に応えながらも、先ほど頭のなかに浮かんだ映像が気になって仕方がなかった。

自分が何者かに捕まっている場面――あれは予知かなにかなのか。

狼狽えてきょろきょろとしていると、少し離れてたところに立っているレイと目が合った。

警護役ならではの無表情で、律也と視線が合っても「挨拶してる方に集中しなさい」とでもいわんばかりだ。

そのレイの表情が見る見るうちに歪んだ――と思ったら、律也のそばにアドリアンが近づいてくるところだった。甘い端正な顔に満面の笑みを貼りつけている。

「またお会いできましたね、美しいひと」

アドリアンは最初に律也に声をかけてきた。律也は「はあ」と引き気味に答える。たぶん櫂に同じ台詞をいわれたら赤面するが、いくら貴公子のような美形でもアドリアン相手にはなにも感じない。

律也の鈍い反応を見ても、アドリアンはたいして応えていないようだった。東條の部屋で会ったことはレイからの報告で承知しているのか、櫂はわずかに表情を硬くしていた。

「――櫂は大胆だな。僕だったら、浄化者の伴侶なんて得たら、誰の目にもさらさないように塔のなかに閉じ込めてしまうのに」

アドリアンは微笑みながらぞっとしないことをいった。櫂は不快そうにアドリアンを睨み、ようやく口を開いた。

「俺は律を閉じ込めることなんてしない。きみとは趣味が違う」

「それは残念。ただし僕の趣味はべつにしても、心配なだけだよ。獣の餌場に投げ込まれたみたいで、律也くんが気の毒でね」

アドリアンは「ねえ、律也くん」と視線を向けてきたが、律也は怯まなかった。

「俺は大丈夫です。昔から、いつも似たような目で見られてたから」

「きみはヴァンパイアが怖くない?」

アドリアンはいささか拍子抜けしたようだった。

耀やその氏族はともかく、ほかの得体のしれないものたちが怖くないといったら嘘になるが、不思議とヴァンパイアには恐怖を覚えたことはなかった。父がどれほど夜の種族に気を許してはいけないといってもだ。もし怖かったら、耀の伴侶になどなれるはずがない。

「怖くない。だって、あなたたちは浄化者に惹かれるんでしょう? 俺は自分を好きでいてくれるひとは、嫌いじゃない。『美味しそうだ』とか、惹かれる基準が独特だとは思うけど」

緊張感のない返答だったが、これぐらいあっけらかんと答えないと、相手はねちねちと攻撃してきそうだった。

耀はなにやら困ったような顔をしていたが、アドリアンは愉快そうに笑いだした。

「きみはほんとに天然で怖いもの知らずなんだね。それでなきゃ耀の伴侶になんてなれないか。そのとおり、我らはきみには弱いよ。きみも本能的にそのことを知ってるから、怖がらないんだね。やはり浄化者という存在は天界の意図が働いていると見える。我らを魅了し、骨抜きにしようというわけだよ」

また「天界」という言葉が出てきた。ヴァンパイアの始祖たちは天から堕ちてきたというのに、それでもその場所に恋い焦がれているのだろうか。

律也が興味深げに聞いていることに気づいたのか、アドリアンが微笑んだ。

「こういった話に興味がある？　だったら、ぜひ僕の城に遊びにきてください。わが氏族は研究熱心なのですよ。浄化者や狩人についてはとくに……」

「――アドリアン」

耀が話を制するように名前を呼ぶと、アドリアンはうんざりした顔になった。

「耀。いくらきみがカインそっくりの容貌をしてるからって、この世界では僕よりも若造だよ。その顔で睨めば、僕がおとなしくなると思わないでくれないか」

「思ってはいない。ただいくらきみに招待されても、俺が律をきみの城へ遊びにいかせると思うか」

「残念ながら、無理だろうね。おやおや、さっきは自分で否定したくせに、きみは結局律也くんを閉じ込めているらしい。悪趣味な僕と変わらない」

言葉尻《じり》をとらえて、アドリアンはひどく楽しそうだった。

耀とアドリアンの視線が絡み合う。だが、耀はアドリアンの挑発に乗る気はないらしく、すっと目をそらした。

代わりに、いつのまにかレイがすぐ後ろにきていた。長ふたりに対して、臣下にしてはやりすぎともいえる冷ややかな目を寄越す。

「おふたりとも、いくら祝宴とはいえ、戯れが過ぎます。休戦したというのに、その長同士が口喧嘩しては元も子もない。我らは契約を重んじる。他の氏族の方々が、『これだから年若の長同士は……』と先ほどから笑いながら見てらっしゃいますよ」

レイのいうとおり周囲からの好奇心に満ちた視線が集まっていた。一触即発の危機感を心配しているというよりは、たしかに「またか」とあきれているふうでもあった。

レイの登場で、アドリアンの表情がぱっと輝いた。

「レイ。きみに仲裁されたら、いうことをきかずにはいられないね。今日もとても美しく、可憐だ。きみほどの美少年は、古今東西《おっしゃ》、どこを探しても見つからない」

「相変わらずおもしろいことを仰る。アドリアン様とお会いするたびに、無愛想といわれるわたしがいつも笑いを堪《こら》えるのに必死です」

「きみを笑顔にできるなら、僕はいくらでも道化になろう」

表面上はふたりとも穏やかなものの、互いになにかいうたびに、両者のあいだの空間に音をたてて亀裂《きれつ》が走っていくかのようだった。

アドリアンがレイを「可憐だ」とか「かわいらしいひと」とか褒めたたえるのは、レイの外見年齢コンプレックスを知っているからこその攻撃なのかといまさらながら思い当たる。だが、嫌味にしても、アドリアンのレイを見る目は妙にうれしそうだった。好きな子をからかういじめっ子のようだ。

先ほどの櫂に対するやりとりも、挑発する部分はあったとはいえ、それほど険悪ではなかった。仲がよくないのはわかるが、律也が思い描いていたものとは少し違った印象を受ける。

アドリアンの絡み方は、櫂やレイに対しては妙に人間くさいというか冗談の域を出ていない。東條の部屋で会ったとき、「美味しそうだ」と律也を獲物としか見ていないような視線にぞくりとしたが、あれはヴァンパイアとしては正しい反応だった。

律也は「怪しい」と思ったが、先ほどの周辺のヴァンパイアたちの反応を見ても、アドリアンが特別というわけでもない。

なんなんだろう、この違和感——。

アドリアンが腹にいちもつ秘めていそうな人物に思えるのだが、それに惑わされて、重大ななにかを見間違えているような気がした。

しかし先ほど結界内にいたとき、アドリアンの視線を感じたのは事実だ。あれはいったいどういうからくりなのか。

律也の視線を感じたのか、アドリアンは「なに？」と微笑みかけてきた。

「さっき、俺と目が合いました？」

「さっき？　いつ？」

アドリアンは驚いた様子で覚えがないといいたげだった。調停式のときの律也は見えてなかったというのか。

隣で櫂が不審げな顔をしているので、律也はあわてて「いいえ」と引き下がる。

アドリアンはおもしろそうに律也をしげしげと見てから、去り際に奇妙な台詞をいいのこしていった。

「律也くん。気をつけるといい。きみはみんなに狙われてる。もっと周りに目を配ることだ」

え——？

どういう意味だ、と律也は茫然とアドリアンの背中を見つめる。

アドリアンが去ってからしばらくすると、櫂がほかの氏族の代表と込み入った話をはじめたので、律也は邪魔にならないようにそばを離れた。料理の並べられたテーブルの近くに移動する。

ヴァンパイアと違って、律也は普通に食欲があるので、贅《ぜい》を尽くした料理が先ほどから気になっていたのだ。櫂が一緒にいるときはがっついた真似もできないので、この隙に食べてしまおうと料理を皿に盛る。つまんでみると、どれも舌がとろけてしまいそうに美味だった。一応、身体は二十歳の大学生なので食欲は旺盛だ。食べ放題のヴァイキング会場にきたときのように気分が高揚する。

ひとりになったのをいいことに、料理を次から次へと口に運ぶ律也を、周囲のヴァンパイアたちは興味津々に見ていたが、先ほどの櫂の威嚇がきいているせいか、近寄ってこようとはしなかった。

もっと他のヴァンパイアたちとも接してみたかったので、残念に思わなくもない。他の氏族で普通に声をかけてくるのは結局アドリアンだけなのか。

やがてレイが周囲を警戒するように目を配らせながら、律也に近づいてきた。

「律也様、お料理を召し上がるのは結構ですが、ほどほどにしてくださいね。欠食児童のような真似をされては、わたしたちがきちんとしたものを食べさせていないように思われてしまいます」

ぴしゃりといわれて、律也は「ごめん」と皿を置いた。優雅に薔薇の花びらとワインを嗜《たしな》んでいるヴァンパイアたちのなかにあって、食べ放題で元をとろうとばかりに料理を盛る律也の姿はたしかに異様だった。

律也の食い気にあきれただけではなく、先ほどのアドリアンとのやりとりのせいか、レイは妙に疲れたふうだった。

「レイは、アドリアンと昔からの知り合いなのか？　ずいぶんと突っかかってくるみたいだけど」

「あれは変わり者なんです。同族に欲情する変態ですから」

「変態？」

「普通は、ヴァンパイアは上位の者に平伏し、その力に圧倒されて心酔することはあっても、上位のものは下位のものに興味を示しません。だが、あの長は下位だろうと、他の氏族だろうと、おかまいなしです。わたしだけではなく、すれ違う全員《いだ》に『綺麗だね』と声をかけていますよ。あいつはあろうことか、櫂様にも同様の興味を抱いてます。おぞましい。前の始祖のカイン様を、他氏族だというのにひそかに崇拝してましたから。小競り合いをしかけてくるのも、耀様が代替わりしたばかりで隙をついてくる意味もありますが、カイン様そっくりの耀様にかまってほしいというのが理由の一端にあるに違いない」

レイは憤慨したようにいう。さきほど言葉を濁した「性癖」とはこれのことか。アドリアンを毛虫のように嫌っている理由がようやくわかった。

一般的に考えれば、レイが美少年だから、アドリアンが好ましく思って声をかけてきていると考えてもおかしくはないが、そういった行動はヴァンパイアとしては異端らしい。ヴァンパイア同士は欲情しないとは聞いていたが……。

「ヴァンパイアたちのあいだでは、恋愛感情が芽生えることはないのか？」

「なくはないですが……ヴァンパイア同士でつるんでるのは、物好きというか、変わり者だといわれます。普通のヴァンパイアでも、上下関係を示すために、肉体的な征服はよくあります。その場合、例えるのは本位ではありませんが、あくまで動物のマウンティングのようなものです。人間のように情緒的なものは絡まない」

そこでも弱肉強食なのか、と徹底していることに驚いた。力がすべて――だから、力が強いものに焦がれることはあっても、強いものが弱いものに惹かれるのはまずないのか。

「じゃあ、アドリアンみたいなのは変態？」

「だから、さっさきからそう申し上げているでしょう。律也様はアドリアンに随分と関心があるのですね。あの狩人といい、変わり者と気が合うのですか」

「いや、そういうわけじゃないけど……」

先ほどアドリアンは「天界の意図」がどうのこうのといっていたし、狩人や浄化者について調べているようなことをいっていた。いわれてみれば、東條と共通点がある。

変わり者と気が合う。そのとおりかもしれないが、痛いところを突かれて、律也はおもしろくなかった。いつもレイにはやりこめられているが、珍しく反撃したくなる。

「ヴァンパイア同士なら、フランなんて女の子みたいにかわいくて魅力的だけど、レイはなにも感じないの？」

レイがフランに「妖精みたいだ」「女の子みたいだ」といったという昔話は、なんらかの特別な感情が含まれているように感じた。だが、予想に反して、レイは顔色を変えなかった。

「わたしはフランに力を誇示したいと思ったことはありませんから」

レイのほうが序列がはるかに上なのは明らかだった。それでも、レイはフランを「友人だ」と紹介した。上下関係があっても友人だというなら……。

レイがかすかに唇の端を上げながら、律也をちらりと見た。

「ひょっとして、このやりとりで、律也様はわたしを困らせてやろうとしていますか？」

「え。いや……そういうわけじゃないけど」

即座に見ぬかれて、律也は言葉に詰まりながら汗をかく。

「フランとわたしは、律也様が期待して想像してるような関係ではないですよ。人間は何事もロマンスに結びつけがちですが」

「べつに期待はしてないけど。レイが『友人です』っていうから、少しどういう関係なんだろうと気になっただけだ。ヴァンパイアは長い時間を生きてるから……いつ仲良くなったのかなって」

「わたしのプライベートに興味がおありなんですか？　なぜ？」

「なぜって……それはレイのことが知りたいからだよ。一緒にいる時間も長いし」

「得体の知れないやつに、そばにいられるのは苦痛ですか」

「そういう意味でいってるんじゃない」

からかっているだけらしく、レイはおかしそうに口許で微笑んでから、さっと表情を引き締めた。その視線の行方を追うと、東條がきょろきょろしながらこちらに歩いてくるのが見える。

狩人が宴に姿をあらわすのは珍しいらしく、ヴァンパイアたちは驚いたように東條を見ていた。律也に対する興味とはまた違った、訝《いぶか》しげな視線だ。

「ああ、よかった。律也くんが見つかった」

「東條さん、遅かったですね」

「街の裏通りを散策していたら、遅くなってしまった。骨董《こっとう》屋であやしげなものをたくさん見つけて、実に楽しかった。今度、律也くんも一緒に行こう」

勝手に誘うな、とばかりにレイが東條を睨みつける。東條は気にした様子もなく、「やあ、ドSくんはいつも僕を大歓迎だね」ととぼけていた。

東條にはレイと仲良くしてほしいと以前頼んだはずなのに、聞き入れてくれた様子はなかった。内心ためいきをつきながら、律也は話の先をうながす。

「あやしげなもの？」

「ほら、たとえば、これは少し前に手に入れたものなんだが……綺麗だろう。よかったら、律也くんにプレゼントしよう」

小さな白い石を手渡されて、律也は目をこらす。親指の先ほどの丸い石のなかに、赤く発光するものがちらちらと浮かんでいるのが見える。炎を閉じ込めたみたいだ。

「これは？」

不思議な輝きに見入っていると、いつのまにか律也の背後に櫂が戻ってきていた。東條の姿を見たので気になったのだろう。なにを渡されたのかと警戒するように手のなかの石を一緒に覗き込む。

「——語り部の石だな」

「語り部の石？」

「ものをいう石といわれている。普段はただの石だけれども」

ものをいうといわれてもイメージがわかなくて、律也は石をまじまじと見つめる。

「え？　しゃべるの？　どうやったら？」

「――石がしゃべりたいときに」

櫂だけではなく、レイ、東條までもが申し合わせたように声を揃えて答える。そんなことも知らないのか、といいたげだ。

「そんなに当たり前みたいにいわないでくれ。俺が知ってるわけないじゃないか」

「……精霊がついてるのですよ」

レイがようやく説明してくれた。

「だから、めったに反応しません。普段はただの綺麗な石ころです。こちら側の世界に渡ってくるとき、門番を見たでしょう。あれと似たようなものが石のなかに棲んでいると思えばいい」

「え？　こんなに小さいなかに？　あの蝶々みたいなのが？」

「語り部は大きいですよ。たぶん十メートルぐらいある。蝶々の羽はありませんが」

話の流れから、なにも知らないのをいいことにからかわれているのだと察して、律也は「へえ、十メートル」と半眼で白けた声を返した。

すると、石のなかの炎のゆらめきが大きくなった。手のひらにいきなり熱が伝わってきて、律也は「う」と顔をゆがめる。手から青い気の光が噴きだし、石の光と共鳴した。石から赤い炎が燃え上がったように見えた。

「な、なに？」

櫂とレイがさっと背中に翼を出現させて、戦闘態勢になり、周囲にもざわめきが広がる。だが、石から上がった炎のような光はすぐに勢いをなくして、するすると収束する。気がつくと、手のひらには元通りの石が転がっていた。

「律也様の気を吸いとりましたね、この石」

レイが胡散《うさん》臭そうに石を見る隣で、櫂も難しい顔つきになる。

「悪いものではないだろう。たいていの語り部の石はもう眠りについていて滅多にしゃべることはないというが」

櫂はいったん律也から石を取り上げて検分したあと、「もっていてもいい」と返してくれた。不思議な石だな、と律也も興味津々だった。

石のなかの炎がゆらめいていた。この小さな石のなかに、あの蝶々の羽を生やした精霊のような存在がいるなんて信じられない。

綺麗で怖い、硝子玉のような目を思い出す。あの門番はまるで次元が違う存在のようで、とうていお友達にはなれそうもなかったけれども……。

（無知なもの——だが、血は尊い）

突如、頭のなかに声が響いた。「え」と律也は思わず声をあげそうになる。誰かが心話で話しかけてきたのか。だが、それらしい人物は周囲にいなかった。

幻聴？

律也は困惑しながら周りを見回す。ふと不思議な組み合わせのふたりが見えて、そちらに気をとられる。

広間の出入口のところに、アドリアンが立っていた。誰かと話している。

アドリアンの影になっていて見えなかったが、その人物が逃げるようにその場から離れたので、誰と話していたのかが判明した。

華奢な少女のような身体つき。ヴァンパイアには珍しい、妖精を思わせるような清楚《せいそ》な美貌——フランだった。

あの変わり者の長は、フランにまで「かわいいね」と声をかけているのか。

いかにもやりそうなことだとあきれていると、律也と同じようにフランとアドリアンが話していたのを見ていた人物がもうひとりいたことに気づいた。

律也のそばで、レイがいつになくこわばった表情をしていた。その目は、フランに逃げられてひとりで立ちつくしているアドリアンを刺すように見つめていた。

寝る支度を終えてから、律也は宴の終わりに東條からこっそりと渡された紙を開く。慎司からの手紙だった。

こちらの世界にきてから、慎司とも会う約束になっているのだが、オオカミ族とヴァンパイアは良好とはいいがたい関係なので、なかなか連絡がとれない。それで東條が手紙を預かってくれたのだった。オオカミ族にとって狩人は天敵みたいなものだが、いまは東條も満腹状態なので、慎司も以前ほどの嫌悪感はないらしい。

手紙には、五日後にヴァンパイアの都を出たところで会おう、と記されていた。

櫂には慎司に会ってもいいといわれていたが、あらためて日程を伝えて許可をとらなくてはならない。

手紙をしまってから、寝室のベッドのうえに寝転び、律也は東條からもらった「語り部の石」をもう一度手にとって眺めた。

精霊がついているのなら、姿を見せてくれないものかと軽く叩いたり、こすったりしてみたが、石のなかの炎のような光が大きくなったり小さくなったりするだけで、何者が現れるわけでもなかった。

もう一度青い光と共鳴させてみようかと手のひらに握りしめたとき、櫂が部屋のなかに入ってきた。

櫂は湯浴みをすませたばかりなのか、髪が乾ききっておらず、少し濡れていた。いつもきちんと身なりを整えているので、そういった姿もまた新鮮で普段とは違う色香が漂っていた。

耀はベッドに腰掛けて、律也を後ろから抱きしめる。律也の手に石が握られていることにすぐに気づいたらしい。

「――それを眺めてたのか」

「うん。不思議だなあ、と思って……なんでこれは『語り部の石』っていうの？　精霊がついてるだけなんだろ」

「精霊は普通、あまり話さない。人間はもちろん、夜の種族たちともかけ離れた意識をもっているから。だけど、その白い石についている精霊だけはよく話すことで知られてるんだ。だから語り部と呼ばれる」

「この白い石ってなんなの？」

「天界から堕ちてきた石だ」

また「天界」だ。手のなかの石が、「そのとおりだ」と肯定するようにほのかな熱を発した。

ふいに後ろから抱きしめてきた耀が、首すじにキスをくりかえしてきたので、律也はあわてた。石の話をしていたのに、いきなりこんなふうに色っぽくふれられると焦ってしまう。

律也のとまどいなどおかまいなしで、耀はさらにぎゅっと抱きしめる腕に力を込めた。

「律……今日はきみを多くのヴァンパイアの目にさらしてしまった。怖くはなかったか。不快な思いをしなかった？　みんな、きみを物欲しそうに見ていただろう」

「大丈夫だよ。俺は平気。物欲しそうっていっても、近寄りがたいみたいで、実際には遠巻きだったし」

「ほんとに?」

櫂に真剣な表情で覗き込まれて、律也は胸が落ち着かない音をたてるのを意識しながら頷く。もう見慣れてもいいはずなのに、櫂に至近距離で顔を見られるといまだに胸の鼓動がおかしくなる。

櫂は悩ましげな顔つきを崩さず、律也の首すじに甘いためいきめいたキスを落とした。

「――俺は平気じゃない」

「櫂?」

「ほんとなら、俺はアドリアンがいうように、きみを誰にも見せずにどこかに閉じ込めておきたい。ほかのやつが、きみに物欲しそうな視線を向けるだけで、相手を八つ裂きにしたくなる。堪えるのに一苦労だ」

櫂はひどく苦しそうだった。律也に対して異様な独占欲を発揮するのは知っていたが、今日もそんな心境になっているとは知らなかった。相手が苦しがっているのに、なぜか甘い気持ちが込み上げてくる。

「……さっきの宴のときも、堪えてた?」

「ああ。アドリアンがきみを城に誘っただろう。絶対に行かせたくない」

「行かないよ」

「わかってる——」

もう誰にも姿すら見せたくないとばかりに、櫂は律也を腕のなかに捕える。

つねに冷静で穏やかな物腰の櫂が、まさかこんなふうに嫉妬《しっと》するなんて普段の姿からは想像もつかない。アドリアンに限っていえば、律也に対する興味よりも、レイに対するからかいめいた誘いかけや、櫂に対する対抗心のほうが執着度的には上だと思うのだが。

「櫂……？」

さらに力を込めて抱きしめられて、その腕の力の強さに律也はとまどう。耳元に吐息めいた声が吹き込まれた。

「律をこちらの世界になかなか呼ばなかったのは、氏族間に不穏な動きがあって、きみによけいな心配をかけたくなかったからだ。だけど、もうひとつ理由がある。俺はきみをほかのやつに見せたくない。きみを俺のものにすればするほど、きみは浄化者として、夜の種族にとってどんどん魅力的になっていく。俺にとっては昔と変わらない律なのに……きみを子どもの頃から見てきて、ずっと変わらずに愛しく思ってきたのは俺だけだ。いまさらほかのやつの欲望にさらさせたくない」

「……櫂……」

櫂は律也にだけは他の誰にも見せない顔をさらけだす。氏族のヴァンパイアの前ではこんな一面は決して覗かせないし、一番信頼しているレイに対しても感情的に振る舞うことはない。長ともなれば当然なのだろうが、耀はいつも完璧《かんぺき》すぎて、誰にも付け入る隙を与えない。

それなのに、律也に対してはこうして本音を告げてくれる。耀が律也に誰よりも気を許している証拠だった。くすぐったくなると同時に、耀が愛しくてたまらない。

「俺も……耀だけだよ。それに、浄化者が魅力的っていわれたって、俺にはなんの自覚もない。耀にだって、俺は以前と変わらないように見えるんだろう？」

「変わらないけど……律は綺麗になった。時折、俺もどうしていいのかわからないほど」

他のことは話してくれないのに、耀はなぜか律也に対する気持ちだけはストレートに告げるから困ってしまう。

「だから、夜の種族にそんなことといわれたって、全然説得力がないんだけど。とくに耀は——俺の子どもの頃だって知ってるくせに。わがまま放題で、耀のシャツの裾を摑んでくっついてて、意地汚くて、お菓子にがっついていた姿を思い出せば、俺に対してどうしていいのかわからないなんてことないだろ」

どうだ、恥までさらして説得してやったぞ——と勢い込む律也を見て、耀はあっけにとられたようだった。

「そうだな。今日も宴で、ひとりになった隙にテーブルの料理をいまが狙い時だとばかりに食べていたし」

律也がぎょっとして「見てたの？」と振り返ると、櫂はたまりかねたように噴きだした。

「そういうところは、律は驚くほど変わらない。変わらないのが浄化者の力なのかもしれないな」

変わらないのが浄化者の力――そんなふうにいわれると、あらためて疑問がわいてくる。

「浄化者って、いったいなんなんだ？　よくわかってないってみんないうけど。気の力が強くて、特殊だってこと？」

「――天にもっとも近い」

その一言だけでは伝わらないと判断したのか、櫂は少し考え込むように続ける。

「すべてを清らかに純粋に、そのものの本質を引き出す。その力は、本来この地上にはないものだ。狩人が調整役としての役目を担っているのは、天界の意思が働いているからとよくいうけれど、浄化者も同じだと考えられている」

「狩人と同じ？」

「突き詰めれば、ヴァンパイアも天から堕ちてきたものだから同じはずだ。浄化者はもっとも天に在る存在と近いという意味だ。だから、夜の種族は浄化者の気に弱いんだよ。浄化者の血のなかには、おそらく神の血が混じっている」

自分のなかに神の血が混じっているといわれてもピンとこなくて、律也は瞬きをくりかえすしかなかった。

「俺は普通の……人間だったけど」

「もちろんそうだ。天から堕ちてきたとき、ヴァンパイアの始祖となったのは七人、それぞれの始祖に十二人がつきしたがって降りてきた。さらにあとから、七人が続いた。だが、この最後の七人は自らの意思ではなく天の意図を受けて、監視と調整のために降りてきたと考えられている。だから、首謀者となった始祖の数と同じ七人なんだ。バランスをとるために」

東條が書いてくれたレポートの記述を思い出した。

「最後に降りてきた七人のうち、ひとりは天界に戻ったって……」

「それは夜の種族たちの世界を離れたという意味で、おそらく人界にまぎれこんだとされている。あとから加わった七人は、始祖たちの力を上回るように神の血を与えられていて、狩人と浄化者をつくりだした。ヴァンパイアに加わった六人が狩人となる因子をもっていて、裏切って天界に帰ったとされる一人は人界に降りて浄化者の血をつないだ」

「俺にはその血が流れてる？」

途方もない話になってきて、いまいち実感がわかない。

「律——きみは自分の母親のことを聞いたことがある？」

唐突に疑問をぶつけられて、律也はかぶりを振る。いままで忘れていたものをいきなり引き出されたようなとまどいがあった。

「……ないけど。父さんは全然母さんのことを話してくれなかった。俺が赤ん坊の頃に、亡くなったとしか……」

「そうだろう? 俺も花木さんから、聞かされたことがない。律の家には母親らしき写真ひとつすら飾ってなかった。花木さんは人並み外れた強い気の持ち主だし、きっとその奥さんにもなにか事情があるんだろうと察して、俺はたずねなかった」

律也も、自分に母親がいないのはあたりまえで、父に疑問をぶつけたことはなかった。思えば、幼い頃からなんらかのタブーを感じとっていたのかもしれない。

そう——たしかに写真すらなかった。父は母の思い出話をしなかった。

父はとてもやさしいひとだったし、童話作家だけあって、たくさんお話をしてくれて、律也を飽きさせなかった。夜の種族たちや不思議なものが見えたから、つねにひとりではなかったし、やがて櫂が家にやってきてくれたおかげで、律也は淋しさを感じることもなく育った。

「花木さんも気の強い持ち主だから、浄化者の血が潜んでいて、律のなかで目覚めたのかもしれない。もしくは、きみの母親のほうにその血があったのかもしれない。真実はわからないけれど」

自分の出自すらよく把握してないことをあらためて知って、律也は愕然とする。祖母に外国の血が混じっていると聞いたことがあるだけで、律也は親戚《しんせき》といったら、慎司以外に会ったことがない。

「……俺は、昔から父さんが話してくれないことは聞いちゃいけないと思ってた。父さんも慎ちゃんも、俺に夜の種族たちの詳しい事情は話さなかったし。だから、子どもの頃から、話してもらえないことは知らなくてもいいことだと思う癖がついてるみたいだ」

途端に、耀は決まりが悪そうになった。

「俺も、律にまったく同じことをしてるな。心配をかけたり、不安にさせるのがいやだから。そのほうがいいと思っていたけど、律をよけいに心配させるだけなのか」

「それはそうだよ。なんでも話してくれたほうが、俺はうれしい。もちろんそれが耀の負担だっていうなら、我慢するけど」

「――じゃあ、なるべく話すようにしよう。律が満足するなら」

耀は小さく息をついたが、その顔はどこか浮かない様子だった。

夢魔やレイの件だけでも手一杯なのに、また新たな疑問がわいてきた。自分の母親は何者なのか。慎司に聞けばわかるのかもしれない。五日後に会ったら、早速たずねてみなくては。

「耀……それで、昨日いったけど、慎ちゃんとこっちで会う約束をしてるんだ。会いにいってもいいかな?」

「いつ?　どこに行くんだ?」

「五日後だって。慎ちゃんはヴァンパイアの都には入る気になれないっていうから、外に出ることになるけど。あと、たぶん東條さんも一緒にくる。オオカミ族の街に連れていってくれるみたいだけど……」

　耀はおもしろくなそうな顔をしながらも頷いた。

「いいよ。このあいだいいといってしまったから仕方ない。だけど、俺も一緒に行くっていったら、どうする?」

「耀も?」

　憮然と「駄目なのか」と問い返す耀に、律也はあわてて首を振る。

「駄目じゃないけど、耀と慎ちゃんは仲が悪いだろ?　ふたりがつまらないことでいがみあうのを俺は見たくない。仲良くできるって約束してくれるなら、いいけど」

「それは無理だな。獣とは相性が悪い」

　耀がおとなげなく即答するので、律也はあっけにとられる。

「オオカミ族とヴァンパイアだから、仕方ないかもしれないけど……なんていうか、もっと歩み寄ってほしいというか」

「それだけじゃない。慎司は俺が家を出ていなくなったあと、律のそばでずっと暮らしてただろう?　それがいやなんだ」

「いやって……でも、父さんに呼ばれて、慎ちゃんは俺を守ってくれてたわけだし」

「わかってる。慎司のせいじゃない。ある意味、感謝しなくちゃいけないのも承知してる。律をひとりにしないですんだのは、彼のおかげだ」

感謝していても、その役目を譲ったことがどうにも我慢ならないらしい。

律也はふたりには仲良くしてほしいのだが、櫂と慎司のあいだはかなり複雑で、時間がかかりそうだった。

「慎ちゃんは慎ちゃんで、『俺のほうが国枝櫂よりもりっちゃんと先に暮らしてたらよかった』っていったりするし、俺はどうしたらいいんだ?」

律也が困り果てているのを見て、櫂は表情をゆるめた。

「どうもしなくていいよ。俺は一緒に行かないほうがいいだろうな。そのほうが律も慎司も気が楽だろう」

あっさりと引くところを見ると、どうやら慎司たちと出かけるのが不満で、「一緒に行く」といってみただけらしい。最初から、本気でついてくるつもりはなかったのだ。からかうような表情から、律也の困る顔を楽しんでいるようにも見える。

「——櫂はやっぱり意地悪だ」

「意地悪ぐらいいいたくなる。俺が律を『誰にも見せたくない』って切実に訴えてるときに、あっけらかんと『ところで、慎ちゃんと出かけていい?』って聞いてくるんだから」

その流れだけを見ると、自分がとんでもない無神経に思えてきて、律也は真っ赤になった。

「いや……それは、櫂と俺のあいだには信頼の絆《きずな》があるっていうか——」

「いいよ。わかってる。慎司は律の大切な親族だ。本来なら、俺がきちんと礼をつくして、城に招待しなきゃいけないくらいだから。そうしたほうがいいか？」

「……ん。でも、それは慎ちゃんがいやがるから、しなくても大丈夫だと思う」

常日頃から「ヴァンパイアは気障だ」と気の合わないことを公言している慎司だ。優美に薔薇の花びらを食みながら暮らしているヴァンパイアたちの生活ぶりを見たら、じんましんでも発症しそうな気がする。

律也の正直な返答に、櫂はおかしそうに「了解」と笑った。

「——約束してるのは、五日後？」

「うん。二、三日で帰ってくるから」

「わかった。じゃあ、とりあえず五日後までは、律は俺のものだ。ずっとそばにいてもらう」

「ずっと？」

「……いやか？」

顔を振り向かされて、額にキスされる。「いやじゃない」と答える唇にも、キスが降ってきた。

「この部屋から出さない。ずっとベッドの上で過ごそう。俺はきみの肌にキスしたまま、唇をいっときも離したくない」

甘い吐息を唇に吹き込まれる。薔薇の香りに酔って、ふわふわとした気分になり、雲の上にいるような錯覚に陥る。そのままベッドの上に押し倒されて、唇を食べつくすみたいにキスをくりかえされる。

「……きみのからだに、俺の匂いを沁み込ませるよ。肌にも、からだのなかにもたくさん。きみとずっとつながったままで、夜も昼も過ごしたい」

囁きながら、櫂は律也の寝巻きを脱がしていく。剝きだしになった肩に軽く噛み付かれて、律也はぞくりとした。

前夜の激しい交わりを考えれば、「夜も昼もずっとつながったまま」というのも本気で実行に移されそうで怖かった。

「や……そんなことしたら、死んじゃうだろ」

「死なない。俺が血と精を与えるから。きみのからだは悦ぶだけだ。苦しくも痛くもない」

律也の腕をベッドのシーツに磔にし、上から顔を覗き込んでくる櫂の表情はすでにヴァンパイアの欲情に彩られていて、妖しいほどに美しかった。

見惚れて絶句したあと、律也はなんとか抵抗を試みる。

「昨夜だって苦しかったのに？　櫂のエロ」

「律は、俺を満足させてくれるんじゃないのか？」

「そ、そうだけど……」

またもや言葉に詰まる。櫂の表情少しやわらいだ。

「昨夜も、『いや』っていいながらも、律はしっかりと俺を気持ちよくしてくれた。いやらしくからだが痙攣してたし、何度も達しただろう？」

「………」

あまりのいいように、律也はぱくぱくと口を開けるだけで、言葉がでてこなかった。ようやく「そんなことない」と声をあげたところを、笑いを含んだ唇で封じられる。

「俺の手を離れて、慎司たちと外に出かけるんだ。完全に俺の体液の匂いをつけなきゃいけない。危険だから。それに、こんなに俺が欲しがってるんだ。律にも俺を欲しがってほしい」

「……そんなの、いわなくたってわかるじゃないか」

「わからない」

「この前も、ちゃんと口にだしていったじゃないか。お、俺は……」

つい先日も、蜜月だというのに櫂が家に頻繁に訪れてくれないものだから、「抱いてほしい」と告げたはずだった。

「忘れっぽいんだ。もう一度いってもらわないと」

櫂はとぼけた口をきく。

律也は櫂を叩いてやりたいくらいだったが、腕をしっかりと押さえつけられ、抵抗するのもかなわない。それに、いくら手が自由に動いたとしても、実際に櫂を叩けるかどうかは謎だった。

こんなにも愛しげに、熱っぽく見つめてくれる相手に拳《こぶし》を振り上げるのは可能だろうか。

こんなに綺麗で魅惑的な種族に対して？　子どもの頃から慕い続けて、ほかの誰も目に入らないくらい好きで好きでたまらなかった相手を？

……無理だ。

「櫂はどこまでも意地が悪い」

「――なんとでも」

笑いながらキスしてきた唇に応えてから、律也は相手の望む通りの言葉を口にする。消え入りそうに小さく、かすれた声で。

「……抱いて、櫂」

お願いに満足したように頷いて、櫂は深く唇を重ねてきた。

考えなきゃいけないことはたくさんあったが、この腕に抱かれているときは忘れてもいいはずだった。

櫂の体温と薔薇の香りにくるまれながら、律也はしばしの甘い夢のなかに沈み込んだ。

Ⅲ　オオカミ族の街で

　ヴァンパイアたちの都は、むせかえるような薔薇《ばら》の香りにつつまれ、ひとびとの話し方はひそかやで優美で、芸術家が描いた絵のように洗練された静の美があった。

　だが、対照的にオオカミ族の街では、律也《りつや》の鼻は肉やパンが焼ける美味《うま》そうな匂《にお》いにくすぐられ、耳に飛び込んでくるのは子どもの泣き声や笑い声にくわえて通りすぎる人々の喧騒《けんそう》——その熱気に眩暈《めまい》を覚えそうになる。

「——うるさいですね」

　律也の背後で顔をしかめたのはレイだった。その隣でフランも不安そうな顔を見せる。

「今日はなにかのお祭りなんでしょうか」

　ふたりのヴァンパイアは、街の騒がしさに圧倒されているようだった。櫂《かい》は一緒についてこなかったが、代わりにお目付け役としてレイとフランが同行しているのだ。

　ヴァンパイアの都を出て、一番近くにあるオオカミ族の住む地域の街だった。規模はそれほど大きくないのだが、商いが盛んなのか、市場が賑《にぎ》わっていた。

　ヴァンパイアの街は、建物こそ旧《ふる》いものの、中身はそれなりにきちんと水道が整備されていたりして、設備の面では近代化されていた。旧い時代から生きているものが多いうえに、人界からの出入りも多い事情を考えると、新旧の文化が融合して街を形づくっているのはそれほど不自然ではない。

律也たちが訪れているオオカミ族の街も同様だった。建物はかなり旧い。だが、ヴァンパイアたちが揃《そろ》ってクラシカルな衣装に身をつつんでいるのとは違い、こちらの街はみなが思い思いの格好をしていた。

古風な衣装を身にまとっているものもあれば、現代の服を着ているものもいる。それが不思議と違和感なく融《と》け合っているのは、街全体が無国籍風な熱気につつまれているからだ。ヴァンパイアの街が時代ものの映画のようなら、こちらは近未来か、ＳＦ映画のようだった。なぜなら、通りを歩いているオオカミ族そのものが、かなり奇抜な格好をしていたからだ。

「ケモミミだ……」

律也の隣で、東條《とうじょう》が感動したように呟《つぶや》く。

そのとおり、オオカミ族は普段はひとと変わらない姿をしているが、こちらの世界では人間の姿のまま獣の耳をだしたり、尻尾《しっぽ》をだしたり、中途半端に変身しているものが多数歩いているのだ。

人間のままでいるか、ケモミミになるのか、好きに選べるのか。これもファッションのひとつなのだろうか――と律也は考えてしまった。

「すごいな、ケモミミだよ。こんなにたくさん。律也くん、本物だよ」

いや、東條さん、あなただって自分の背中に珍しい黄金の翼をもってるし、それに以前オオカミ族を容赦なく狩ってましたよね？　それでケモミミ愛《め》でるってどういうことなんですか――とツッコミを入れるのを律也はなんとかこらえた。

「東條さん、ケモミミ好きなんですか？」

「造形的に美しいとは思う。よかった……こんな姿を最初に見ていたら、とうてい狩りなんてできなかったよ」

勝手にしてくれと思いながら、律也は街の様子を見回す。

慎司《しんじ》が待ち合わせの場所に用事が長引いてこられなかったので、律也たちのほうから出向くことになったのだ。指定された宿屋で落ち合うことになっている。

オオカミ族も、夜の種族の御多分にもれず美男美女揃いだった。ヴァンパイアとは違って、ラテン系の雰囲気だろうか。体格がいい者が多いのも特徴だ。

夜の種族だけでなく、人間たちの姿も多かった。オオカミ族は人間と情を通じることで、子どもを生むため、伴侶たちは普通の人間だ。

ヴァンパイアの街では決して見かけない子どもたちの姿も目につく。繁殖という面では、オオカミ族ほど優れている種族はない。斜陽といわれるヴァンパイアにはない活気がその街にはあった。

すれ違う何人かが、律也たちに怪訝《けげん》な目を向けて去っていく。「薔薇が……」と呟いているのも聞こえてきた。薔薇とはヴァンパイアの貴種を指す隠語らしい。

オオカミ族の街はヴァンパイアたちほど排他的ではないが、目立たないほうがいいだろうということで、律也たちは能力と特性を隠してくれるマントを身につけている。

それでも顔を見ればレイとフランはすぐにヴァンパイアだとわかってしまう。こんな衣装をまとっているのは、主に律也と東條のためだった。ヴァンパイアだとバレても、それほど支障はないが、浄化者と狩人《かりゅうど》はまずいのだ。浄化者はオオカミ族にとっても魅力的で周囲はパニックになってしまうだろうし、狩人はいうまでもなく恐怖の対象になる。

櫂が用意してくれた呪い師特注のマントは生地が上物らしく、からだにずっしりと重かった。暑いくらいに感じてしまうが、我慢しなければならない。

「——地図によると、こちらですね」

レイの指示に従って、一行は街のなかを進む。

慎司からの伝言は、会わせたいひとがいるから連れてくる、というものだった。いまはようやく日が落ち始めたところで、宿屋での待ち合わせは夜だから、少し時間があった。

古びた宿屋の前まできてみたが、やはり慎司はまだきていない。

「喉《のど》が渇いた」

東條が飲み物を買いにいくといいだす。慎司がくるかもしれないので、下手《へた》にこの場所を動くわけにもいかなかった。生憎《あいにく》、宿屋の一階にある食堂は休憩中で、まだ開いていなかった。

「駄目だ。勝手な行動をとるな」

レイが冷ややかに制すると、東條は肩をすくめた。

「勝手には動かない。きみたちの分も買ってきてあげよう。小腹も空いただろう？　さっき通り過ぎた屋台にうまそうな肉づめパンが売ってた。昼からなにも食べてないし、栄養をとるべきだ」

基本的につきあい程度にしかものを食べないヴァンパイアのレイとフランは白けた顔をしていたが、東條と同じように空腹を覚えていた律也は思わずごくりと喉を鳴らした。

「律也様、お腹《なか》が空いてますか？」

「あ……いや」

我慢しなければいけないと思ったものの、からだのほうは正直で、ぐうと腹の音が盛大に響いた。

ごめん、と謝る律也を横目に、レイはためいきをつく。

「仕方ありませんね」

「では、僕が買ってきてあげよう。ひとりで四人分はもてないから、フランちゃん、一緒にきてくれ」

東條に声をかけられたフランは、「あ、はい」と返事をしかけたものの、「駄目だ」とレイに引き止められた。

「フランを勝手に使うな」

「じゃあ、律也くんと一緒にいってもいいのかい？」

「もっと駄目に決まっているだろう」

「ってことは、意外だが、きみがどうしても僕と一緒に行きたいのか」

レイは眉間《みけん》に深い皺《しわ》をよせて、「嚙《か》み付かれたいのか、狩人」と唸《うな》る。

「律也様、ここに残っていてください。わたしがフランと一緒に飲み物と食べ物を買ってまいりますので」

レイはフランに「行くぞ」と告げて、その場を去ろうとする。

「ドSくん、僕と律也くんをふたりきりにしてもいいのかい？」

レイが足を止めて、蔑《さげす》むような表情で振り返る。

「貴様の黄金の翼は伊達《だて》じゃないんだろう？　力なら最強のはずだ。律也様をもし守れなかったり、自ら危害を加えるような真似《まね》をするのなら、己の恥と思え」

さっさと踵《きびす》を返すレイの後に、フランが「口が悪くて、申し訳ありません」というように律也たちにしきりに頭を下げながらついていく。

「どうしてドSくんはあんなに攻撃的なんだ？　律也くんにいわれたから、僕も彼のいいところを見つけるように努力してるんだが、口をきくたびに心が折れそうだよ」

「……たぶんレイは、東條さんに心を許してるんだと思いますけど。だから、あんなふうに遠慮のない口を……」

「律也くん、そのフォローには無理がある」

同じことを思ったので、律也もそれ以上なにもいえなかった。

さすがにレイの言葉はきつすぎるので、あとで頼んで改善してもらおう——と考えながら、東條の横顔を見るとしきりに険しい顔で考え込んでいる。その目は通りの向こうに消えていくレイとフランを追っていた。

「……あのふたりはどういう関係なんだい？　あのかわいらしいヴァンパイアは何者？」

「フランですか？　レイの友人だって聞いてますけど」

「ふうん。友人ね。序列としては、ドSくんよりも下のヴァンパイアだね。あのプライドの高そうな彼が、自分より格下を友人と呼ぶとはね」

「旧い知り合いみたいだから。……なにか気になるんですか？」

「ドSくんが自分で買い物にいったのは、僕とフランちゃんをふたりきりにさせたくなかったからみたいだから。きみのそばを離れてまで、あの子とふたりで行くってどういうことなのかと気になっただけだよ」

たしかにレイが律也のそばを離れるのは珍しい。

先日の宴の際、レイはフランがアドリアンと話しているのを、穏やかならぬ形相《ぎょうそう》で見つめていた。単純に考えると、フランがほかの男と一緒にいるのが不快だということだろうか。ヴァンパイア同士で恋愛感情をもつのは変わり者だといっていたが、レイ自身がその変わり者なのか？

淡白そうなレイが、そういった執着をフランに対してもっているのかと思うと、ひとごとなのに律也のほうが顔を赤らめてしまう。レイにそんなに激しい一面が？

もうひとつ気にかかるのは、フランが最初に告げた事実――律也に「おいで」と呼びかけていた声の件で、レイに裏切りの疑いがあるということ。

フランは秘密裏にレイの動きを探っているといっていたが、そのふたりがこうして律也に同行しているのは実に奇妙な状況だった。最終的に、ふたりがつきそうことを決めたのは櫂だから、律也がどうこういえるものでもないのだが。フランはレイにあからさまにつけられた監視なのだろうか。もし、レイがフランに特別な感情をもっているのだとしたら、気の毒な事態になっている。

夢魔の件は、結局まだ誰が犯人なのかわかっていない。いままでレイが失脚してしまうのを恐れて黙っていたけれども、ヴァンパイアの都に戻ったらはっきりと櫂に事実を確認したほうがいいのかもしれない。

「……東條さん、アドリアンが狩人や浄化者のことを調べてるって知ってますか？」

「知ってるよ。彼が僕のところを訪ねてきたのは、休戦協定の件があったからだが、もうひとつ――僕が一番若い狩人で興味があったからみたいだね。彼が浄化者を欲しがっていることは伝えただろう？」

やはり浄化者への興味ゆえに、アドリアンが「おいで」と夢魔を使って律也に呼びかけていたのだろうか。しかし、わざわざ境界の地域で小競り合いを起こしたのはなぜだ？ 櫂の氏族とトラブルがあると公になっていたら、律也になにかあったとき、真っ先にアドリアンが疑われるのに。

夢魔というのも、わかりやすすぎる。律也が黙っているからいいものの、アドリアンの氏族と直接結びつくではないか。氏族同士の諍《いさか》いになるのに、安易に足のつくような真似をするだろうか。

「東條さんはアドリアンを腹黒美青年だっていってましたよね。彼が俺を狙《ねら》う可能性ってありますか？」

「僕の見立てが聞きたいのかい？」

「俺はまだヴァンパイアの心理がよくわからないから。物差しが違うと、読み違えてしまう気がする。東條さんはアドリアンと話したでしょう？ 油断ならないっていったけど」

「油断ならないよ。というよりも、きみはありとあらゆる種族に狙われてると考えたほうがいい。この僕だって、きみに求婚したんだから」

それでは容疑者は無限大になってしまうではないかと律也は頭を抱えたくなった。アドリアンも東條と似たようなことをいっていた。

(気をつけるといい。きみはみんなに狙われてる。もっと周りに目を配ることだ)

あれはまるで律也がなにかの危害にあっていると察してるふうでもあった——?

「浄化者だとわかってから、律也くんがいまも無事でいられる理由はただひとつだけ。国枝櫂の伴侶だということだ。彼が白い翼を持たなかったら、もっとよからぬ事態が発生していただろうね。ヴァンパイアはとにかく血と力がすべてで、上位のものには絶対服従だから。そこから外れるには相当理性のタガが外れないと無理なんだ。あの白い翼の効果は絶大で、たいていのヴァンパイアは神様にふれたみたいに萎縮《いしゅく》する。律也くんから見たら、『白くて綺麗《きれい》、天使の翼みたい』ってところだろうけど、連中にとってはもっと重い意味がある」

「でも……同じ氏族のなかでも、櫂に不満をもつものもいるって聞いたけど」

「そりゃ前の始祖も白い翼の持ち主だったからね。だが、外部に対しては、二代続けて白い翼の長《おさ》をもったことで、櫂の氏族は他の氏族に比べて圧倒的に優位に立った。アドリアンは馬鹿《ばか》ではないから、そういう情勢はわかってる。きみを狙うとしたら、かなり用意周到にやるだろう。だからいまはそのつもりはないと思うよ。小競り合いを起こしたのは、櫂への対抗心からだし、いまもし櫂の伴侶《はんりょ》を攫《さら》いでもしたら、櫂の氏族はアドリアンに敵対するために一致団結してしまうからね。ヴァンパイアの氏族への矜持《きょうじ》は半端じゃない。自分たちの長の伴侶に危害を加えられたとなったら、全面戦争になる。そんなのはアドリアンの望むところではないはずだ。いまは適当に外からちょっかいをかけて、勝手に内部抗争でもして分裂でもしてくれればいいと思ってるくらいだろうね」

狩人ならではの中立な立場からの意見なので、かなりの説得力があった。ではあの「おいで」という呼び声は誰が仕掛けたものなのか。振り出しに戻ってしまう。

考え込む律也を見て、東條はしばらくのあいだ黙っていた。彼が黙るのは珍しい。

「……国枝《くにえだ》櫂が律也くんにあまり事態の説明をしないのは、きみを悲しませたくないからなんだよ」

「え？」

思わせぶりな台詞《せりふ》に、律也は瞬《まばた》きをくりかえす。

「東條さん、なにか知ってるんですか？」

「え、いや、なにを？」

律也が聞き返したときには、東條はわけがわからないような顔をしていた。嘘《うそ》をついている。あやしい――と律也がじろりと睨んでも、ひたすら「なんのことだろう」ととぼけるばかりだった。

「ところで、律也くん。このあいだプレゼントした石はどうした？　『語り部の石』は、しゃべったかい？」

「いえ。耀がペンダントにしてくれたけど。お守りになるからって」

律也は首にさげている語り部の石を引きだしてみせた。プラチナの金具と鎖を付けられた白い石のなかには、相変わらず炎のような赤い光が見える。

「僕はあれからいろいろ調べてみたんだが、この石は浄化者と相性がいいらしい」

「耀もそんなことをいってた。『天界の石だから』って。だから、鎖をつけて加工してくれたんです。きみの気を吸ってるみたいだから、そのうちしゃべるかもしれないって」

「僕も調べてそう思ったんだが……そうか……律也くんが身につけてても、石はしゃべらないか。こすったり、叩《たた》いたりしてみた？　毎朝毎晩、こまめに話しかけたりは？」

「いや、そんなことはしてないけど。だいたいなにを話せっていうんですか」

「心を開いてもらえるように語りかけるんだよ。寂《さび》しがり屋の石かもしれない。僕がしばらく持っていたときは、毎日話しかけてたよ。お手本を見せてあげよう。貸してごらん」

東條が手を差し出すので、律也は仕方なくペンダントを外した。

手渡そうとしたそのとき、通りをオオカミ族の子どもたちが笑いながら走ってきて、東條に勢いよくぶつかった。子どもはまったく前を見ていなかったらしい。

ペンダントが東條の手から落ちる。子どももかわいそうなくらい派手に道路に転がった。

東條は「おやおや」とその子を抱き起こす。

「大丈夫かい、少年」

七歳ぐらいの男の子で、小さな頭には狼《おおかみ》の獣の耳が生えていた。成人に比べて、子どものそういった半獣人姿のかわいさというのはまた格別で、律也もとくにケモミミ好きの趣味はないのだが思わず「うわっ、かわいい」と呟いてしまった。すぐ目の前で、そのかわいい生きものを抱き起こした東條に至ってはいわずもがなで、危ないくらいに瞳《ひとみ》をきらきらと輝かせている。

「小さなケモミミ……」

男の子はじっと自分を凝視する東條を気味悪そうに見つめ返して、しばらくしてから動物的な勘でも働いたのか、青ざめながら立ち上がった。

「――狩人だ！」

至近距離で接したため、能力を隠してくれるというマントも役に立たなかったのか。それとも子どもの特別な能力で、東條の正体を嗅《か》ぎつけたのか。

「狩人がいる！　狩人だ、狩人だ！」

男の子はあらん限りの声で叫ぶ。一緒にいた子どもたちもパニック状態になって、「狩人だ、狩人だ」と声を揃える。すぐに周囲にいた者たちが反応してざわめきはじめる。

「待て、僕はいま腹が空いてない。とってもいい狩人なんだ」

東條が必死に訴えても、狩人に本能的な恐怖があるオオカミ族にとっては無理があった。

あっというまに騒ぎが広がり、宿屋の前にいた律也と東條はオオカミ族たちに取り囲まれてしまう。

体格のいい幾人かの男たちが前に出てきて、唸りはじめる。体毛が徐々に濃くなっていったかと思うと、男たちの容貌《ようぼう》はより狼に近い半獣人の姿へと変身する。子どものケモミミは可愛らしいが、成人の男たちの変化は、より戦闘能力が増強したことを意味していた。生暖かい風が吹き荒れ、なかには完全に狼の姿に変貌を遂げたものもいる。口許《くちもと》から鋭い牙《きば》をのぞかせて、じりじりと律也たちに近づいてくる。

「……まずいな。ドSくんに殺される」

隣で東條が呑気《のんき》に呟いた。律也は緊張感のなさに冷や汗をかく。

「東條さん、どうするんですか。俺は狼相手に喧嘩《けんか》したことないですよ」

「僕もいま空腹じゃないし、あの小さなケモミミ見たあとでは、野蛮なことをやる気がしないなあ」

東條の視線は、大人《おとな》たちの後ろに下がっているオオカミ族の子どもたちへと向けられている。律也も同感だったが、興奮して牙を剝《む》きだしにして迫ってくる狼たちをなんとかしなければ、自分たちの身が危うい。

「……じゃあ走って逃げますか」

「そうしようか？　律也くん、運動能力はあるのかい？　僕は見たとおり、ばりばりの文化系の草食男子で百メートル以上走ったら、たぶん息切れするけど」

じゃあどうするんだ、と間抜けな問答に耐えかねて、律也が牙もないのに東條に嚙み付きたくなったとき、頭のなかに声が響いた。

(――愚か者)

「え?」

いきなり罵《ののし》られて、律也はあたりをきょろきょろと見回す。だが、狼は唸っているだけで、誰もいまの言葉を口にした様子はなかった。

声はさらに続く。流麗とした、威厳のある声音《こわね》だった。

(狩人に翼を見せるようにいえ。彼の黄金の翼を開かせろ。そうすれば、大半の狼たちは退く。いまはやつらも、子どもを守ろうとする手前、頭に血がのぼっているだけだ)

「え? だ、誰?」

声は律也にしか聞こえていないらしく、東條が憐《あわ》れむような目をして「恐怖心で幻聴がはじまったか」と勝手なことを呟いている。

ふいに足元から異様な熱が這《は》い上がってくるのを感じて、律也は下を見た。先ほど東條に渡そうとして落としてしまった「語り部の石」のペンダントが、いつもよりも強い光を放っているのが見える。赤い炎がゆらめき、激しく点滅している。

先ほどから聞こえてくる声は、この石が発していると気づいて、律也は目を丸くする。

ほんとにしゃべった——。

だが、いまは石が口をきいた事実にしみじみと驚いているひまはない。律也はあわててペンダントを拾う。

「東條さん、翼を見せるだけでいいって。オオカミ族は狩人が怖いから逃げる！」

「いやだ。そんなことしたら、あの小さなケモミミに嫌われてしまう」

そんなことといってる場合か、と律也が怒鳴りかけたとき、手のなかの石が燃え上がりそうに熱くなった。

う、と火傷《やけど》したような痛みに顔をしかめると、石から赤い光が噴きだしてきた。それに反応するように、律也のからだが青い光につつまれる。

（——世話のやける）

また声がした。

からだにズシン、と重みがかかる。地に足が縫いつけられてしまったような感覚に、律也は歯を喰《く》いしばる。中心をなにかが突き抜けると同時に、ふっと全身が軽くなった。いまにも浮き上がりそうなほどに。

自分でも制御できない力に操られるように、律也はマントを脱いだ。呪い師の術の効力がなくなり、いまや浄化者の気が周囲に満ち溢《あふ》れる。

律也は自分たちを取り囲むオオカミ族に目を向けた。

「――オオカミ族よ。我らはおまえたちに危害を加えようとはしていない。静まるがいい」

滔々《とうとう》と語りかけたのは律也だった。口が勝手に開く。こんなことをいうつもりはないのに、たしかに自分の声だった。考えるひまもなく、言葉があふれだす。

「この狩人に戦闘の意思はない。おまえたちにはそれがわかるはずだ」

語りかけながら、最初は「え？　え？」ととまどっていた律也だったが、一言一言いうたびにそれらの違和感が薄れていった。はじめは「語り部の石」が自分に乗り移っているのだと思った。だが、それにしては妙に気持ちが落ち着き、気分が高揚としてくるのがわかる。

この意識はいったい――？

律也のからだはいまや、全身が淡く青い光に包まれ、夜の種族たちにとっては魅惑的といえる気を発していた。

獣に変身した狼たちの一部はまるでマタタビをかいだ猫のようにその場にぐったりとなる。だが、ごく一部はよけいに興奮したような唸り声をあげはじめる。

東條も目を丸くして律也を見つめていた。

「律也くん、いきなり凛々《りり》しくなられると、僕も困る」

「……俺にもなにがなんだか」

律也はぎゅっと石を握り締める。だが、石の熱はすでに冷めており、もうなにもいわなかった。

興奮しすぎた狼が、さらにじりじりと距離を詰めてくる。オオカミ族にとっても、律也は美味《おい》しい存在というわけだ。興奮しすぎて制御がきかなくなるものと、牙を抜かれたようにおとなしくなってしまうものに分けられるらしい。

とりわけ大きな一匹の狼が牙を剝きながらにじり寄ってくる。東條がやれやれと肩をすくめた。

「仕方ない」

呟くと同時に、東條の肌が金色にきらめく。次の瞬間、目を突く黄金の光が広がった。東條の背に現れた金色の翼を見て、オオカミ族の多くが悲鳴を上げながら散らばる。パニックになる大人たちの恐怖が伝染したのか、子どものオオカミ族たちもその場から逃げようとして、ひとりが転んだ。

「あ」

東條も目を止めたらしい。翼をはためかせながら、その子どもが倒れているところに歩み寄ろうとする。

彼にしてみれば親切心で助けるつもりでも、オオカミ族の目にはそうは映らない。黄金色の翼を見せつけられて怯《ひる》んでいた狼たちの唸り声が再び激しくなった。おそらく彼らの目には、東條が同族の子どもを捕らえようとしていると見えたのだろう。

「東條さん！」

一匹の大きな狼が、東條に襲いかかってきた。

東條はよけたものの、翼が鋭い爪《つめ》で傷付けられ、大量の羽根が削《そ》ぎ落とされた。子どもに手を出されると激怒した狼たちは、浄化者や狩人に対する本能的な畏怖《いふ》も麻痺《まひ》したらしかった。

その一匹の動きを皮切りに、周囲のオオカミ族が次々と本来の姿に戻り、唸り声をあげて律也たちを再び取り囲む。向かってくる狼を見て、やられる——と律也は覚悟を決めて目を閉じたが、飛びかかられる衝撃はなかなか襲ってこなかった。

代わりに、目の前でなにかがぶつかりあう音がした。獣同士が唸りあうのが聞こえてきたと思ったら、ほどなくして片方の鳴き声がやんだ。地面になにかが倒れた振動が伝わる。

おそるおそる目を開けると、すぐそばに先ほど律也に襲いかかろうとしていた狼が倒れていた。そして、そのそばにはひときわ大きな銀色の狼が佇《たたず》み、律也を見上げている。

ひとめ見ただけで、律也はそれが誰だかわかった。

「慎ちゃん！」

慎司は、ここにいる狼の誰よりも大きく、立派な毛並みをもった美しい狼だった。彼が現れると同時に、我を忘れて興奮していたはずの狼たちがじわじわと退いていく。ヴァンパイアの世界に序列があるように、オオカミ族も相手の姿を見ただけで力量を測れるのかもしれない。

たった一匹なのに、狼たちに唸ってみせる慎司は、恐ろしいほどの迫力に満ちていた。どうしてそいつらを庇《かば》うのだ、との同族の視線に、慎司は心話で答える。

（この子は、俺の甥《おい》だ。手出しをすることは許さない。それに、空腹ではない狩人には関わるな。知ってるだろう。無害のやつになにかすれば、ほかの腹を空かした狩人が駆けつけるぞ）

オオカミ族たちも興奮していただけで、本来は狩人のそばになどいたくないのだろう。慎司の言葉に我を取り戻し、オオカミたちはその場から散っていく。倒れていた狼も、致命傷ではないらしく、仲間に引きずられて逃げる。子どものオオカミ族も互いに肩を寄せ合うようにして去っていった。

（りっちゃん、大丈夫か）

心話で話しかけられて、律也は頷《うなず》く。

「大丈夫だよ。ありがとう、慎ちゃん」

猛々《たけだけ》しい狼の姿なのに、ひとの姿をしているときの面差しを写しているのか、慎司の獣の目はやさしかった。「無事でよかった」と頷く。

ほどなく頭上から翼のはためく音が聞こえた。見上げると、レイとフランが空から降りてくるところだった。

「いったい何事だ」

地上に降り立ったレイから鋭い視線を向けられて、東條はそっぽを向いた。

物騒な顔つきでいまにも牙を剝かんばかりのレイの形相《ぎょうそう》を見て、律也はあわててそのあいだに入る。

「平気だよ、レイ。慎ちゃんが助けてくれたから」

レイは眉をひそめながら、唸りをあげている狼姿の慎司を見つめた。「そうですか」と普通の顔に戻ったものの、すぐに視線をそらせる。

ヴァンパイアとオオカミ族は基本的に仲が悪い。レイは慎司を律也の叔父《おじ》だからあからさまに蔑みはしないが、基本的には無関心かつ突き放して接する。一方、慎司はそのクールなヴァンパイア特有の表情が腹立たしくて仕方ないようだった。

（警護役がついていながら、なんでりっちゃんがこんな目にあうんだ）

「そこの狩人に律也様のことを頼んでおいたのですが、アテにならなかったようです。貴方も律也様の叔父上なら、こんな場所に呼び出すのはやめていただきたい。危険なだけです」

（俺はりっちゃんだけを呼んだんだ。よけいなのがついてくるから、騒ぎになるんだろう）

「律也様をおひとりで獣たちの街に行かせられるわけがないでしょう。気が進まなくても、貴方が我らの都に訪ねてくださればいい。律也様のお身内ならば、我らは歓迎します」

最後のほうはまるで棒読みだったので、レイがまったく歓迎してないのが明らかだった。

正直すぎる東條がすぐに指摘する。

「慎司さん、ドSくんは嘘をついてるぞ。ヴァンパイアがオオカミ族を歓迎するものか。僕ですら、都にいるあいだじゅう、好奇の目で見られて居心地が悪かったのに」

「我らは狩人にはそれなりの敬意を払う。貴様が舐《な》められるのは、まだ若造だからだ」

「それはきみだけだろう」

「わたしは貴様などどうでもいい。空腹ではない狩人なんて、赤子と一緒だ。気にするだけの価値もない」

「赤子というなら、愛らしいはずなのに、きみはどうしてそんなに冷たいんだ」

いつものことだが、しだいに話の論点がずれていく東條にレイが苛立《いらだ》った顔を見せる。慎司も耐えかねたように吠《ほ》えた。

（とにかく二人も揃ってて、りっちゃんを危険な目にあわせるな）

二人と一匹が喧々諤々《けんけんがくがく》といいあいをしているのを見て、律也は頭が痛くなってきた。律也にとっては、それぞれが大切な存在なのに、どうしてこんなに仲が悪いのだろう。ここにもし櫂がいたら、さらに状況が悪化するのは明白で、やっぱりついてきてもらわなくて正解だったと胸をなでおろすしかない。

フランは驚いたように三人を見ている。あきれているというよりも、ただ心底意外そうな眼差《まなざ》しだった。三人というよりも、フランが見ているのはレイだった。

辛辣《しんらつ》な言葉を吐くレイから目が離せない様子のフランに、おや、と律也は目を止めてしまう。以前、レイがフランを見ていることがあったけれど、フランもレイを――？　このふたりはいったい……。

律也の目を意識してか、フランはあわてたようにレイから視線をそらした。

律也はやれやれと三人の仲裁に入る。

「もう……三人とも頼むから、往来でやりあわないでくれ。俺は無事だったんだから、いいじゃないか」

（そうでもない）

心話で語りかけてきたのは慎司ではなく、手のひらのなかのペンダントの石だった。

「え？　なに？」

律也が石に問いかけたとき、目の前の空間が割れて、金色の光があふれだした。

まるで天使のような美貌の狩人が突如として三人ばかり現れた。背には翼を広げている。戦闘態勢である証だ。

いきなり新手の狩人が現れたことに、その場にいた全員が驚愕《きょうがく》して固まる。とっさに律也を守ろうとしてか、慎司が前方に立って唸り、レイがすぐ脇に立つ。

狩人たちは無表情に律也たちを見やる。いままでとぼけたような顔をしていた東條が、表情を引き締めて同族の狩人たちの元へと駆け寄った。

おそらくなにかを話しているのだろうが、ほかには聞こえない心話でやりとりしているらしく、内容はわからなかった。
霊的な空気の重さが半端ではない。いったいなにが起こっているのか。
力だけなら最強だという狩人。東條をいつも目にしているので、いままで麗人揃いだという
うだけで警戒したこともなかったけれども……。
四人の狩人たちが集う姿を見て、律也はにわかに緊張した。
「大丈夫だよ。なんでもない」
東條の説明では、いきなり現れた狩人たちは、仲間の翼が傷つけられたことを感知して現
れたらしい。慎司が同族にいったとおり、狩人は仲間の危機には駆けつけるのか。
だが、仲間を救うために現れたわりには、どの狩人もあわてた様子がなく、超然としてい
た。綺麗で怖い、という印象は律也が夜の種族たちの世界にくるときに出会った「門番」に
通じるものがある。
そのとき、ふっと狩人たちの話し声が耳に入った。狩人たちは閉じられた心話を使ってい
るらしいが、なぜか一瞬だけ声が外に洩れ聞こえたのだ。
（始祖の塵《ちり》……）
たしかにそう聞こえた。「始祖の塵はどうしたのだ」と。
それ以上はなにも聞こえなかった。なぜ狩人たちが始祖の塵など気にするのか。
しばらくすると狩人たちは、きたときと同じように空間のなかに消えるように去っていっ

た。

律也に会わせたいひとがいる、といっていた慎司は、そのひとを宿に連れてくるつもりだったらしいが、少し体調を崩《くず》しているので断念したのだという。

今夜は一晩宿屋に泊まって、翌日にそのひとが住んでいる町外れの家を訪ねることになった。

「……慎ちゃん」

部屋を覗きにいくと、慎司はちょうど着替えの最中だった。上半身裸で、たくましい背中が見える。

「なんだ、りっちゃん。恥ずかしいから入ってくるなよ」

変身すると、服が破けてしまうので、オオカミ族は大変だ。

ヴァンパイアは翼が生えても服が破けることもなさそうなのに違いはなんなんだろうと質問したら、「物質の違い」だと以前教えられたことがある。ヴァンパイアの翼は実在するように見えて、霊的なエネルギーが形をつくっているだけらしい。羽根が落ちるし、手触りもある、と反論したら、狸《たぬき》が木の葉に術をかけてお金に見せるのと同じだと説明された。落ちた羽根をとっておいても、持ち主のヴァンパイアが消滅したときには、その羽根も塵となっ

る。

着替え中だから出ていけ、と手を「しっしっ」と動かす慎司に、律也はむっと唇を尖《とが》らせる。

「慎ちゃん、俺の前でマッパでも平気じゃないか。朝起きたとき、何度ヌード見せたと思ってるんだよ」

「最近恥じらいを覚えたんだ」

慎司は笑いながら服を着て振り返る。律也を見た瞬間、少し驚いたように目を瞠《みは》った。

「なに？」

視線の意味がわからずに問いかけると、慎司はかすかに笑ってから「なんでもない」とかぶりを振った。

「レイのいうとおり、りっちゃんたちを単独で街に入らせるべきじゃなかったな。俺が一緒にいればよかった」

「大丈夫だよ。あんなこと、なんでもない。レイは過保護なんだ」

「過保護といえば、なんで護衛役がふたりに増えてるんだ？　フランってのは、レイのお小姓か？」

「そういうわけじゃないけど……今回は櫂がフランにもついていくように命じたんだ」

「一番過保護なのは、あいつだな。櫂のやつ、もうりっちゃんに自分の匂いをつけまくってるくせに。なにが怖いんだか」

指摘されて、律也はカッと赤くなった。先ほど慎司にじっと見つめられた理由がわかった。慎司の鼻はいいのだから、そばによればここ数日、櫂と激しく交わっていることを悟られてしまうのはあたりまえだった。それが律也のからだに浄化者としての変化をもたらしていることも。

「慎ちゃん……俺に近づかれるの、いや？　薔薇の匂い苦手だよな」

「そんなこと、もう気にしちゃいないよ。兄さんがヴァンパイアの契約者になっても俺の兄さんだったのと同じように、たとえりっちゃんがヴァンパイアの伴侶でも俺のかわいい甥っこには変わりない。つい先日もりっちゃんにおとなげない態度とったかもしれないけど、それだけ薔薇の匂いをぷんぷんさせて、幸せそうな顔をされちゃな」

慎司は律也の心情を察したように笑いとばす。

「櫂のやつも、ヴァンパイアのくせに、ずいぶんりっちゃんには慎重だったもんな。あの家には俺がいたから、遠慮してたせいもあるのかもしれないが」

「……慎ちゃん……」

「もう気にするな。俺のためにも。な？　りっちゃんが幸せなのが、俺は一番うれしい――きっぱりといってくれている慎司のためにも、それ以上申し訳ない顔をするわけにもいかなくて、律也は「わかった」と頷いた。

「それにな、りっちゃんは身内だから、俺の魅力に気づかないのかもしれないけど、俺はオオカミ族としてはかなりの男前なんだぞ。りっちゃんに振られても、男でも女でもよりどりみどりだから」

「知ってる、そんなこと。慎ちゃんが狼になったとこ、カッコいいから」

「知ってるか。なら、よかった」

少し前の慎司なら、律也の幸せを願いつつも少し無理しているところが感じられたが、いまは完全に吹っ切ろうとしているようだった。

「……慎ちゃん、俺に会わせたいひとって、誰なの？　会うまで教えてくれないのか？」

「知りたいか？　びっくりさせてやろうかと思ったのに。明日になれば、わかるよ」

「なら、我慢する」

「そうしろ」

律也が部屋に戻ろうとしたところ、慎司に呼び止められた。

「――なあ、いまなにか櫂のところではトラブルでも起こってるのか？　氏族同士の小競り合いは、休戦したんだろ？　でもレイから感じる殺気が半端じゃないんだが。あいつ、なにを苛立ってるんだ？」

意外なことを指摘されて驚く。

「苛立ってる？」

「りっちゃんにはわからないか？　あいつはいつも淡々としてるからな。でもピリピリしてるぞ。東條忍《しのぶ》とつまらないことといいあいながらも、つねに気を張り詰めてる。いつも物騒なやつだが、今日はびっくりした」

闘う者だけにわかる気配なのだろうか。律也には、レイは普段と変わらないように見える。

「……心配事は一応片付いたはずだけど。だから、櫂は俺を外に出してくれたんだし」

「そうだよな。気のせいか……じゃあ、あのフランって子に対して、なにかあるのかな」

レイがフランに苛立っている？

そういえば、東條もレイにとってフランはなんなのだとたずねてきた。あれは東條もレイがいつもと違うと気づいたからなのか。

考え込んでいると、噂《うわさ》をすれば当の本人の登場でフランが戸口に顔をだした。

「——律也様、ここでしたか。下の食堂にお食事の用意ができたようです。慎司様もどうぞ」

慎司は「りっちゃん行こうぜ」とすぐに部屋を出ていく。律也もあとに続いたが、階段を降りる前にふと足を止めてフランを振り返った。

「……フラン、さっきびっくりしたみたいにレイを見てただろ？　あれ、なんでなんだ？」

「え？」

フランはすぐには意味がわからない様子で首をかしげた。

「東條さんと慎ちゃんとレイが、三人でいいあってたときだよ。ずいぶん驚いた顔して、レイを見てただろ？」

「ああ——あれは、レイがあんなふうに遠慮のない口をきくのを見たから。律也様に対してレイがあれこれ世話をやいたり口数が多くなるのは、大切な櫂様の伴侶ですから理解できるのですが……それ以外のところでも随分と生き生きしてるんだなと驚いただけです」

辛辣な口をきくところを見て、レイは「生き生きとしている」と判断されるのか。

「レイはきみに対しても嫌味だっていってただろ？」

「それは昔の話です。最近ではレイはすました顔を見せるだけだと思ってましたから。律也様はともかく、そのご友人や、まさか叔父上にもあれほど親しげな口をきくとは」

「親しげ……なのかな？」

東條のことはつねに罵倒《ばとう》しているし、慎司に対しては慇懃無礼《いんぎんぶれい》としか見えないが——でも、ヴァンパイアの感覚は違うのかもしれない。理解しがたいが、レイの態度はもしかしたら親愛の情なのか？

「レイときみは旧い友人だっていってたけど、いつ知り合ったんだ？」

「僕が覚醒したときです。初めて血に対する喉の渇きを覚えたときに……レイが現れたんです。綺麗な顔の黒い天使が現れたのだと思いました。『怖くないよ、おいで』っていってくれて……二百年ほど前になりますね」

さらりといわれて、律也は口許をひくつかせる。

「二百年？」

「レイは僕よりもさらに昔から生きてます。おそらく数百年ほどは……本人も昔のことは忘れているというので、詳しく聞いたことはないですが」

やたらと東條を「若造」呼ばわりするから、えらく年をとっているのだとわかっていたが、まさかそんなに旧くから生きているとは思わなかった。

律也の驚きぶりを感じとったのか、フランがくすりと笑う。

「あまりに長く生きすぎて、レイは退屈していたんです。だから、覚醒したばかりで、右も左もわからない僕の面倒をよく見てくれた。普通、同族の格下にはそれほど世話をやくことはないのですよ。このあいだもいったように、僕がレイよりもさらに若く見える少年の外見をしていたから、興味があっただけなんでしょう。『妖精みたいだ』といったのもそのときです。……もう昔々の話です」

フランは当時をなつかしむように目を細めた。

「昔すぎて……もうそのときの感覚は遠い。レイは上位のヴァンパイアだし、最近ではヴァンパイアの仲間のあいだでは、昔のような顔を見せることはありません。だから……びっくりしたんです」

「そうか」

頷きながら、律也はひそかにフランの表情を観察した。

彼はまだレイを疑っているのだろうか？　そしてレイがひそかに苛ついているというのは、なぜ——？

フランを警護役に追加されて、自分が疑われていることを知っているから？

宿屋での夕食は、予想していたとはいえ、慎司と東條とレイの三人が仲がよいとはいいがたい会話をくりひろげたおかげで、律也は終始眉間に皺をよせるはめになった。だが、レイとフランに対するとらえどころのない疑惑が深まっていただけに、普段どおりの空気に安堵《あんど》を覚えた。

オオカミ族である宿屋の主人は、同族の慎司が説明してくれたおかげで、ヴァンパイアと狩人と浄化者という変わった顔ぶれを歓迎してくれた。とはいえ、気を遣っていやな顔を見せないだけで、心の底ではきっと警戒しているに違いなかった。

食堂の給仕を手伝っていた宿屋の息子は、年の頃が十六、七歳ぐらいの好奇心旺盛な少年だった。こちらは主人とは違って、ヴァンパイアと狩人と浄化者という組み合わせに興味津津だった。

オオカミ族らしく、年のわりには背が高い。だが、まだ頬がふっくらとバラ色で幼さが残る綺麗な顔立ちをしていた。明るい艶《つや》のある栗色《くりいろ》の髪は、狼になったときの美しい毛並みを連想させた。

「浄化者に会えるなんて、幸せです」

宿屋の息子は、律也を見て若者らしく興奮して、かわいらしい獣の耳をだしていた。狩人の東條には種族の本能からか「空腹ではない」といわれてもやはり少し及び腰だったが、ヴァンパイアのレイとフランには意外にもそれほど抵抗がないらしかった。オオカミ族はみんなヴァンパイアを嫌っていると思っていたので、宿屋の息子の反応は律也にとっては新鮮だった。

慎司によると、「若い頃は怖いもの知らずだから」とのことらしい。

「ヴァンパイアは見てくれだけなら、夜の種族のなかで一番綺麗だからな。その容貌に惹《ひ》かれるオオカミ族もいる」

だが、ヴァンパイアたちのほうは宿屋の息子ほど砕けた対応ではなかった。フランは控えめな笑顔で息子と言葉を交わしたものの、レイは内心抵抗があるのか、相手を寄せ付けない空気で黙ったままだった。

律也は食事の間中、慎司にいわれたように、レイが『苛立っている』のかどうか見極めようとしたが、いつもと同じように見えるので判断がつかなかった。

その夜は明日も早いということで、食事を終えると早めに各自が部屋に引きあげた。

ひとりになってから、律也は寝台に座り、「語り部の石」のペンダントをとりだして、もう一度声が聞こえないかと耳をすましてみる。

どうやら声は律也にしか聞こえていないようなので、みんなの前で語るのはためらわれたのだ。もしかしたら、パニック時の幻聴かもしれない。

石はなにも語らない。どうしてなんだろう——と考えているうちに、その日はいろいろあったせいか、いつのまにか寝台に横たわり、眠りに落ちてしまった。

真夜中過ぎになってから、律也はふっと目を覚ました。喉が渇いて水差しの水を一気に飲む。宿屋の料理は美味しかったが、味付けが濃かったせいか、瓶をカラにしてもまだ渇きが癒《い》えなかった。

食堂の水をもらうために、律也は階下に下りた。あたりまえだが、宿屋の主人たちももう眠っているらしく、灯《あか》りが消えていた。

だが、真っ暗ではなく、テーブルの上に小さなランプがひとつ灯っているのが見える。消し忘れたのか、それともつけたままにしてあるのか。

「う……」

戸口に入ったところで、食堂の中から呻《うめ》き声のようなものが聞こえて、律也はひやりとしながら立ち止まった。

誰かが苦しんでいるのだと最初は思った。怪《け》我《が》か、病の発作か。中にいるのが何者かわからないので、警戒して息を殺す。

「あ……う……」

しだいに洩《も》れ聞こえてくる声が、どこか甘さを帯びているのに気づく。遅ればせながら苦しんでいるだけの呻きではないと知って、律也は頰《ほお》を赤らめた。

「……ん……ああ」

呻き声は、宿屋の息子の声だった。食堂に恋人でも連れ込んでいるのか。まだ可愛い顔をして、意外に手が早い。

これでは水をもらいにいくわけにもいかなかった。引き返すか、と踵を返そうとしたところで、バサリと耳慣れた翼のはためく音が聞こえた気がして硬直した。

おそるおそる足をすすめて、食堂の中の様子に目を凝らす。

ランプを置いてあるテーブルのすぐ隣のテーブルで、なにか黒い塊が蠢《うごめ》いていた。

暗さに目が慣れてくると、テーブルの上に宿屋の息子が上体を倒されて押しつけられているのだとわかる。上に覆いかぶさっているものの背には黒い翼が生えていた。

「う……あ」

何者かが、宿屋の息子にのしかかり、その喉元に牙をたてているのだ。

吸血行為そのものに悦楽がともなうせいか、宿屋の息子は血を吸われたまま、その強い刺激に手足をびくびくと震わせて悶《もだ》えている。あたりには薔薇の香りが漂っていた。その場に居合わせるだけで、ぞくりとくるような官能的で、脳髄を痺《しび》れさせる匂いだ。

律也はごくりと唾《つば》を呑《の》み込んだ。

気配を感じたのか、宿屋の息子にのしかかっていた何者かが顔を上げた。

覚えのある薔薇の匂いだけで、彼が誰かはすでにわかっていたが、律也はすぐには去ることができずにその場に立ちつくした。

宿屋の息子の喉に噛み付いていたのは、レイだった。レイは顔を上げると、血のしたたる口許を拭《ぬぐ》い、気難しげにわずかに眉をひそめた。

普段から美しい顔立ちだが、血を吸っているときのレイは怖いくらいに透き通った白い肌をしており、瞳が妖《あや》しく赤く光っていた。

櫂を見ていて、ヴァンパイアがどんなふうにひとの血を吸うのかは知っているはずなのに、律也は動けなかった。

やがてレイの目から赤い光がすっと抜けていく。まだ欲情に濡《ぬ》れた艶っぽい表情だったが、「律也様？」と問いかける声には動じた様子もなかった。

邪魔者が入ったせいか、宿屋の息子が「うん……」とむずがる声をあげる。匂いに酔わされて、もっと血を吸ってほしいと要求しているのだろう。

レイは彼の頭をなだめるようになでてから、再び律也のほうを見る。「どうかしましたか」とでもいいそうな顔だ。

「……あ、いや。水を飲もうかと……邪魔したっ……」

律也はようやく呪縛《じゅばく》がとけたように踵を返して食堂を出た。

レイが宿屋の息子に襲いかかっているのを見たとき、恐怖を覚えなかったかといったら嘘になる。だが、相手はまったく抵抗する様子もないし、同意の上の行為なのは明らかだった。

律也は自室に戻ってから、「ふーっ」と息を吐いて気持ちを落ち着かせようとする。

宿屋の息子はオオカミ族の少年だ。ヴァンパイアはオオカミ族を嫌ってるくせに、血は吸えるのか？　そういえば以前、オオカミの群れを襲撃していたとき、レイは嬉々《きき》として相手の喉笛《のどぶえ》に食らいついていたから可能なのか。

それにしても、先ほど食事をしているときには、宿屋の息子が話しかけてもレイはつれなかったくせに、いったいいつのまに同意をとりつけたのだろう。夜の種族同士だけにわかる、逢引《あいびき》の合図でもあるのか。

恋愛経験に乏しい律也には、わけがわからなかったものの、自分が食事をするのと同じように、レイが誰かの血を吸うのも当然のことだというのは理解していた。

彼らにとっては、それが必要なのだから。ただあんな姿はいままで目にしたことがなかったので、驚いただけだ。

「――律也様」

しばらくして、部屋のドアがノックされた。レイの声だった。

「お水を持って参りました。喉が渇いていたのでしょう」

律也が動揺したまま部屋のドアを開けると、何事もなかったように新しい水差しを持ったレイが入ってくる。

律也のほうはレイの顔をまともに見られなかった。食堂にまだ宿屋の息子はいるのだろうか。しばらくは動けないだろう。ヴァンパイアに血を吸われることが、どんなに甘美な快感を心身にもたらすのか、律也は身をもって知っている。

レイのからだから漂う体臭がふっと鼻をついて、律也は再び首すじに熱が集まるのを感じた。レイはテーブルに置いてあった水差しを取り替えると、寝台に座っている律也の前で頭を下げた。

「ひどく見苦しいところをお見せしました。律也様には不快だったでしょう。決してあの者を一方的に傷めつけているわけではありません。消耗しない程度にしか吸わないようにしていますので」

謝られるとは思っていなかったので、律也はあわてて首を振る。

「不快だなんて思ってない。ごめん、ちょっとびっくりしただけなんだ。相手がオオカミ族だったから……その意外で」

「――あの者は、わたしに興味をもっていたようなので。申し訳ありません。わたしも少し餓《かつ》えていて、気を鎮める必要があったのです」

だから誘えば簡単にああいうことになるわけか。レイはそういったことをするには無愛想すぎると思っていたが、さすが誘惑することには慣れたヴァンパイアだと感心するしかない。好奇心旺盛な少年では、レイの匂いに腰砕けになるだけだろう。

「俺のほうこそごめん。邪魔したみたいで……耀で見慣れているはずなのに」

「いいえ。耀様は律也様にとって特別な存在ですから。でもわたしには嫌悪を覚えて当然でしょう」

「そんなことない」

強く否定する律也に、レイは「無理しなくても結構ですよ」と笑ってみせてから、再び頭を下げて部屋を出ていった。

嫌悪はない。いままで知らなかった一面を見て、とまどっただけなのだ。律也は警護役としてのレイしか知らないから。

「……俺は……ほんとになにも知らない……」

思わず声にだして呟く。

耀の伴侶だというのに、ヴァンパイアの習性すら正確に把握しているとはいいがたい。耀の次に親しいはずのレイのことすらわからない。こんなことでいいのか。

（――無知なのは仕方ない。まだ伴侶になって数ヶ月しかたっていないのだから）

突如、呟きに応えるように、例の声が響いた。

律也は寝台に転がっているペンダントを手にとる。「語り部の石」は妖しい光を発していた。

「誰だ？」

石が話しているのはわかるが、そう問わずにはいられない。

（誰だと――？）

ペンダントの石が熱を帯びて、赤い光が噴きだす。

いつもは釣られるようにして、律也のからだから青い光があふれ、赤い光は青い光を吸い込んだあとに石のなかに引っ込むはずだった。だが、その夜、赤い光は天井に届くほどに高くのぼりつめた。噴水のように光があふれて、こぼれていく。

こぼれた光が、人型のようなものを創りだした。といっても、巨大すぎる。それは天井に頭がつくほどに背が高かった。

律也は唖然《あぜん》とする。レイが「語り部は大きいですよ。十メートルぐらいある」といったときには、からかわれているのだと思ったが、十メートルはいかないものの、大きいという情報は間違いではなかったようだ。

やがて光が消えたあとに、二メートルはあろうかという人の姿が現れた。ひとといっても、荒削りの彫刻のように輪郭が定まっておらず、目鼻立ちもはっきりしない。

『――誰だとたずねるのなら、答えよう。俺は石だ』

ひどく傲慢《ごうまん》なくちぶりだった。

ほう、やっぱり石がしゃべっているのか、と納得したものの、その受け答えからして、どうも馬鹿にされているとしか思えなかった。

「なんで石がしゃべる？」

『やれやれ、疑問が多い浄化者だ。ではわかりやすい形をとってやろう。ちょっとでいいから、おまえの血をくれ』

「は？」

『一滴たらすだけでいい。それで数百年は人型を保てるから。ペンダントの石に、ちょこっとかけろ』

かけろといわれても、そんな醤油《しょうゆ》みたいに気軽にいわれても困る。普通だったら、警戒してしまうところだが、律也は不思議と目の前にいる、荒削りな彫像のような物体に敵意や悪意を感じなかった。

さらさらと澄んだ気配があるだけだ。まるで身内に感じるような近しい空気――？

石が「早く早く」と急《せ》かすので、律也はナイフを取りだして、指の先を少しだけ切った。ペンダントにたらすと、石の赤い光がいっそう強くなる。歓喜にわないているようでもあった。

『――これで血肉となる』

頭のなかに声が広がったかと思うと、目の前の制作過程のような彫像がするすると縮まった。

普通サイズの人型になり、荒削りだった細工がどんどんと緻密《ちみつ》になっていく。きちんと頭部とからだが分かれ、すらりと長い手足が現れる。目鼻立ちもはっきりしなかった顔に、くっきりとした線が刻まれる。匠《たくみ》の技を見ているようであった。

そして――。

「――久しぶりだ、この姿は」

心話ではなく、その唇からはっきりとした声が洩れる。

律也の目の前には、まさに彫像のような美しい顔と肉体をもつ、全裸の男が仁王立ちしていた。少しウェーブがかった真っ赤な燃えるような赤毛が印象的な、華やかな美貌だった。

あまりにも堂々としているので、律也も妙に照れることなく男をまじまじと上から下まで見てしまった。先ほどまで輪郭すら曖昧《あいまい》だったのに、いまはどこもかしこも完璧《かんぺき》だった。

遠慮のない視線に男もたじろぐことはなく、得意げに腰に手をあててみせる。

「あまり見るな。そんなに見とれるほど美しいか。おまえが俺に惚《ほ》れてしまうといけないから、なにか着たほうがいいかな」

男が空中になにやら手を伸ばすと、そこからキラキラと光る薄い布が現れた。それを身にまとい、男は「変身したら疲れた」といいながら寝台に腰を下ろす。

「あの……石の精霊さんなんですよね」

「そうだ。でもおまえの血をもらったから、おまえに仕えてやってもいいぞ。名前も適当につけてくれ。以前、浄化者と一緒にいたのはもう数百年前だから、忘れてしまった」

精霊というから、蝶々《ちょうちょう》の羽をもっていた門番のようにすべてを超越した雰囲気と、ただひたすら美しく怖いような存在を想像していたので、赤毛の男の言動や態度は律也の予想をことごとく裏切っていた。

この精霊、なんだか人間くさい？

「あんまり精霊らしくないんだな」

思わずぼそっと本音を漏らしてしまうと、男はぴくりと反応して律也を睨《にら》んできた。

「言葉をしゃべるのも久しぶりだ。こういった人格をもつのも——あまり俺を批判しないほうがいいぞ。おまえらの持ち物になってから、おまえや、おまえの周辺の奴らの話していることを学習して、いまの俺になったんだから。行動パターンや知識も吸収させてもらった」

「え？」

「要するに、俺はおまえたちの鏡だ」

いまいち理解できないが、律也と誰かが話すところを聞いていて、この性格になったのか？誰の影響が一番強いのか——「おまえらのせいだ」といわれるなら、迂闊《うかつ》に突っ込むわけにはいかなかった。

ともかく声の主がこの語り部の石の精霊だと判明したのだから、律也に話しかけてくる真意を知りたかった。

「宿屋の前で狼たちに囲まれたとき、あなたは俺に乗り移っただろ？　なんであんなことするんだ？」

「あれは俺が乗り移ったわけじゃない。おまえの一部だ」

「俺の……？」

「浄化者としてのおまえだ。いまはまだ力がついたばかりで、力をもてあましているのだろうが、いずれ制御できるようになる。狼たちに語りかけたときの言葉も、俺がいわせたわけじゃない。俺はただおまえが力を解放しやすいようにしてやっただけだ」

たしかに勝手に口がしゃべったけれども、いわされているような感覚は薄かった。

「もうひとつの人格ってこと？」

「いや。別人格というほど、かけ離れたものでもない。力に付随してくるものだ。そのうちに馴染《なじ》んで、おまえ自身になる。おまえの友人の狩人を見てみるといい。あれも狩りをするときには別人のように見えるはずだ。かといって、本来の彼が変わったわけでもない」

東條の姿を例にだされると、わかりやすかった。狩りをしているときの東條は威厳に満ちていたけれども、中身はあの東條のままだ。別人格ができているわけではない。

語り部というだけあって、さすがに物知りだと律也は素直に感心する。最初は奇妙なものを手に入れてしまったと思ったが、夜の種族がよくわからない自分にとっては大切な道案内になってくれるのではないかと期待する。

「じゃあ、今度は夢魔について教えてほしい。俺は少し前に『おいで』って声を聞いて……」

「待て。今日はもうしゃべりすぎた。質問はひとつにしてくれ」

男は語り部というわりには、ひどく消極的なことをいって、ぐったりと寝台に横たわってしまった。

「俺はうつろな存在だ。こうして人型を長く保っているのも難しい。すぐにエネルギー切れする。もう疲れてきた」

誇張ではないらしく、男はハアハアと息を切らしている。

「あ、あの、ちょっと……」

「早く名付けろ。そろそろ石のなかに戻りたい」

「名前?」

「そうだ。ないと不便だろう。名付けてもらわないと、形を保つことが難しい。次に出てきたときには、いまと違う顔になってるぞ。この顔でいいなら、早く名付けろ。次がもっと男前とは限らないから」

次の機会にまた新たな男の真っ裸を見るのは避けたかったので、律也は真剣に悩んだ。

「……赤毛だから、えと……レッドとか、どう?」

「単純すぎる」

即答されてカチンときたので、自暴自棄になりながら提案してみる。

「じゃあアンは？　やっぱり赤毛だから」

女の名前か、ふざけるな、と反応されるかと思ったが、男は少し考えてからかぶりを振った。

「悪くはないが、同じ赤毛ならアニーのほうがいい。響きが綺麗だ。アンは音が短すぎる」

希望があるなら先にいえよ、というかその別の提案をする知識はどこから吸収したんだ、ミュージカルでも見たのかよ、とツッコミどころが満載だったが、男がいまにも消え入りそうだったので、律也はとりあえず名前を呼んでみる。

「アニー」

「――うん、悪くない」

赤毛のアニーは満足そうに頷いて、寝台の上をごろりと転がった。

「名前がかわいいと、ほかの姿になってみたくなるな」

呟くなり、アニーは再び縮まった。「まさか子どもの姿になるのか」と思っていたが、小さくなると同時にどんどん毛深くなり、やがて真っ赤なフサフサの毛並みをもつ小動物がそこに現れた。

この街で見た姿を参考したのか、狼の子どもの姿だった。耳をぴくぴくさせて、気持ちよさそうに転がる姿が憎らしいほどにかわいい。

『……この姿なら、そばにいても大丈夫だろう。さっきの成人した男の姿だと、一緒に寝るとき、俺はおまえを抱かなきゃいけないんだろう？　そんなの疲れる』

「は？」

『ヴァンパイアの長と寝てるときは、いつも一晩中絡みあってたじゃないか。おかげでずいぶんとこっちも寝室に充満する性的エネルギーを吸えたけど』

ペンダントにしてもらってから、いつもお守りとして石は身につけていた。寝るときは外して、ベッドのそばにおいていた。まさかずっと……。

「ずっと見てたのか？　俺と櫂の……」

『見てない。石だから、そんな興味はない。ヴァンパイアが好きモノなのはよく知ってるから、照れなくてもいい。もう疲れたから寝る。エネルギー切れだ』

小さな狼になったアニーは、寝台の上でからだを丸めてもぞもぞと動く。

『愛らしいだろうから、抱きまくらにしてくれてもいいぞ。なんだかこの姿だと、なでなでされたい気分だ』

「…………」

『なでろ、早く。エネルギー不足だから』

要求されて、律也はしぶしぶ赤い子狼をなでた。「キュウン……」と人懐っこい犬みたいな鳴き声をあげて、アニーは心地よさそうに目を閉じる。

「…………」

律也は口許をひきつらせたまま、なにも言葉がでてこない。

寝台の上ですやすやと眠る小さな生きものを見つめながら、自分の頬をつねってしまった。痛いので、夢ではないらしい。これは間違いなくあの石からでてきた精霊で、真っ裸の男になったかと思ったら、今度は赤毛の子狼になった。

いくら夜の種族の世界にきてから、不思議なことに慣れていたといっても、衝撃の度合いが大きすぎて、律也はどっと疲れてしまった。

石のなかに戻るといっていたのに、アニーはまだ消えないようだ。仕方なく、律也は小狼が眠っている隣に横たわる。

レイのことであれこれ考えていたはずなのだが、妙な精霊のおかげで、緊張感も薄れてしまった。ありがたく思うべきなのか。

「だけど、アニーはないだろ……」

思わずひとりごちる。

律也は再び眠りに落ちながら、いつのまにかふわふわの手触りを求めて、小さな赤毛の獣を抱きしめていた。

翌日、目を覚ますと、アニーの姿は消えていた。

寝台には柔らかそうな赤毛がいくつも落ちていた。ペンダントの石は以前と変わらない光を放っている。

ふわふわの手触りの子狼が消えてしまって、少し淋《さび》しかったけれども、律也は夢だったのかもしれないと思うことにした。妙な世俗の知識にまみれたアレを精霊だと認めてしまったら、孤高な精霊のイメージがガタ落ちだ。それでも、赤毛は数本とっておくことにした。もう現れないかもしれないので、せめてもの記念だ。

朝食をとると、一行は宿屋をすぐに出発することになった。律也は宿屋の息子がどうしているのか気になったが、今朝は寝坊しているということで食堂に顔を出さなかった。レイは何事もなかったかのような表情だった。

街を出て、森の近くのオオカミ族の集落へと向かう。森に近づくにつれて、空気が緑の匂いに満ちてくる。

にぎやかな街もいいが、のんびりとした緑に囲まれた土地も悪くなかった。牧歌的で明るい日差しがよく似合う。やがて辿《たど》り着いた集落も、想像したイメージを裏切らないものだった。

白い漆喰《しっくい》の壁や石造りの壁を持つ家が並んでいる。通りには花が咲き乱れ、ミツバチが飛んでいる。イギリスの田舎《いなか》町、もしくは童話の世界に迷い込んだかのようだ。

「慎ちゃん、俺に会わせたいひとって誰なの？」

もう教えてくれてもいいだろうとせがむと、慎司は「もうすぐわかる」と通りの一番端の家に律也たちを導いた。

この集落では一番大きい館だった。庭には濃い緑があふれ、色とりどりの花がそのなかに咲き乱れている。

「この家、慎ちゃんの知り合いのひとの家なの？」

「母の家だ」

慎司はドアをノックしてから開けると、「どうぞ」というように律也を招き入れる。

慎司の母親？　ということは——。

「まあ、いらっしゃい」

家のなかから、ひとりの女性が朗らかな笑顔を見せながら姿を現した。外見の年の頃は三十代というところだろうか。透明感のある、綺麗なひとだった。髪は明るい亜麻色で、彫りが深く、外国の血が混じっているとわかる。ほっそりとしていて、雑誌のモデルのようだった。

「え……慎ちゃんのお母さんってことは、父さんのお母さん？」

「そうだよ。りっちゃんは一度も会ったことがなかっただろう」

父は実家の話は一切しなかった。事情があって縁が切れているのだろうと思っていたから、耀がいなくなったあとに、慎司を「弟だ」と紹介されてびっくりしたぐらいなのだ。

「……じゃあ、俺の……お祖母《ばあ》さん？」

目の前の女性がにっこりと微笑《ほほえ》む。祖母にしては異様に若かった。律也の母親――さらにその下の年代といったほうがしっくりとくる。

「そうよ、りっちゃん――初めまして。会いたかったわ……」

祖母の笑いに細められた目にうっすらと涙がにじむと、慎司が「母さん」とたしなめるような声をだす。

「いきなり玄関先で湿っぽくなるなよ。りっちゃんがびっくりするだろ」

「だって……ずっと会いたかったんだもの。会える機会はないと思っていたのに会えたのよ。湿っぽくなってないわよ。これは嬉《うれ》し涙よ」

思いがけない出会いに律也はしばし茫然《ぼうぜん》としていたが、近寄ってきた祖母に「りっちゃん」と手を握られるとじわじわとしたものがこみ上げてきた。

この顔立ち、この匂い、この体温。初めて会ったはずなのに、とてもなつかしい。紛れもなく、自分と血がつながっている証拠だった。

父が亡くなって、もう慎司のほかには誰もいないと思っていたのに。

なにかいおうとして、声が震えた。自分が祖母と同じように泣きそうになっているのを律也は知る。

「俺も——俺も、とても会えてうれしい」

祖母の家には写真がやたらと多く飾られていた。一度も会ったことがないはずなのに、律也の写真もたくさんあった。

体調が悪くて出かけられなかったほどなのに、祖母は律也たちのためにせっせと料理をこしらえてくれていたらしく、テーブルの上はごちそうで満たされていた。美味そうな匂いが部屋のなかに充満している。

慎司は「母さん、安静にしてろっていったのに」と驚いた様子だった。一見元気そうだが、よくよく見れば祖母のからだは折れそうに細かったし、その顔色は透き通るように白かった。

「体調、悪いんですか？」

「仕方ないわ。わたしはだいぶ年齢がいってから、こちらの世界と人界を行き来してたから。若い頃からからだが慣れてれば大丈夫なんだけど、慎司の父親と知り合ったのが遅かったから。わたしはもうひとの世界には行けないの。今度向こう側にいこうとしたら、門番の羽からこぼれ落ちてしまうでしょう。だから、りっちゃんに会いにもいけなかった。もっともわたしの息子――りっちゃんのお父さんがヴァンパイアと契約してたから、オオカミ族の伴侶であるわたしはあの家には近づけなかったけど」

せっかく出会えたのに、祖母の置かれている現状が厳しいものだと知るのはショックだった。

「……薬とか、そういうのはないんですか」

「ないわ。でも、こちらにいて養生しながら生活しているぶんにはまだまだ大丈夫なのよ。だから心配しないで、安心して。ひとの世界よりは、こちらは時間がゆるやかだから」

慎司の心配そうな顔色を見ると、祖母のいうことは少し楽観的すぎるような気がした。しかし、「りっちゃん、湿っぽい顔しないで」といわれてしまうと、自分が暗い顔になるわけにもいかなかった。

祖母は「ふふふ」と律也の髪をなでる。まるで幼い子どもにするように。

「すごく癒《いや》されるオーラをもっているのね。浄化者のエネルギーね。りっちゃんといると、わたしも元気になりそうだわ。さあ、席について、まずは食事をして。たくさん作ったから、残されると困るのよ」

祖母は律也だけではなく、東條やレイ、フランたちにも「どうぞ」と笑顔で席をすすめた。

東條はすぐに「いや、感動のご対面を邪魔するみたいですいません」といいつつテーブルの椅子《いす》を引いたが、レイとフランは後ろに控えたままだった。

「ヴァンパイアさんたちも、こっちにきて。珍しい光景ね。オオカミ族の家で、狩人とヴァンパイアが一緒に食卓を囲むなんて。りっちゃんのお友達なら、苦手な種族でも少しだけ我慢して、お祖母ちゃんを喜ばせてちょうだい。こんな機会は滅多《めった》にないんだから。あなたたちにとってもいい経験よ」

祖母は初対面であろうレイたちにも、屈託なく話しかける。病身にもかかわらず、その笑顔は朗らかだった。

父さんに似てる——と律也は思った。あたりまえだ、母子なんだから。

父の智博《ともひろ》も童話作家だけあって、いい大人なのに、いつまでも子どものようなところがある無邪気なひとだった。だけど、とてもやさしくて——あったかくて。

再びこみ上げてくるものがあって、律也は震える。慎司が察したのか、肩をなだめるように「よしよし」と叩いた。

「兄さんの脳天気さは、母さん譲りなんだよ。よく似てるだろ？」

やがてレイが「それではありがたく」と応えてテーブルの席についた。フランもレイにならって従う。

食事はどれも美味しかった。オオカミ族の味覚は人間と変わらない。祖母の手作りというだけで満足だったが、実際に味も上等だった。

祖母も律也が次から次へと料理を腹のなかに納めていくのをうれしそうに見ていた。

「まあまあ。りっちゃんはずいぶん食べっぷりがいいのねえ。見た目はさすがヴァンパイアの伴侶らしく綺麗な青年に成長したのに、ずいぶんと頼もしいわ」

ヴァンパイアの都に滞在していたときは、律也のために贅《ぜい》を尽くした食事が毎回用意されていたが、櫂の伴侶として上品に振る舞わなければいけないと気が張っていたため、人目のあるところでは食べた気にならなかった。なにしろヴァンパイアたちは比喩《ひゆ》ではなく、実際に優雅に薔薇の花びらを食べるような種族だったから。その点、オオカミ族の住む街に出てからは気が楽だった。

レイの目が「そんなに飢えていたのか」とばかりに律也に向けられる。

「律也様はヴァンパイアの都では食事にご不満があったようですね。少し反省しなくては」

「律也くんは残念な美形だからな。外見のイメージを裏切りすぎる。頭のなかは国枝櫂のことが八割、あとの二割は食べることと流血小説を書くことと」

東條がもっともらしく説明する。誰よりも外見のイメージを裏切ってるあんたにいわれたくない――と律也は思ったが、祖母の前なのでなんとかこらえた。

東條が律也と同じく次から次へと料理に手を伸ばすのは納得だったが、レイも珍しく積極的に口を動かしていた。

ヴァンパイアはそれほど人間の食べ物を欲しないという。昨夜、宿屋で食事しているときには一応食べてはいたものの、いかにもつきあいで食べているというか、退屈といった雰囲気が拭えなかった。

「レイ、いっぱい食べてるな。美味しい？」

律也がたずねると、レイは「ええ」と頷いた。

「わたしは味がわからないわけではないのですよ。美味なものと、そうでないものの区別はつくし、楽しむこともできます。こういった手のこんだ家庭料理を口にする機会はなかなかないので——なつかしいなと思います」

律也の祖母だから世辞をいっているというわけでもなく、本心から語っているようだった。長く生きているレイが、いったいいつの時代のことをなつかしいと感じているのか、律也にはまったく検討もつかなかったけれども。

オオカミ族の街にきてから、レイが時折、遠い目をすることに律也は気づいていた。オオカミ族の街はヴァンパイアの都のように洗練されてはいないが、年寄りもいれば子どももいて、そして若者もたくさんいて生のエネルギーに満ちている世界。

薔薇の都は美しいけれども、時間の止まったような空気をつねに纏《まと》っていた。だからこそ、ほんとにお伽《とぎ》話の世界のように感じられたのだ。不老の美しい種族たち。

ひょっとしたら、オオカミ族の街の騒々しさは、レイやフランにとっては苦手なのかもしれなかった。だけど、同時にヴァンパイアの都では普段接することのない、時間の流れを感じるのではないか。人間だった頃のように。

人界にいるときもそれは感じるだろうが、同じ夜の種族なのに、オオカミ族と比べれば、ヴァンパイアはかなり異質だ。

「……あなたは、とても長く生きてるのね」

ふいに祖母がレイをじっと見つめた。レイは瞬きもせずに見つめ返す。

「でも不思議ね。優れた血をもつヴァンパイアだということはそのオーラから伝わってくるのに、わたしはあなたが怖くないわ。人間なんて見下してもおかしくない上位の貴種なのに……珍しいのね」

レイはたしかにプライドは高いが、人間を見下すような真似はしない。どちらかといえば、同じ夜の種族たちに対して必要以上に牙を剝きだしにするだけで。

「お祖母さん、ヴァンパイアをよく知ってるの？　怖いヴァンパイアもいるのか？」

「わたしも夜の種族たちが好む生命エネルギーが強い人間みたいだから。昔から、いろんなものが見えたし、接触してくるものも多かったわ。とくにヴァンパイアはみんな綺麗だけど、近寄りがたくて……ごめんなさいね、ヴァンパイアさんたちのいる前で。あなたたちみたいなひととは別よ」

祖母が申し訳なさそうに笑うと、レイは「いいえ」と無表情に応じた。フランは「大丈夫です」と微笑する。

「ヴァンパイアにもいろんな個性があるのね。オオカミ族もそうだけど……外見ではっきりと違いがあるから、つい決まりきったイメージをつくりがちだけど、こちらの世界にきてから感じることは、そういう意味ではひとの世界も夜の種族の世界も変わらないということよ。――りっちゃん」

ふいに祖母にまっすぐに見つめられて、律也は食事の手をとめて姿勢を正す。

「智博は、あなたに『夜の種族とかかわるな』といいつづけていたでしょう。でも、智博が知っているのはごく一部のことなの。もちろん智博のいうことが正しかったと思うこともあるかもしれない。だけど、すべてではないわ。あの子もそんなことをいいながら、ヴァンパイアと契約してたわけだからね……もっとも、あなたを守るために病の進行を止める手段としてだけど。あなたがヴァンパイアの長の伴侶となったのは、あなたが望むからそうなったのだろうし、なにも気にすることはないのよ」

いくら父に「夜の種族にかかわるな」といわれても、律也はその言葉を守ることはできなかった。櫂が大好きだったから、失うことなど考えられなかった。後悔はなかったが、父の生前の願いを守れなかったことは心の隅にずっと引っかかっていた。けれどもいま、祖母が「気にしなくていい」といってくれたことで、どこか救われた気持ちだった。

律也がかすかに表情をゆがませるのを見て、祖母は「ふふ」と笑った。

「あなたはある意味、とても幸せなのよ。智博の願いをきけないくらい――それだけの強い思いを貫ける相手と結ばれたんだから。あなたの伴侶の櫂は、とても素敵なひとなんでしょうね。慎司はやっかみ半分で、よくいわないけど」

慎司が気まずそうに目をそらす隣で、レイが表情を引き締めた。

「我らが長は、とても強く美しい。律也様をとても大切にしているので、お祖母様もどうぞご安心ください。仕える我らも、命がけでお守りします。我らの長にこれ以上ないほどふさわしく、聡明で美しい方ですから」

レイに褒められると、うれしいというよりも、背中がぞわぞわして落ち着かなかった。先ほどの料理に対しての感想は世辞ではないが、こちらはどう見ても祖母への配慮だった。

「あなたにそういってもらえると、とても力強いわね。よろしく頼みますよ。——こら、りっちゃん。照れてそっぽを向いてないで、こっちを見なさい」

祖母に叱責《しっせき》されて、律也は「はい」と再び姿勢を正す。

レイをちらりと見ると、珍しく表情が和やかだった。てっきり「お祖母様の前だから、仕方なく褒めてさしあげたんですよ」という顔をしているかと思ったのに。それよりも気になったのはフランだった。いつもやわらかく微笑んでいるイメージの彼が、かすかに表情をこわばらせている。たった一瞬ですぐに元に戻ったけれども。

祖母と律也がやりとりしているのを見て、慎司はひどく楽しそうだった。祖母のことは父から内緒にするように頼まれていたらしく、いままで話せなかったのだという。もちろん理由は、律也が夜の種族たちに深入りしないためだった。

やっぱり父は最後まで……。

「智博がりっちゃんに夜の種族にかかわってほしくなかったのは、わたしがこうしてオオカミ族の伴侶となって、人界に戻れなくなってしまったからだと思うわ。それに、あなたのお母さんのこともあるから」

「母のことを知ってるんですか？」

いったい母は誰なのか——祖母に会ったなら、聞いてみたいことのひとつだった。

「ええ……でも残念ながら、知ってるというほどでもないの。あなたのお母さんは、あなたと同じく浄化者だったのだと思うわ。……思う……というのは、智博がよく教えてくれなかったからなの。智博が彼女と一緒にいたのは、一年半ほど……あなたを生んですぐに亡くなってしまったから。出会ってすぐに智博は彼女を愛するようになって……そしてあなたを授かった。彼女はおそらく元はヴァンパイアの伴侶だった。伴侶になったら、その肉体と魂は永遠に相手につながれる。でもおそらく彼女はその絆《きずな》を断った。そして智博と愛しあうようになったのだけれど、すぐに死んでしまった。伴侶に狩られたのか、時間を止めていたぶんだけ肉体が急速に消耗して死に至ったのか、事情はよくわからないの。智博は決して語らなかったから」

母も浄化者。父が決して母のことを律也に話さなかった理由はなんなのだろう。語るのも辛《つら》かったからなのか。

それにしても母がヴァンパイアの伴侶だった？　そして裏切って、もしかしたら狩られたのかもしれない？

「ショックかもしれないけど、りっちゃんには話しておいたほうがいいでしょう。あなたはもう大人だから。わたしが話した意味も、わかるわね？」

祖母の問いかけに、律也は「はい」と頷く。

母の話を聞いて、自分の立っている位置の再確認をさせられた。それでも自ら選んだ道なのだから、後悔はない。そういった律也の意思を知ったからこそ、祖母は話してくれたのだろう。夜の種族の非情な面を知っても、もう怯《おび》えるだけではないとわかっているから。

たとえヴァンパイアに狩られたのだとしても——これを人間に当てはめてみれば、その犯人を憎むだけで、人間すべてを憎むわけではない。ヴァンパイアに対しても同じだった。

それにヴァンパイア側の理屈もある。伴侶となるには、永遠の誓いが必要だった。もし自分が裏切ったら……律也は櫂に殺されても仕方ないといまは思っている。

律也の真意を察したのか、祖母は表情をほころばせた。

「……よかった。あなたはほんとに好きな相手と結ばれたのね。最初に顔を見たときから、わかっていたけれども。お母さんが同じ浄化者でも、あなたとは違う人間だし、あなたとは別の運命だわ。智博のこともそう。それに……お母さんがヴァンパイアの伴侶だったとしても、そのお相手はあなたの伴侶の櫂の氏族じゃないわ。智博もいくら命を永らえるためとはいえ、最愛のひとの死の原因となったヴァンパイアの氏族とその後も契約を続けることはないでしょう」

いくらヴァンパイア全部を恨むわけではないといっても、少なくとも櫂の氏族ではないと知って安堵した。

もしかしたら櫂たちの氏族のヴァンパイアが律也の家の庭によく現れたのは——父がそれを許していたのは、ほかの氏族のヴァンパイアへの牽制《けんせい》だったのだろうか。

そのヴァンパイアたちを近づけないために、父は庭を異世界とのチャンネルにつなげて、櫂の氏族がくることを許していた？

いまとなっては父の真意はわからなかった。でも父は若い頃からヴァンパイアと契約していたと聞いた。おそらく母に出会う前から、子どもの頃から不思議なものがたくさん見えていたはずだった。

だから母の死のあとも、律也には「夜の種族とかかわるな」といっても、自分は関係を断ちきれなかったのではないか。それはすでに幼い頃から身近にあった、父の世界の一部だった。自分もそうだったから、律也にはその気持ちがわかる。

母の件は初めて聞いたらしく、慎司も目を丸くした。

「……誰の伴侶だったか、わからないのか？　兄さんはたしかに自分がヴァンパイアと契約してるくせに、ヴァンパイアは怖いものだって思ってたようだけど……浄化者なんて希少なんだから目立つはずだろ」

「――おそらく隠していたのだから、無理でしょうね」

レイがおもむろに口を挟んだ。

「浄化者を伴侶にしていると知られれば、ほかの夜の種族に狙われる。そんなことを公にしてしまうのは、櫂様ぐらいです。力があるからこそ可能になる。いくら気の強い者といっても、成人近くになるまで、浄化者かどうかはわかりませんから」

「隠す……？」

「浄化者はそれこそ神様を祀《まつ》るように扱われて、城の奥深くに生き神のように閉じ込められる場合があるのです。それぞれの氏族に浄化者を伴侶にしているものがいると噂には聞きますが、はっきりしてるのは二人ぐらいで、ほかにいま何人が生存しているのかはわかりません。一方、浄化者同士が手を組んで身を隠している場合もあるから、正確な数は把握できません」

「浄化者って、そんなにたくさんいるのか」

「浄化者は神の血をもっているといわれてますから。その力の使い方さえ覚えれば、我らの目を欺くのも簡単です。ですから希少といわれるが、実際はもっとたくさんいるのかもしれない。そこにいる狩人の生態が我らにはよくわからないのと一緒です」

東條はとぼけた顔をして、「そうか、きみたちはそんなに僕たちのことが知りたいのか」と呟いた。当然のことながらレイは無表情に聞き流す。

「狩人は『黄金の血』をもってるって以前に聞いたけど……あれは神の血ってことなのか？」

「いいえ。たしかに狩人は天界の流れを汲《く》んでますが、それは我らヴァンパイアも同じこと。むしろ狩人はヴァンパイアに近い。いくら神の血をもっていたとしても、すでに狩人という種族として、変化してしまってますから。浄化者のそれとは違います」

「そうなんだ？　でも狩人は最強なんだろ？」

「……獣に対してはそうでしょうが、我らはとくに争わないだけで、狩人のほうが強さが上とは思っていません。狩人にはヴァンパイアと違って、下位のものがいないのです。だからみな強いように見えるのですが、白い翼をもつ耀様ならやつらを打ちのめせるでしょうし、わたしもそこの狩人と戦えといわれたら、喜んで戦います。負ける気がしません。やつらの黄金の翼を血に染める光景を思い浮かべると、武者震いすら覚える」

最後の台詞は冗談ではなく本気でいっているように聞こえた。

さすがドS——ちらりとレイに視線を向けられた東條が「こわい」と呟きながらそっぽを向く。

祖母だけが冗談だと思ってるのか、「いさましいわね。さすがりっちゃんの警護役だわ。迫力満点ね」と楽しそうに笑い転げた。いや、お祖母さん、レイは本気で血が大好きなんだけど……というのはやめておいた。

「りっちゃん——あなた、浄化者としての力のほかにも、ずいぶんと旧くて強い力を宿してるのね。首もとに下げているのは、なに？」

祖母が指さしたのは、律也の服の下に隠れている「語り部の石のペンダント」だった。

律也はペンダントをはずして、取りだしてみせる。

「これ……東條さんが骨董《こっとう》屋で見つけてくれたんだ。櫂が『お守りになるから』ってペンダントにしてくれて」

「そう。いまは目覚めている語り部の石は少ないと聞いているけれど、これは生きてるわね。ものすごく珍しいわ。さすが狩人さん、目利きなのね」

祖母には石の状態がわかるらしかった。とたんに、東條が目の色を変える。

「律也くん、こいつはしゃべったのかい？」

「あ……しゃべったっていうか」

「もしかして、姿まで見えた？　気高くて美しい精霊だっただろう。この石は天界の石とされていて、神の血を吸い込んで、奇跡そのものを宿しているといわれてるんだよ。どんなものにもなり得る、無限の力を秘めているらしい。まあ昨今では、その神の血も石のなかで乾いてしまって、しゃべらない石も多いらしいが。語り部といわれるだけあって、世界のすべての秘密を知っているともいわれている。精霊が現れたら、名付けるときは気をつけなくてはいけないよ。名は体を表すからね。そいつの運命が決まってしまう」

「え？　そうなんですか」

律也はぎょっとしながら、手のなかのペンダントに目をこらす。心臓がバクバクして、冷や汗がでてきた。そんなご大層な石なら、先に注意事項を書いた説明書を一緒に添付してくれよと思う。赤毛だったから、単純な連想で名付けてしまったではないか。本人の希望だったけれど。

アニーと名付けた精霊は、どういう運命を辿るんだ？

オカルトマニアの本性丸出しで、東條は律也に詰め寄ってくる。

「律也くん、もったいぶらずに教えてくれよ。どんな姿だった？　もう名付けた？　偉大な精霊に相応《ふさわ》しい響きにしただろうね」

「いや、まだはっきり見てないというか……今度出てきたら紹介します」

次に出てきたら、いまから改名が可能かどうか聞いてみよう、と律也はひそかに誓った。偉大な精霊にアニーと名付けたと知られたら、センスを疑われてしまう。しかし、やつのいうとおり『アン』にしなくてよかった。『精霊アン』――さすがに音が短すぎる。

「じゃあ、ほんとにその石は生きてるんですか」

フランが驚いたように声をあげたかと思うと、レイも感心したように頷いた。

「さすが律也様ですね」

「りっちゃんはたいしたもんだな。伝説の石なのに……」

　慎司まで揃って賞賛してくる。夜の種族にとって語り部の石とは珍しく、その精霊はすごい存在としてカテゴライズされているらしい。伝説とまでいわれて、さすがにいたたまれたくなった。

「いや、ほんとのところ、まだはっきりと精霊は見てない。声は聞こえたような気がするけど、幻聴かもしれないし。でも、東條さんは骨董屋でこれを手に入れたって……なんで伝説の石が気軽に売ってるんですか」

　祖母が疑問に答えてくれた。

「もうほとんど力がない石ばかりだから、少なくない量が出回ってるのよ。天界の置き土産《みやげ》ともいわれてるわ。もっと天界がこの世に近かった頃には、その石もたくさんごろごろしていたの。いまはもうただ綺麗なだけで、普通の石とかわらないけど、もしかしたら精霊が目覚めるんじゃないかって奇跡のお守りとして人気があるの。浄化者とは相性がいいはずだから、持っていればそのうちにほんとに精霊さんに会えるかもしれない」

　もうすでに会った、アニーと名付けた――とはいえない雰囲気になってしまった。精霊の偉大さも、祖母にもっともらしく説明されると、そのとおりなのだろうと信じるしかなかった。

「これってそんなにすごい石なの？　ほんとに伝説？」

「そうね、伝説にうたわれるものではあるわね」

手の中の石が「ほら、みろ」と得意げにほのかに熱くなったような気がした。

これが伝説にうたわれる偉大な精霊——たしかに華やかな美貌だったが、やたら傲慢《ごうまん》な恥じらいもない全裸の男だったぞ？　次に小さな狼の姿になったときは愛らしかったが、たぶん直前にオオカミ族の街で見てかわいいと思って模倣したに違いないし、無限の可能性を秘めているくせに、子狼に化けるやつのどこが偉大？　思考回路が自分と同じくらいに単純すぎるではないか。しかも、あの性格……。

おまえたちの鏡だといわれてぎょっとしたが、考えてみれば一番最初に石を手に入れて、朝晩話しかけていたといったのは東條だ。石は彼の影響を一番受けているはずだ、と律也は責任転嫁をしたくなった。

「りっちゃんは自覚がないのが一番の武器ね。あなたがその石を手に入れたのも、天の配剤なのかもしれないわ。あなたはまっすぐで強い意思をもっているけれど、無欲だから。そういうものには力を与えてもいいと思うのかしらね」

「無欲？　俺は櫂が欲しくて、伴侶になったのに？」

「それでも、わが孫ながら、なんて迷いの少ない子だろうと思うわよ。あなたはとても正しい。櫂が欲しいと思えば、まったくブレがない。単純のように見えるけれども、それは実は難しいことなのよ。ひとは欲張りで、あれもこれも欲しいと普通は目移りするものなのに……あるいは弱くて、あきらめたりくじけたりしてしまう。だけど、あなたはどこまでもまっすぐね。折れてしまうことはあっても、たぶん曲がることはない。欲はあっても、欲に汚れない」

褒められているらしいが、どうにも融通のきかない馬鹿だといわれているような気もしなくもない。慎司も同じことを感じたのか、まるでフォローするように「りっちゃんの素直さはいいことだよ」と言葉を添える。

「わたしも律也様の魅力はそこだと思います」

レイが慎司の意見に同意を示すのは珍しい。また祖母の手前、無理やりほめてくれているのかと思ったが、そういう口調でもなかった。まだまだこの世界はわからないことだらけだったが、自分を肯定してもらえるのはうれしい。

この石をもつことになった意味——。

天の配剤？

律也はいつまでも櫂に守られるだけではなくて、櫂の力になれるように変わりたい。そのためにはなにをすればいいのだろう。

その日は祖母の家に泊まることになった。

それぞれ客室を与えられて眠りにつこうとした頃、レイが律也の部屋を訪れた。

「律也様。あなたのお祖母様の体調の件ですが、おそらく浄化者の律也様が定期的に気を与えれば、改善されると思います」

「え？　俺の気で……？」

「ええ。手を握って差し上げて、青い光を相手に送るようなイメージを描きながら力をだしてください。人間にとって浄化者がどんな力をもっているのか、よくわからないのですが、少なくともこちら側の世界では有効なはずです。彼女はこの世界に過剰適応して、人界に戻れなくなったようですから、もう夜の種族の世界の生命といってもいい。だから、あなたの力が効くはずです。こちら側の世界では、あなたが気を与えるかぎり長生きできるでしょう」

祖母は律也に会ってから、慎司がびっくりするほど「元気でよくしゃべる」という状態になっていたから、あながち外れてはいないのだろう。

「じゃあ、俺は……お祖母さんを助けることができるのか」

「あくまでこちらの世界にとどまる限りはですが……定期的にお祖母様の顔を見に、ここを訪ねられるといい」

皆の前でレイが律也に祖母に気を与えろといわなかったのは、いくら親族とはいえ、祖母がオオカミ族の伴侶だからだった。敵に塩を送るような真似はできない。律也のすべては櫂のものなのだから。だが、耀もこの場にいたら、おそらく同じことをいってくれたはずだった。

「わかった。ありがとう、レイ」

レイは「いいえ」と無表情に応えると、部屋を出ていった。祖母のことをレイが気遣ってくれたのがうれしかった。

祖母に会えたのは大きな収穫だった。祖母は律也を「迷いがない」といったが、相談にのってほしいことはたくさんあるのだ。できるだけ元気で長生きしてほしい。

自分の力が生かせる——そう思えることは、律也にとって大きな支えだった。

祖母と一緒に食卓を囲めたこともうれしかったし、この場に耀がいないのを少し後悔した。やっぱり一緒にきてもらえばよかっただろうか。でも、いまでもレイと東條がなにかと衝突して騒がしいのに、ここに耀が合流したら、今度は慎司となにかとやりあうに決まっていた。でも、祖母はそんな光景も「みなさん、元気がいいのね」といって喜んで歓迎してくれるかもしれない。

ひとりで思わず笑いをもらしながら、律也は寝台に横たわり、首にかけているペンダントに手をあててみた。

時折、熱さを感じたけれども、石の精霊が現れる気配はなかった。「出てこいよ」とどんなに命じても無理だ。改名できるかどうかをたしかめたいのに……。

「アニー……」

半分眠りに落ちながら、律也は石に呼びかけてみる。応えるように表面が熱くなった。

(いまは疲れてるから出ていけない。それにその名前は気に入ってるから改名もしない)

そう答えたような気がした。なんだ、聞こえてるのか……と思っているうちに、律也は完全に眠りの底に沈んだ。

しばらく眠ってから、ふっと目が覚めたのは呼ぶ声が聞こえてきたからだった。

アニーなのかと思ったが、どうやら違うようだった。「おいでおいで」と呼ぶ声がする。

これは以前聞いたのと同じ声――。

頭がくらくらするのを感じながら、律也は目を開ける。

いつもなら無数の薔薇が守ってくれているようなイメージが頭のなかに広がって、夢のなかの侵入者はすぐに退散するはずだった。

しかし、その夜は初めて自分をずっとあやしい声で呼びつづけていたものの正体が見えた。

霧がかかったようにぼんやりした部屋のなかで、それは律也のベッドの前に立ち、悠然と微笑んでいた。金色の長い髪をした美しい青年だった。

青年は、ほっそりとしたからだを白い衣装につつんでいた。フリルのタイがよく似合う、貴族的で甘い顔立ち。白い肌に映える、ライムグリーンの明るい瞳は宝石のように美しかった。

気配はよく似ているけれども、これはヴァンパイアではない。しかし、同じくひとの精を吸う夜の種族——夢魔だった。

「ああ……ようやくあなたのそばに近づけることができました。美しき浄化者よ。ここはオオカミ族の住む地域。薔薇が咲かないところです。おかげで、僕を傷つける刺《とげ》がない」

夢魔の青年は軽やかな口調でいってから、ダンスでも申し込むかのように深く頭を下げてみせる。甘いマスクだったが、緑色の目が妖しく光り輝いていた。

律也は飛び起きて、ベッドの上であとずさった。

「おまえはヴァンパイアの配下なんだろう？　アドリアンの手の者なのか」

夢魔の青年は少し考え込むように小首をかしげてから、小さく笑った。

「アドリアン様は、我ら夢魔を支配している方です。ですが、我らはヴァンパイアにはできないことができる。あなたは〈スペルビア〉の長の伴侶で、その血と精を体内に与えられ、印をつけられている。そのせいで、同族のヴァンパイアで、あなたを直接傷つけられるものは、一族同士の抗争になることを覚悟した、ほかの氏族の長クラスしかいません。……ですが、我ら夢魔はヴァンパイアの下についているとはいえ、違う種族。あなたを汚すも犯すも思いのままです。『上位の者に絶対服従』『同族の印がついているものは基本的に襲わない』というヴァンパイアの美しい掟《おきて》や禁忌《きんき》は我らには通じない。僕の前では、あなたはひどく淫《みだ》らな欲情をそそる獲物にすぎません。ヴァンパイアの長が夢中になっているというその肉体は、とろけるように美味でしょう。その細腰が壊れるまでかわいがってさしあげましょう」

外見は上品なのに、いっていることは冷酷で下品きわまりなくて、そのギャップがよけいに不気味だった。

やはりアドリアンが配下の夢魔を使って、律也を襲わせようとしているのか。自分たちではできないから？

「あんたなんて好みじゃない。俺が好きなのは櫂だけだ。そんなことされるくらいだったら、死ぬ」

「性技では僕もヴァンパイアには負けませんよ。あなたの伴侶がどのくらいのものか知りませんが」

律也は苦し紛れにとっさにからだじゅうに力を込める。青いエネルギーがあふれだすのを見て、夢魔の青年はふっと笑った。

「無理ですよ。あなたはまだ若い浄化者で、力の使いかたも知らないでしょう。浄化者が自分の力を攻撃に変える術を身につけるには時間がかかると聞いてます。そのエネルギーの放出は、僕を元気にさせるだけですよ。とてもいい気分だ」

律也は胸もとのペンダントをさぐり、「おい」と呼びかける。しかし、石の精はうんともすんともいわなかった。

「――レイ！」

夢魔の青年がにじりよってきたので、律也はあらんかぎりの声を振り絞って叫ぶ。間違いなく部屋の外にも届くほどの大声だったのに、あたりはしんと静まり返ったままだった。誰も起きてくる気配がない。

「誰もきませんよ。あなたのお祖母様と狼は術をかけたので、ぐっすりと眠っています。彼らはこういった幻術に免疫がない、善良な生きものなので、僕に対抗するのは無理です。頼りになるはずの狩人は先ほど仲間に呼ばれて、この家を留守にしています。あなたの警護役のヴァンパイアたちは……」

そこで青年は言葉をとめて、くすりと笑った。

「あなたは誰にとっても獲物なんですよ。禁忌を破ればね――浄化者なんて滅多に手に入らないのですから」

レイが助けにこないのは――？　やはり裏切っているから？

まさか、と律也が驚愕に目を見開いたそのとき、部屋の扉が開いた。夢魔が登場してから、部屋のなかは濃い霧がたちこめたように視界が不鮮明になっていたので、誰が入ってきたのかすぐにはわからなかった。

霧のなかに黒い翼が見える。レイだ——と思った。だが、現れたのはレイではなくフランだった。

「フラン！」

「——もう大丈夫です、律也様」

フランは微笑み、律也のそばにすばやく駆け寄ってくる。

レイのほうが力が強いはずなのに、フランが先に律也を助けに現れた。これはどういう意味なのか。

「レイはどうしたんだ？　レイは——」

気が動転するあまり、律也は気づかなかった。どうしてフランが部屋に入ってきても、夢魔の青年は表情ひとつ変えずに立っているのか。フランが律也のそばに駆け寄っても、まったく動こうとしないのか。

小柄で、妖精のように儚《はかな》げな美しさをもつフラン。くすくすとおかしそうに笑うさまが少女のように可憐ですらあった。

だが、この夜は違った——。

律也の部屋に現れたフランは、なにかに憑《つ》かれたような目をしていた。いつにない力強い光がその瞳には宿っていた。

「もう大丈夫です」とフランはくりかえした。

「レイはこの騒ぎには気づきません。いくらレイが仕える者としては最強のヴァンパイアでも、この場所にはレイよりも上位のヴァンパイアの結界が張ってあります。下位のものには見えないようにね」

一瞬、なにをいっているのか理解できなかった。

レイよりも上位のものが、どうしてこの場所に結界を張るのか。律也を夢魔に襲わせるために？　誰がそんな――。

「誰だ……？　アドリアン？」

「いいえ。違う氏族の結界は匂いでわかります。余所者《よそ》のヴァンパイアが近寄ったら、レイは気づかなくてはおかしいのだと、あれほど僕が申し上げたではないですか。でも、レイが気づかないのは無理はないのですよ。なにせここに張られているのは、我らが長の結界なのですからね」

律也はようやく理解した。

誰がたびたび夢魔に律也を襲わせようと企《たくら》んでいたのか。

時々おかしいと感じることはあったが、フランがレイの友人だったから――レイ本人もそれを認めていたから、すっかり騙《だま》されてしまった。

レイがあやしいと吹き込んできたフランこそ裏切りものだったのだ。だが、どうして櫂の結界がここに？

「嘘だ。耀がそんなことするわけないだろ。どんな小細工を使ってるんだ」

「ええ。もちろん、耀様はそんなことをしません。あなたを大切に思ってますからね。僕がいう我らが長とは――カイン様のことです」

フランは微笑み、胸もとから小さなガラス瓶を取りだした。中には白い砂のようなものが入っている。

「これはカイン様が散ったときの塵――この塵を使えば、術師の力で長の結界をつくりだすことぐらいわけない。あなたの部屋に夢魔が近づこうとしたときには、つねにこの塵を使って結界を張っていたのです。だからレイはなにも気づかなかった。いくら能力が高くても、同じ氏族の始祖にだけはかないませんからね」

始祖の塵――そんなものがとっておかれていたとは。

耀に不満をもち、前始祖を担ごうとしている反対勢力があるとフランから聞いたことがあった。あれはまさに自分のことだったのか。

「……どうしてだ？　どうして、こんな……きみはレイをのことを……」

なぜフランがこんなことをするのか。友人のレイに疑いを向けてまで……。

「あれは、あなたにレイを少しでも疑っていただくためです。そうすればなにもいわなくても、耀様はあなたの心の動きに気づきます。ヴァンパイアはひとの心の機微に敏《さと》いですから。どうやらレイのことでなにかあるらしい、と。そこでレイがあやしいという情報を耀様のところにうまく流せば信憑性《しんぴょう》が増す。いつもならレイひとりで充分なのに、櫂様が今回僕に同行しろといったのはそのためです」

「じゃあ、最初にきみが俺のところに『レイが裏切っているかもしれない』と訪ねてきたとき、櫂はなにも知らなかったのか」

「ええ。あのとき、僕は櫂様の密命など受けていませんでした。カイン様の結界を張って、皆に気づかれないようにあなたに会いにいっただけです。あなたがとても純粋で素直な若者だとレイから聞いていたので、レイを庇うために『僕に会ったことも夢魔の件も内緒に、レイが失脚します』といえば絶対にだまっているだろうと予測しました。賭《かけ》でしたけどね。あの時点で、もしあなたが櫂様に『密命を受けてるフランて誰？　レイを疑ってるの？』といえば、すべてが終わりだった。ほんとに、おやさしい律也様――」

フランはくすりと笑った。律也の部屋に初めて現れたときと同じく、儚く、かわいらしい笑顔で――だが、その瞳の奥はゆらぎ、どこか苦しそうにも見えた。

「僕はあなたに恨みはないのです。上位の貴種で、ヴァンパイアとしてのプライドの高いレイが狩人やオオカミ男と楽しそうにしてるところなんて初めて見ましたからね。あんな意外な顔を見せるのは、たぶんあなたのせいなんでしょう。我が長に比べたら、まだほんの若造の櫂様の側についたのも、櫂様に魅力があるから――それはレイの自由です。血が呼んだのでしょうから」

ヴァンパイアが主を変えるのはあたりまえのこと。もっと自分に相応しい主が現れれば、「血が呼んだ」といって去っていく。

そうだ、「血が呼ぶ」のは当然だといいながら、フランはレイに対して「裏切りもの」という表現を使った。フランは前始祖カインに仕えていたのか。そして櫂のもとに下ったあとにも、カインに忠誠を誓っている。

緊迫した空気のなかで見つめあうフランと律也の隣で、夢魔の青年があきれた声をあげた。

「いつまで恨み節をいうつもりなんだ？　フラン、さっさとその獲物を味わわせてくれ」

「少し待て。下劣な生きものが」

フランはぞっとするような声で夢魔に命じる。ヴァンパイアとしては下位とはいえ、夢魔はさらにその下らしい。夢魔の青年が逆らわないところを見ると、争いになったら、彼にはヴァンパイアに勝てるような戦闘能力はないのだろう。

フランはかすかに表情をゆがめて、あらためて律也に視線を戻した。それはどこか憐れむような眼差しだった。

「律也様、あなたを傷つけたくはないのです。ですが、僕はあなたの血が必要なのです。わが主、カイン様を甦《よみがえ》らせるために」

Ⅳ　神の血

気がつくと、律也は祖母の家のベッドではなく、別の場所に移されていた。手と足は縄で拘束されている。ごろりと転がってみたが、痛むところはなく、危害は加えられていないようだった。

あのまま夢魔に暴行されてしまうのかと恐れたが、幸いなことになにもされずにすんだ。夢魔の青年は「約束と違う」と怒っていたが、「カイン様へ与える血を絞りだす前に、おまえに汚されるわけにはいかない」と、フランが気を変えたらしい。その後はむりやり眠り薬を飲まされ、意識が朦朧《もうろう》としはじめたところまでは覚えている。

気を失ったあとに、いまの場所に連れてこられたらしかった。律也が寝かされているのは天蓋《てんがい》付きの大きな寝台だった。やたらと凝った豪勢な内装からして、間違いなく貴人の寝室だった。

どこかの城だろうか……。アドリアンの？

いや、フランのあの口調から察するに、アドリアンは関係ないのか。氏族内で櫂に対して不満をもつ勢力のみの犯行なのか？　でも以前、アドリアンが宴の会場でフランに話しかけているのを見たことがある。いま考えれば、あれもあやしかった。

夢魔は術で眠らせたといっていたが、祖母は？　慎司は？　ほんとうに無事なのか。

そしてレイは——？

異変に気づいてくれないだろうか。何事も起こらない限り、朝にならないとレイは律也の寝室には入ってこない。

縄が外れないだろうかともがいたが、かえって手首を痛めつけるだけだった。薄い皮膚に血がにじむ。こんなところでじっとしてはいられないのに。

「……お目覚めになりましたか？」

部屋の扉が開き、フランが室内に入ってきた。すました顔でつかつかと寝台に近づいてくる。

「もうすぐ儀式がはじまりますから。いまは皆が集まるのを待っているところです。再生の儀式のために、律也様には血を流してもらいますが、命まではいただきません。ただしばらくは立ち上がれなくなってしまいますが」

「……どうしてこんなことをするんだ」

「先ほど申し上げました。カイン様を甦らせるためです。朝までにはすべて終わります。儀式については、僕はよく知らないのです」

フランだけではなく、ほかにも関わっているものがいる。あたりまえだった。フランはヴァンパイアとしては下位だという。こんな大それたことをひとりで実行できるわけがない。

「ここはどこなんだ？　祖母と慎ちゃんはほんとに無事なんだろうな」

「ここはカイン様が住んでいた城です。お祖母様たちには手をだしません。オオカミ族の恨みまでかっては厄介《やっかい》ですから。お祖母様の家で手荒な真似をして申し訳なかったですが、今日しか機会がなかったのです。あなたのからだに沁《し》み込まされた櫂様の血のせいで、人界はもちろんヴァンパイアの都でも、とうてい夢魔は近づけないことがわかった。ですが、オオカミ族の住む地域ではさすがに効力が薄れます。あなたが消えたことがわかったら、お祖母様の家に残された痕跡《こんせき》を見て、夢魔の仕業だと誰もが思うでしょう。僕も律也様を守ろうとしたところを一緒に連れ去られたのだと――なにしろ下位のヴァンパイアですからね。僕になにもできるはずがない」

そうだ、そこが盲点だった。ヴァンパイアは絶対に上位のものには逆らわない。だから、フランがレイを陥れようとしているとは思わなかった。

だが、フランが櫂の部下ではなく、いまだに心はカインの部下だったのなら話はべつだ。

「アドリアンが絡んでるのか？　それとも、櫂に対する反対勢力だけなのか？」

「アドリアン様の氏族は関係ありません。あの夢魔は、ほんの雑魚《ざこ》――夢魔はアドリアンの氏族の下僕ですが、手懐けるのは僕にもできます。やつらは人間を夢のなかで犯し、精気を吸いますが、ヴァンパイアの血と精気も好物なのです。ただし、精気を吸わせることで、こちらはやつらを操ることができます。夢魔は反発しながらも、結局は麻薬中毒患者のように僕のいいなりになる」

よく見ると、フランの服装が少し乱れていた。ゆるめたシャツの襟元からのぞける首すじには愛撫《あいぶ》のあとと乱暴な噛み傷がついていた。

視線に気づいて、フランはふっと笑う。

「あの夢魔があなたを犯させなかったといって怒るので、少しなだめて餌をやっただけです。なんてことはない」

いつもと変わらないやわらかな笑みを浮かべているのに、律也はその笑顔が怖かった。夢魔に精気を吸い取られてやつれてもなお、壮絶な覚悟に満ちた表情が。

「フラン。きみは……一番厄介な役目を負わされて、利用されてるんじゃないのか。きみよりも上位の者も、この計画に関わってるんだろう？　いいように使われて……ひとりで動いて」

「たぶんそうでしょうね。僕が律也様の警護役のレイと昔なじみだったからこそ、この役目に最適だと判断されたのでしょう。でも、カイン様を甦らせられるというんです。一番の汚れ役をさせられたからって……なんの不満がありますか？　カイン様の姿をもう一度見られるのなら、僕はその場で死んだっていい」

フランの目が尋常ではない決意を表し、異様にきらめいていた。それはもう狂気に近い。

「どうしてそんなに前の始祖のことを――？　ヴァンパイアは強い王を担ぎたいんだろう？　だから、代替わりがあるんだろう？　耀ではそんなに不満か。レイだって、きみがこんなことをしたと知ったら、がっかりする」

「……律也様、僕はレイのようにヴァンパイアのプライドなどありません。より強い者が魅力的だという理屈もわかりません。あなたのお祖母様がいっていたように、ヴァンパイアにも色々あるのです。僕にはカイン様がすべてでした」

フランは表情をゆがめて力なく笑う。律也はとっさにいいかえすことができなかった。

「あの方にとっては、僕なんて、どうという存在ではなかったでしょう。僕はカイン様の身の回りのお世話をしていたのです。僕がカイン様に仕えたのは、レイが先に仕えていたからです。レイは上位のヴァンパイアだったので、立場は違うけれども、ずっとふたりでカイン様を守るのだと思っていました。うれしかった……なのに、先に裏切ったのはレイのほうです。カイン様の元を離れて、耀様のところにいってしまった。去り際に、レイは僕にこういったんです。『フラン、きみはついてこなくていい』って。……だから、僕にはほんとうにもうカイン様しかいなかった……」

フランの強い思いはカインへの執着というよりも、レイにより強く傾いている気がした。カインは死んだけれども、レイはまだ生きている。希望は残されている。だったら、フランに馬鹿なことをさせてはいけない。

「フラン。考えなおしてくれ。こんなことしたからって、どうなる？　夢魔の痕跡があって、きみが一緒に攫われたと思わせることができても、すぐにバレるぞ。こんなの時間の問題だ」

「夢魔は本来、アドリアン様の配下です。アドリアンの氏族が計画をしたとレイたちは思うでしょう。カイン様が無事に甦って、体制を整えるまでの時間が稼げればいいのです。混乱に乗じて、甦ったカイン様とその一派が櫂様を倒します」

夢魔をわざわざ使ったのは、アドリアン関与を匂わせるため——休戦協定を結んだのに、アドリアンがなにかしたと思えば、櫂たちはすぐに攻撃に打って出るだろう。

以前、櫂たちがオオカミ族に律也が攫われたと思って、奇襲をかけてきたときの光景を思い出してぞっとした。容赦なく牙をむいて、オオカミたちに襲いかかっていた櫂の姿は鮮血の赤とともに強烈に目の裏に焼き付いている。

「やめろ。そんなことしたら、氏族間の全面戦争になるじゃないか。なにを考えてるんだ。そんな大事になったら、きみは重罪だぞ。もう後戻りできなくなる」

「……どうせ後戻りなど、できないのです。僕はもうすぐ死にます」

淡々と語るフランに、律也は「え」と息を呑《の》む。

「死ぬのです。櫂様やレイを裏切って——浄化者の律也様をこんな目に遭わせて……ただですむはずがない。すぐに八つ裂きにされて命を断ってもらえればまだいいほうです。永久に地の果ての城で幽閉され、拷問《ごうもん》されつづけるか……ご存じのように、殺されない程度の傷はすぐに癒えてしまいますからね。ヴァンパイアにとっては終わらない生き地獄です」

その情景をありありと思い浮かべて、律也はぶるっと震えた。

強靭《きょうじん》な生命力をもっているからこその苦痛。永遠に生きるということは、永遠に苦しむということでもあった。

「そんな――そんなことさせない。きみはカインへの忠誠を利用されているだけなんだ。俺がさせない。約束するから」

「なぜです？　僕は律也様にこんなに酷《ひど》いことをしてるのに？　あなたは僕のなにを知ってるというんです」

「たしかに俺はまだよくヴァンパイアの世界がわからない。だけど、きみはレイの友達だ。普通、ヴァンパイアの上位のものは、下位のものを気にかけないだろう？　だけど、レイはきみをとても気にしてるし、俺にも『友人です』ってはっきりといったんだ。東條さんも、プライドの高そうなレイが下位のものを友人と呼ぶのかって驚いてた。……俺がいま知ってる事実はそれだけだけど、きみはレイの大切なひとなんだ。それだけはわかる。俺はレイを悲しませたくない」

かすかに表情をゆがめて、フランはなにかいいたげに唇を開いたが、思い直したように引き結んだ。そしてベッドのそばを離れる。

「――おやさしい律也様……。あなたは夜の種族の世界には向いていない。いつか櫂様の伴侶になられたことを後悔するでしょう。たとえ捕らわれなくても、僕はもう終わりです」

フランはそういいのこして、部屋を出ていってしまった。

残された律也は茫然としてから、再び寝台の上でもがく。やはりそう簡単に縄はほどけそうもない。力を入れれば入れるほど、からだから青い気のエネルギーがあふれてくるのがわかるが、その力が縄を焼き切ったりしてくれるわけでもなかった。

先ほどの夢魔が、浄化者がその力を攻撃に向けるには時間がかかるといっていた。では、自分にはなにもできないのか。櫂たちヴァンパイアは霊的エネルギーをぶつけあって、闘うことができるのに……？　自分は無力なのか。

ほのかに胸もとのペンダントの石が熱を帯びているのに気づいて、律也はその存在を思い出す。いまはこれに頼むしかない。

自分の血を利用して、前の始祖を甦らせることがはたして可能なのか。律也にはわからなかったが、とにかく争いの火種になることは阻止しなければならない。始祖が再生するのも困るが、自暴自棄なフランもなんとかして止めなければ――。

律也は必死にペンダントの語り部の石に話しかけた。

「おいっ、アニー、頼む。出てきてくれ。大変なんだ、寝てるのか？　起きてくれ。頼むから、助けてくれ」

しばらく叫び続けたら、石がぽわっと体温をあげた。

（――まだ体調が万全ではないのだ。先日、久しぶりに人のかたちになったので疲れている）

「こっちはもうすぐ血を大量に抜かれそうなんだ。『仕えてやってもいいぞ』って、この前偉そうにいってたじゃないか。頼むよ、アニー」

（なに？　おまえの血が抜かれる？　それはもったいない。貴重な浄化者の血だ――いまは唯一、我らとともに天界の力を残すもの）

血を抜かれそうだ、という言葉に反応して、石の精霊はようやく重たい腰をあげるつもりになったようだった。

突如、石から赤い光が噴きだす。それは以前と同じように高くのぼりつめてから、落ちてくる。

寝台の上でこぼれた光がいったん球体を描いてから、くるくると回る。やがて現れたのは、ふさふさの毛をもち、かわらしい声で泣きわめく一匹の赤毛の子狼だった。手足を縄で縛られて身動きがとれない律也の周りをはしゃいで跳ね回る。

腕が自由に動いたら、「おいっ」とその頭を叩いてツッコミを入れたいところだった。この非常時になぜ子狼モードで現れるのか。

「――アニー、ふざけないでくれ。どうしてそんな格好で出てくるんだよ」

『いまのおまえは大変な状況にある。まずはそのささくれだった心を癒してもらおうと思ったんだが、間違ってるか』

「助けてくれっていっただろ。そんな姿じゃなにもできないじゃないか」

『——そうでもない』

子狼のアニーはぴたりと足を止めると、律也の縛られている手首にそろりそろりと寄ってきた。そして先ほど抜けだそうとして傷ついた手首をぺろぺろと舐める。不意打ちされて、律也はしばし声がでなかった。みるみるうちに傷が塞《ふさ》がっていく。

「あ……ありがと」

傷がすっかり消えてしまうと、アニーは「キュウン」と鳴いてから、むくむくと大きくなり、やがて人型になった。

学習したらしく、今日はきちんと服を着ていた。綺麗な顔をむすりと歪ませながら、アニーは律也の縄をほどいてくれた。

「疲れやすいから、俺は呼ばれてもすぐに出ていけない。理解しろ」

「わかったよ。でも緊急事態なんだ」

「だいたいの事情は理解している。塵になってしまったヴァンパイアに、おまえの血をいくらかけたって、そう簡単に甦りはしない。いまはそんなたいそうな術を使えるものはいないはずだ。計画をたてたヴァンパイアがイカサマ術師の口車に乗せられているか、もしくはさっきの子が騙されているのだろう。おまえを攫ってくるのが目的だ」

「だったら、よけいに早くなんとかしないと」

「儀式まで待て。黒幕のヴァンパイアたちが揃うまで待ったほうがいいだろう？　でないと、あの子がひとりで罪をかぶることになるぞ」

「それは困る」

アニーは「そうだろう」と頷くと、先ほど手にした縄を手にとって、もう一度律也の腕と足をくくろうとする。

「なにするんだ」

「外してたら、おまえが儀式に連れていかれるとき、『侵入者がいたのか』と騒ぎになるじゃないか。我慢して、縛らせろ」

もっともなので頷くしかなくて、律也は再び手足を拘束されるはめになった。縄で腕を縛っている最中に、アニーが疲れたらしく早くもハアハアと息切れしてきた。

偉そうなわりには、体力のない精霊である。

「おい、アニー。しっかりしてくれ。聞いたぞ、きみは偉大な精霊なんだろ」

「疲れた。もう石のなかに戻りたい。いくら偉大でも、久しぶりに石の外に出てきたんだ。まだ二回目じゃ、消耗が激しいのも仕方ない」

「アニー！」

ここでまた石のなかに引っ込まれて、呼んでもしばらく出てこない状態になったらたまらない。律也はまっすぐにアニーを見つめ、縛りかけられた手を伸ばして、その手をがっしりと握る。

「お願いだ、アニー。いま、頼りになるのはきみだけなんだ。希少な浄化者といわれたって、俺はこちらの世界のことはよく知らないし、なんの力もない。でも助けたいひとも、守りたいひともいるんだ。俺に力を貸してくれ。闘うにはどうすればいいんだ？　俺のエネルギーを攻撃に向けるには？　きみはなんでも知ってるし、無限の力を秘めてるんだろう？　偉大な精霊なら、未熟な俺に力を与えてくれ」

手を握り締められて、アニーは驚いたように目を瞠った。

「……そこまで捨て身で頼まれると、悪い気はしないな。おまえはなかなかかわいいな。うん、気に入った」

律也はこめかみをぴくりとひきつらせたが、なんとかこらえる。

「ふざけないで、真面目《まじめ》にやってくれ」

「よし、真面目に縛ろう。さっきの話だが、おまえが自分のエネルギーを使って攻撃するのは簡単だ」

アニーはせっせと律也の手を縛りあげる。足もしっかりと縄でくくられて、律也は再び寝台に横たわった。

「どうやって？　若い浄化者には無理だっていってたぞ」

「代わりに俺を使えばいい。おまえの気は汚れた外界にあって、俺を清め、本来の力を取り戻す。俺はなんでもできるぞ。おまえの武器の代わりになってやろう」

「きみに気を与えればいいのか？」

「そうだ。儀式がはじまるまで、俺はまた石のなかに戻るから——倒したいやつらが全部集まったら、俺を呼べ。それと、大仕事をさせるなら、その前に石におまえの血をちょこっとかけろ」

アニーは律也の首からペンダントを外して、「ちょこっとちょこっと」とまたもや気軽に血を所望する。

「このあいだの分で、数百年は人型をとれるっていったじゃないか」

「そのはずだったんだが、やはり消耗が予想より多くてな。人型だけならなんとかなるが、攻撃するとなると、もっと必要だ。ケチるな。俺が助けなかったら、おまえは血を大量に抜かれるんだろう？　俺にくれたほうが、有意義じゃないか」

「縛る前にいえよ。この格好じゃどうにもならない」

「あ。そうか」

アニーは「それでは失礼」というなり、再び子狼の姿になった。ペンダントを口にくわえてひきずり、縛られている律也の手首のところまで持っていく。

わざとらしく「キュウン」と鳴いたかと思うと、口許から鋭い牙を見せて、手首の肉にがぶりと噛み付いた。

「おいっ」

『さわぐな。おまえはヴァンパイアの伴侶なんだから、噛まれ慣れてるだろう』

そういう問題じゃないと怒鳴りつけたかったが、子どもの牙サイズなので実際にはそれほど痛くはなかった。小さな傷口からあふれた血に、アニーは口にくわえたペンダントの石をすりつける。

やがて満足気にふーっと息を吐くと、次の瞬間、人間の姿に変化して、律也の首にペンダントをかけなおした。

さっきペンダントを口にくわえて血をこすりつけていたからか、口許がナポリタンを食べたみたいに真っ赤になっていた。ついでに鼻の先もトナカイのように赤く染まっている。「ごちそうさま」とにっこりと笑う顔が、下手なホラーよりも怖かった。

「アニー、口と鼻が血で汚れてる」

「あ。失礼」

アニーは少し恥ずかしそうに顔をごしごしとぬぐってから、表情を引き締める。

「これでいい。俺はいったん石に戻るぞ。儀式が始まる前に、俺を呼べ」

……ほんとに大丈夫なのか、こいつ。

律也は「わかった」と頷きながらも少し心配だった。

アニーが石のなかに戻ってから、ほどなくして再び部屋の扉があいた。

ふたりのヴァンパイアが「どうぞ大広間にお連れします」と律也の縄をほどいて立ち上がらせる。フランの姿はなかった。

長い廊下を渡り、階段をのぼっていく。大広間の扉の前には、さらに十人前後のヴァンパイアが控えていた。ここらへんにいるのは下位のヴァンパイアだろう。

それにしてもいったい何人のヴァンパイアがこの陰謀に関わっているのか。

（ここらにいる者たちは、みな前の始祖を純粋に慕っていて、そそのかれた者たちばかりだ。ヴァンパイアとしての力は下位のものが多い。あの子と一緒だな）

アニーが石のなかから話しかけてきた。「わかってる」と律也は頷く。

大きな観音開きの扉が重々しく開け放たれ、大広間へと律也は足を踏み入れた。そこはドーム状の高い天井をもつ、壮麗な空間だった。

あたりは薄暗く、中央に祭壇のようなものが備えられていた。そこだけがろうそくの光に照らされている。祭壇の上には硝子《ガラス》の器が見えた。ごく少量の、白い砂のようなものがキラキラと光っている。

始祖の塵――。

祭壇を取り囲むようにして、左右それぞれ十人ほどの黒尽くめのヴァンパイアたちが並んでいる。こちらは一見して、その顔つきや風格から上位のものだとわかる。

しかし、誰が誰なのかはよくわからない。実力者の顔と名前くらい、櫂に頼んで覚えておくべきだったと後悔する。

（始祖候補がいる。おまえの伴侶は始祖と闘う前に、何人かの始祖候補を塵に帰したはずだが、それを免れたやつだな。一騎打ちでは適《かな》わないと知って、謀略に出たらしい）

いざとなると、アニーはさすがに頼りになった。ここにいるヴァンパイアたちの思念が読み取れるらしい。

そして、左右に並ぶヴァンパイアたちの後ろ——一番端にフランの姿が見えた。律也を襲いかけた夢魔の青年の姿も見える。

（夢魔はアドリアンの氏族が支配しているはずだが……他の氏族の配下を利用するなんて、禁忌を破ったな。あの子は大変なことになるぞ）

大丈夫だ、俺がなんとかするんだから——律也はぎゅっと拳《こぶし》を握り締める。

やがて律也は祭壇のある中央まで連れていかれた。フランが進み出てきて、胸もとから小瓶をとりだし、始祖の塵の残りを硝子の器のなかへと注ぐ。

あれで全部なのか。ほんとに少量だった。しかし、吹けば飛んでしまうような塵にしては異様な光を帯びている。始祖が甦るといわれたら、律也も信じてしまいそうだった。

「術師はまだか。なにをしている」

「呼んでこい」

どうやら再生の術をほどこす術師がまだこの大広間には顔をだしていないらしい。全員揃うまで、アニーに呼びかけるのは待ったほうがいいだろう。

「律也様。お手を」

フランが大きなナイフを手にして、律也の腕を掴む。

アニー、と呼びかけそうになったが、どうせ術師がこなければ儀式はできないのだから、もう少し我慢する。

「まずはグラス一杯ほどでいい」

フランの後ろから指示するものがいる。

(あれも術師だな。かなりの力をもってるが、いま待ってる術者のほうが大物らしい。さすが始祖候補。実力者を揃えたな。もしかしたら、ハッタリではなく、本気で始祖を甦らせるつもりなのかもな)

ちょっと待て、話が違うじゃないか――と思ったが、もういまさらどうしようもない。

フランが律也の手首をすっとナイフの先で傷つけ、その下にグラスをあてがう。血がぽたぽたと流れおちた。

グラスに注がれる血――この状況はどこかで見たことがある。以前、頭のなかに浮かんできた細切れの映像を思い出した。あれはやはり予知のようなもので、浄化者の能力のひとつだったのか。まったくうまく使いこなせていない事実に歯噛みしたくなるが、いまさらどうしようもない。

しばらくすると、扉が開き、ようやく術師の登場らしかった。黒いフードを頭に深くかぶっているので、顔は見えない。背はずいぶん高かった。

「これで全員揃ったのか」

術師が中央に近寄ってきながら問う。待っていたもうひとりの術師が「貴殿が一番遅い」と答える。

遅れてきた術師は歩みを早めながら「それは失礼した」と謝罪する。

わざわざ全員揃ったと確認してくれたので、律也はアニーに呼びかけるべく呼吸を整えた。だが、近づいてくる術師の気配に、ふっとそちらを振り返る。

薔薇の匂いがした。ヴァンパイアの体臭はひとりひとり違う。鼻をくすぐる懐かしい香り。子どもの頃からいつも「いいにおい」といってシャツの裾にしがみついていた。これは……。

櫂――？

律也が櫂の体臭を間違うはずがない。

律也が息を呑んだ次の瞬間、術師の男がフードをはずして、マントを脱いだ。まず目に飛び込んできたのは、白く光り輝く大きな翼だった。

現れたのはやはり櫂だった。美しいものが多いとされるヴァンパイアのなかでも、ひときわ目立つその美貌。白い翼が象徴する、原始のパワーをもつ力のオーラに、その場にいる全員が圧倒されたようだった。時が止まってしまったように誰も動かない。

いっときの間のあと、ようやくざわめきが広がり、左右に並んでいたヴァンパイアたちがあとずさる。

反対に、櫂は一歩一歩ゆっくりと足を進めた。

「わが伴侶を迎えにきた。愚か者たちの顔は見るに耐えぬ」

左にいたひとりのヴァンパイアが、恐怖のあまり混乱してか、わっと櫂に飛びかかってくる。櫂はすっと舞うような動きで右腕を伸ばした。その指先は戦闘態勢のときだけに現れる、鋭く長い爪に覆われていた。

ひゅん、と空気が揺れる音がしたあと、ヴァンパイアが口から血を吐いて倒れる。首すじには鋭利な刃物で切ったような傷が走り、血が勢い良く噴きだした。

鮮血があたりに飛びちり、櫂のからだにもかかった。倒れたヴァンパイアは、それでも致命傷ではないらしく、びくびくと苦しそうに動いていた。

櫂は倒れているヴァンパイアを見おろす。血を見て興奮しているのか、その肌は白く輝き、目には赤い光が灯っていた。

「前始祖は長きにわたり、我が氏族の長としての役目をまっとうして、ヴァンパイアらしく闘いの末に潔く散っていった。その安らかな眠りを妨げようと画策するとは何事か。おまえたちは簡単には塵に帰すことはない」

普段の櫂の声ではなかった。誰もが畏《おそ》れる白い翼をもつ始祖——貴種たちを束ねるヴァンパイアの氏族の長として、櫂はいまそこに君臨していた。背後にはヴァンパイアらしく血のような真っ赤なオーラがたちのぼり、圧倒的な霊的なエネルギーな放出に空気が振動しているのがわかる。

そこにいる誰もが固唾《かたず》を呑んで、再び固まったように動けなくなった。

緊張した空気を破ったのは、フランだった。律也のそばから離れ、祭壇の上の硝子の器に覆いかぶさる。始祖の塵を守るつもりらしい。

一方、ようやく呪縛がとけたように、一番奥にいたヴァンパイアが険しい形相になって、背に黒い翼を広げた。目もぎらぎらと赤く光っている。おそらく始祖候補だった。

ほかのヴァンパイアたちも次々と翼を広げて、戦闘態勢になった。

あっというまに、櫂はたったひとりで十人以上のヴァンパイアに取り囲まれることになる。大広間の扉が開き、外で見張りをしていたヴァンパイアも次々と雪崩《なだ》れ込んでくる。全部で三十人以上だ。

「……櫂っ」

だが、櫂はあわてた様子はなく律也をすばやく抱きしめると、その額《ひたい》に唇をおしあてた。

「大丈夫か、律」

「俺は大丈夫。ひとりできたのか？」

「いや。ほかはいま外で術師と、城の外の見張りを止めている」

律也を腕に抱きしめると、櫂は途端に見慣れたやさしい眼差しになって、律也の手首をつかみ、その傷口に唇をあてる。ヴァンパイアの体液には治癒能力もある。櫂がきつく血を吸い、傷を舐めるたびに、すっと痛みが消えていった。

そんな悠長な真似をしていられるのは、三十人近くが周りを取り囲んでいるのに、まだ誰も仕掛けてこようとはしないからだった。戦闘態勢にはなっているものの、白い翼への畏怖《いふ》がどれほどのものなのかを表している。

律也の血をその口に含み、櫂の肌はますます白く美しく輝き、大きな翼がばさりと威嚇するように動いた。

(——若造！)

始祖候補であるヴァンパイアが翼を大きく広げて飛び上がり、櫂と律也に向かってくる。

櫂は片腕で抱き寄せると、「つかまってろ」と命じて、翼をはためかせた。「うわっ」と声をあげながら、律也は櫂のからだに腕を回してしがみつく。

律也を抱きかかえた格好のまま、櫂は空中に飛び、敵のヴァンパイアと対峙《たいじ》する。

相手も始祖候補らしく、その強さを表すように美しい顔立ちのヴァンパイアだった。あきらかに背後にたちのぼるオーラは櫂よりも迫力がなかったが、律也を抱きかかえたままでは櫂もまともに闘えるわけがない。

（そのお荷物を下ろしたらどうだ）

敵が手をかざすと、その手のひらから赤いエネルギーが飛び出してきて、弾丸のように櫂の脇《わき》をかすめていった。

「櫂、下ろして！」

律也が叫んだ瞬間、櫂がわずかに後方に目をやった。翼がはためく音が聞こえた。しかも複数――。

「レイ！」

櫂が叫ぶのと、律也がふわりと空中に放り出されるのがほとんど同時だった。しかし、それもほんの束の間、すぐに律也はがっしりと他の腕に抱きとめられて、そのまま天井近くまで連れていかれる。

櫂から律也を受け取り、抱きかかえたまま飛んだのはレイだった。後ろを見ると、レイだけではなく、東條の姿も見えた。薄暗い大広間のなかに、金色の翼が燦然《さんぜん》と輝く。

「律也くん、怪我はないのか」

律也はレイの腕のなかで「大丈夫です」と頷く。もうひとり、東條の後ろに予想外の顔が見えた。

黒い翼をゆっくりとはためかせて、律也たちの前に現れたのは、夢魔を配下におく一族、〈ルクスリア〉の長、アドリアンだった。

美しい金の前髪の下で、青灰色の瞳がきらきらと輝いている。緊迫した事態には似つかわしくない微笑みを浮かべていて、まるでお茶会にでも参加したかのような、ゆっくりとした物腰だった。

「どうやら僕のところの躾《しつけ》のなってない夢魔がご迷惑をかけたみたいで——引き取らせていただきにまいりました」

下を見ると、律也を襲いかけた夢魔がアドリアンに気づいたらしく、出口に向かって逃げようとする。

「おやおや、往生際の悪い」

アドリアンは楽しそうに笑うと、ゆったりとした動きから一転して、夢魔めがけて高い位置から急降下した。

長い爪が相手のうなじを切り裂き、倒れたかけた夢魔のからだをつかみ、その首すじに鋭い牙を埋める。もともとヴァンパイア相手に闘う能力など持ちあわせていないのか、夢魔はされるがままだった。「うわ……ああ」と短い悲鳴があったが、喉笛を食いちぎられたらしく、それもすぐにやんだ。

凄惨《せいさん》な光景から律也は思わず目をそらした。レイは気をきかせてくれたのか、アドリアンたちから離れたところへと移動していったん空中で停止し、律也の顔を覗き込む。

「大丈夫ですか、律也様」

「平気だ……櫂は？」

律也が振り返ると、櫂は始祖候補のヴァンパイアと一騎打ちの最中だった。

「櫂様は大丈夫です。あんな小物相手には、傷ひとつ負いません。ただ、少し数が多いですね。わたしも加勢にいきます」

「レイ――フランが……フランが、あの子は思いつめて」

「わかっています」

レイは無表情に応えると、下の状況を見て、一番安全に見える扉のところへと律也を下ろした。一緒におりてきた東條に「おい、狩人」と声をかける。

「貴様は闘わないんだろう。だったら、ここにいて律也様をお守りしろ」

「なんできみに命令されなきゃいけないのかわからんが、律也くんは僕の心の友だから当然守る」

「――頼む」

レイが珍しく殊勝な態度でそういって去っていったので、東條は驚いたように目を丸くして、その背中を見送った。

「大丈夫か……ドSくん」

律也も心配だった。祭壇の周りにいるヴァンパイアたちは空中を見上げて、櫂と始祖候補の戦闘を見つめていたが、レイが近づいてくるのに気づいてさっと身構える。

律也は身を乗りだしたが、「見るな、これからもっと悲惨になるから」と東條に肩を押さえられた。

「国枝櫂もドSくんも大丈夫だよ。所詮《しょせん》、ここにいるのは雑魚だ。あの始祖候補も含めて。腹黒美青年のアドリアンもいるしね。彼の戦いかたもなかなかエグい。それに、もうすぐ外の連中が片付いたら、さらに応援がくるはずだ」

「――東條さんは、どうしてここに？　仲間に呼びだされて、お祖母さんの家を留守にしてたんだろ？　櫂たちはどうしてここがわかったんだろう」

「国枝櫂たちは――今回の計画を知ってたんだよ。事前に察知してた」

「知ってた？」

「だけど、黒幕の上位の連中は、下の奴らばかりを動かして、なかなかボロをださなかったから、一網打尽にするには今日を待つしかなかったんだよ。僕もこのあいだから空間のエネルギーが崩れる可能性があるって、仲間から教えられてたんだ。狩人は調整役なんでね。そういう綻《ほころ》びも繕わなきゃいけない。一昨日、オオカミ族の街で、狩人がいきなりぞろぞろ現れただろう。あれは実は、僕の危機を察知したからというよりも、危険なものを感知したからで――」

東條は祭壇のほうをすっと指さした。フランが始祖の塵の器を抱きかかえるようにしている。

「フラン？」

「正確には、彼がもっていた小瓶。いまは皿にぶちまけられてるもの。始祖の塵なんだろう？あれにはまだエネルギーが残ってる。だが、始祖は甦らないよ。きみの血と混ぜあわせて、術をほどこしたら、危険きわまりない、無秩序な暴走する何かが生まれる可能性がある。だから完全に消滅させてしまわないと」

やつれて、怯えた顔をしながらも必死に器を守っているフランの姿を見て、律也は切なくなった。

フラン、そこにはもう始祖はいない。きみが慕っていたカインはいないんだ。

「教えてあげないと……」

律也が立ち上がったとき、櫂の放ったエネルギーをまともに受けた始祖候補が床へと叩き落とされた。レイは襲いかかってくるヴァンパイアたちを次々と切り裂いている。あたりは血の匂いが充満していた。このまま応援のヴァンパイアたちが雪崩れ込んできたら、混戦になる。その前にフランを始祖の塵の器から引き離さなくてはならない。

歩きだそうとする律也の腕を、東條が「どこに行くんだ」とつかんだ。

「フランのところに行く。もう始祖が甦ることはないって教えないと。あの子はまだ信じてるんだ。だから、あんなに必死になって……」

「なにいってるんだ。律也くんの気持ちはわかるけど、あの子はもう駄目だよ。あの子の最期を見たくないなら、もうこの城を出よう。僕も律也くんと同じように見たくないから」

「なにが駄目なんだ。約束したんだ。フランは上位の連中にいいように使われていただけなんだ」

「それでもきみを攫ったのは事実だし、余所《よそ》の氏族の配下の夢魔を利用した。それに、あの子はもう……」

「駄目だ……！　見たくないなら、東條さんひとりで去ればいい。俺は行くから」

「……律也くん」

東條はためいきをついて、「仕方ない」と肩をすくめると、律也を抱き上げて翼を大きく広げた。怒鳴ってしまって、さすがに律也は気まずくなる。

「……ありがとう。血が嫌いだって知ってるのに、ごめん」

「まったくだよ。きみはほんとに頑固だ」

東條はあきれたようにいいながら、フランのところまで飛んで律也をおろしてくれた。

フランは始祖の塵が入った器を抱きしめるようにうずくまっていた。律也の姿を見て、言葉をなくしたように驚愕する。

「フラン、早くここから離れろ。その塵から始祖が甦ることはもうないんだ。混戦になったら、きみを助けられなくなる」

「……律也様、なにをしてるんです……？」

「なにって――始祖はもういない。だから、きみがそんなものを守って、ここにいる必要はないんだ」

「……」

「ほら、早く。俺と一緒にいれば、櫂たちの応援がきても、きみに手出しさせない。処分も……まったくなしってわけにはいかないだろうけど、きっと軽くしてみせる」

「………」

信じられないように瞬きをくりかえしてから、フランは微笑んだ。

その目にうっすらと光るものが浮かんだ。そうして、ゆっくりとかぶりを振る。口許がゆがんで、しゃべることができないのか、心話でこう伝えてくる。

おやさしい律也様。でも、駄目ですよ――と。

「フラン……？」

律也がフランに手を差し伸べたそのとき、櫂やレイに気を取られていて、祭壇のそばに律也たちがいたことに気づかなかったヴァンパイアのひとりがこちらを振り向いた。すぐさま目を赤く光らせて、飛びかかってくる。

「律也くん！」

そばにいた東条が手をかざすと、黄金の光があふれ、やがてそれは一本の矢の形になって、ヴァンパイアの胸を貫いた。

ひとりはそうやって東条が防いでくれた。だが、同時にすぐに後ろからもうひとりが迫っていた。

律也が硬直して動けないでいると、胸もとのペンダントが熱く疼《うず》いた。だが、「アニー」と呼びかける前に、何者かが律也の前に立ちふさがり、襲いかかるヴァンパイアに体当たりした。

「フラン！」

フランは律也に襲いかかってきたヴァンパイアともつれあうように床に倒れ、その喉笛に嚙み付いた。だが、すぐに突き放され、反対に鋭い爪で胸を切り裂かれてしまう。

駆け寄った律也の頬に、鮮血が飛び散った。

フランを傷つけたヴァンパイアは、すぐさま東条の黄金の矢に貫かれて、脇に倒れ込んだ。

律也はヴァンパイアを押しやり、あわててフランを抱き起こす。

「フラン……フラン、どうして」

ごほっとフランの口から血があふれでた。

「……いいのです……大丈夫……」

「フラン、なんで俺を——」

「……律也様は――レイが命がけでお守りしている方。だから、ほんとは僕だって……あなたに危害を与える側になるのではなくて……お守りしたかった。神の血を宿している……無邪気で、おやさしい浄化者……レイと一緒に――あなたにお仕えできたら……どんなに」

「遅くない。いまからでもそうしてくれ」

フランは涙を流しながら微笑んだ。

「……そうですね……大丈夫です。血が多く出ただけで、ヴァンパイアはそう簡単には死にません」

手を握ると、フランはしっかりと握り返してきた。息はまだある。

そうこうしているうちに、また新手が律也たちに目をつけて襲いかかってきた。外の敵が思いのほか多かったのか、応援はまだこない。

東條が必死に応戦してくれるが、もともと血が嫌いな彼にヴァンパイアたちの相手をさせるのは酷な話だった。狩人とヴァンパイアは基本的に敵対しないのだから。

律也は意を決して胸もとのペンダントを握り締める。手のひらからあふれだす青いエネルギーを石に存分に吸わせた。

いままでひとに守ってもらうばかりだった。でも、少しでも自分の力で……。

「アニー！　出てきてくれ」

間髪入れず、「ふうー」というためいきが石から聞こえる。

（やれやれ、待ちくたびれたぞ。こっちが準備しているときに限って、呼び出すのが遅いってどういうことなんだ？　少し寝てたぞ。おまえ、俺を忘れてただろう）

「頼む」

手の中の石が燃えるように熱くなった。

（承知した）

ペンダントの石からぶわっと赤い光が噴きだして、大きくうねりながら膨らむ。炎が燃え上がったように辺りが明るくなった。

その場にいた誰もが、闘いの最中だというのに、「なんだなんだ」と動きをとめて、律也のほうを見る。

律也自身も唖然《あぜん》としていた。大広間の高い天井まで赤い光は届き、次第になにかをかたちづくっていく。

この場面で、緊張感のない子狼の姿で現れたら殴るところだったが、今回はとてつもなく巨大すぎた。いったいなにが現れるのか。

まさかこのサイズで全裸の男だったらどうしようかと思ったが、赤い光の塊はしだいに横に広がって、翼のかたちになった。頭部は小さくまるで鳥のようだ。巨大な怪鳥か。

しかし、鳥にしては下半身が獣のようにがっしりとしている。前足は鋭い凶器のような鉤《かぎ》爪《づめ》がついていた。

やがて全身像があらわになったとき、そこにいた誰もが目を疑った。眼光鋭い鷹《たか》のような鳥の頭部をもち、獣の下半身をもつ生きもの。

「グリフォンだ――すごいな、本物だ」

東條が感心したように呟くそばで、律也はごくりと息を呑んだ。

グリフォン姿のアニーは、得意そうに胸をはり、足元から逃げようとするヴァンパイアの背を足で押しつぶし、鉤爪で引き裂いた。

度肝を抜くグリフォンの登場で、戦意喪失したものが多かったらしく、ほどなく闘いは終焉《しゅうえん》を迎えた。

グリフォンは伝説上の生きもので、知識や王者を象徴するため、櫂の氏族の紋章にも使用されている。反対勢力のヴァンパイアたちは氏族の象徴であるグリフォンの怒りを買ったと思ったのだろう。アニーはそれを承知でグリフォンの姿になってみせたのか。「さすがに疲れた。しばらく引っ込む」といってすぐに石のなかに戻ってしまったので、真意は不明のままだった。

今回の陰謀の首謀者たちは応援にきたヴァンパイアたちに次々と捕らえられていった。あたりにはおびただしい血が流れ、その匂いが充満していた。

倒れたままのフランは、まだかすかに呼吸があった。だが、いまにも消え入りそうだ。

「……フラン？　フラン」

律也は必死に呼びかけたが、フランは目を開けてもすぐに閉じてしまう。

他の生き残っているものたちはすべて広間の外へ出されたらしく、残っているのは律也たちだけだった。

櫂、そしてレイ——アドリアンが律也の背後に立つ。東條は「狩人の役目として始末する」といって、始祖の塵をすべて集めたあと、すでに姿を消してしまっていた。この血なまぐさい場所が耐えられないせいもあったのだろう。

律也もフランの肩を揺さぶりながら、血の匂いに眩暈がしていた。だが、目をそらすわけにはいかなかった。

「——律、もういいだろう。おいで」

櫂がフランのそばにしゃがみこんでいた律也の腕を引っ張りあげる。

「櫂……？　待ってくれ。フランは俺を庇って傷を負ったんだ。ほんとだ。最後には、俺を助けてくれようとしたんだよ。今回のことだって、上位の連中に利用されたんだ。フランはほんとに……」

「わかってる。フランには特別な処分がある」

特別、というのが決して寛大な意味ではないことは、櫂の硬い表情からすぐに察せられた。

「え？　なにいってるんだよ。悪いのは、フランの忠誠心を利用した奴らだ……！」

櫂はいつになく厳しい顔つきで強引に律也を立たせると、腕のなかに抱きよせた。

「それもわかってる」

「……わかってないじゃないか！　フランになにをする気だ」

「きみを攫った実行犯だ。そして、他の氏族の配下を利用した。しかも、その罪をなすりつけるために――これは禁忌だ。本来なら、アドリアンの氏族にフランは引き渡さなければいけない。だけど、アドリアンはこちらにすべてを任せるといってる」

律也はそばに立っているアドリアンの顔を見た。アドリンは肩をすくめてみせる。

「こちらの落ち度だ。夢魔の躾がなってなかった。怖い目にあわせて、僕のほうが律也くんにはお詫《わ》びしなければならないくらいだと思ってるよ。下位のヴァンパイアひとりの処分くらい好きにしたまえ。興味がない」

フランのことを軽々しく扱うような口調に、律也は憤りを覚えて「なんだって」といいかけたが、櫂に「律」とたしなめられる。

櫂は律也をさらに抱き寄せ、その耳元に口をよせて、ほかには聞こえないようにすばやく囁《ささや》く。

「……額面通りに受け取るな。こういったケースでほかの氏族に引き渡したら、普通はありとあらゆる辱めを受けて、拷問のうえに死ぬ。アドリアンは、それをしなくてもいいといってくれてるんだ。これがもっともフランが苦しまなくてすむ道だ」

「な……」

信じられない言葉に、律也は耳を疑った。そのとき、背後からか細く呼ぶ声がした。

「……律也様……」

倒れているフランが首をまげて、懸命にこちらを見ていた。

「……律也様……大丈夫ですよ。ほんとに……これほど寛大な処分はありません。櫂様……ありがとうございます……」

櫂はなにも応えなかった。その表情は一見冷ややかだった。だが、律也ははっきりと見た。櫂が感情を面にだすのをこらえるように目を伏せる瞬間、その瞳が苦しげに揺らいでいたのを。

「——レイ、あとはおまえに任せる」

櫂がいいわたすと、後ろに控えていたレイが前に進みでて、フランのそばに立った。

「フラン。アドリアン様の寛大な慈悲のおかげで、我らが氏族でおまえを処分することになった。いま、ここで選べ。ほかの首謀者たちと同じく、地の果ての城で永久に幽閉されるか、それともこの場でわたしに食らいつくされ、塵となって消えるか。ふたつにひとつだ」

普段と変わらず無表情で、淡々と宣告するレイを見て、律也はさすがに黙っていられなかった。

「駄目だ、そんなの――――!」

櫂は「律!」と叱《しか》りつけるように呼び、腕のなかから飛びだそうとする律也を羽交い絞めにする。隣にいたアドリアンがちらりと視線を寄越して苦笑する。

「……律也くん、あの子はもうダメなんだよ」

「え?」

「いまの傷が治ったとしても、どちらにせよ長くないんだ。夢魔を手懐けるために、自分のからだを餌として与えてたんだろう? 命取りだ。どうして僕の氏族が夢魔を配下に置くのを専売特許にしてると思う? それは、僕らにしかできないからなんだ。ほかの氏族がやったら致命傷になる」

「どういう意味ですか……?」

「氏族としての特性なんだよ。僕らだけが夢魔に対して耐性をもつ。ほかのヴァンパイアたちもいっときは支配できるだろうけど、夢魔と関係を持ち続けていたら、その血が汚され、発狂して、からだが腐って死んでしまう。やつらは夢をあやつる狂気の種族だからね。僕たちの氏族だけが夢魔に対して浄化作用をもつ。僕が気づいたときには、フランはもう手遅れだった。あの子自身もそれは知ってるはずだよ」

戦闘のさなか、律也が手を差し伸べたとき、フランは涙を浮かべてかぶりを振った。

おやさしい律也様。でも、駄目ですよ――と。

「からだが腐りながら、夢魔の狂気の夢のなかで死んでいくのは恐ろしく苦痛だからね。ほら……だから、ごらん。いまここで死ねると知って、あの子はとてもうれしそうだ」

アドリアンの言葉に律也が振り返ると、信じられないことにフランはレイを見上げながら歓喜の表情を浮かべていた。目は潤《うる》んで輝き、いまにも笑いだしそうに唇の両端が釣り上がり、興奮にかすかに震えている。

「フラン――どちらにする?」

レイの問いかけに、フランは微笑む。

「……そんなの――選ぶまでもない。きみの手で……きみの一部となって、きみの腕のなかで死ねるなんて」

フランがここで死んでしまうのは、もう手遅れだというのなら、仕方がないのかもしれない。本人もそれを望んでいるのなら。

でも、レイの手でなんて――。

「レイ! そんなことをして、きみは後悔しないのか……!」

律也が叫ぶと、それまでこちらの話し声になんの反応も示さなかったレイが、ようやく振り向いた。

クールな表情は変わらなかった。だが、レイは律也と視線を合わせようとはしなかった。

まるでひとりごとのように――もしくは宙に話しかけるように口を開く。

「後悔はしません。いまここでフランの命を断たなかったら……それこそ悔いを残すでしょう。地の果ての城で幽閉されて――運良く傷が塞《ふさ》ぎ、夢魔の毒が命までは取らなかったとしても、腐りかけたからだで永遠の責め苦を味わわせるのですか。わたしはフランをそんな目には絶対に遭わせない」

淡々と――決して感情的にはならないレイの声が、最後の一言でわずかに震えた。

その言葉を聞いたフランの目に大粒の涙が盛り上がり、頬を流れた。

「レイ……」

フランの呼びかけに、レイは再びそちらを振り向く。

「お願いだ……最後にひとつだけ聞かせてくれ。以前、櫂様のもとへ行くとき、きみは僕に『ついてこなくていい』といっただろ？　あれはどうしてなんだ？　ほんとは……下位の僕がずっと友人面でいるのがいやだったから？　もうまとわりつかれたくなかったからか」

レイは「そんなことはない」とかぶりを振った。すでに声はいつもの冷静なレイに戻っていた。

「きみはカイン様をとても慕っていただろう。でも、わたしが櫂様のもとに行くといえば、カイン様のもとをほんとは離れたくないのに、無理をしてついてきてしまうかもしれない。わたしはきみに強制はしたくなかった」

そうだ、レイは律也にいつかフランとの関係をこう語っていた。「わたしはフランに力を誇示したいと思ったことはありませんから」――と。

「……それが理由?」

レイが頷くと、フランがふふっと笑った。そして小さく呟く。「レイらしい」と――それは死の間際とは思えない、とても可憐で楽しそうな声だった。

「わかった……もうこれで思い残すことはない。ありがとう……」

フランは目を閉じて、覚悟を決めたように口を引き結んだ。

アドリアンが小さく息をついて、「それでは僕はこれで失礼するよ」とさっさと踵を返す。櫂も律也の肩を抱いて、「さあ」と退出をうながす。からだがガチガチと震えて、律也はまともに歩けなかった。

どうしようもないのはわかる。これしか道はない。フランがもっとも悦《よろこ》ぶ最後だ。だけど……。

「律也様……」

最後にもう一度フランが律也を呼んだので、足を止める。

振り返ると、フランがこちらを見ていた。初めて会ったときに妖精かと思った――その面影のまま、きれいで儚げな笑顔がそこにあった。

「ありがとうございます。……ほんとに――ありがとうございます……」

律也は櫂たちと一緒にカインの城をあとにした。

消耗している律也のために、馬車が用意されていた。精霊の血が入っている馬ということで、普通の馬車ではなかった。それはすべらかに宙を飛ぶように駆けた。振動もなく、おそろしいほどに早い。

いつもだったら、初めての乗り物に興奮して騒ぐところだったが、いまの律也にはそんな元気はなかった。

櫂はいつから今回の件を知っていたのか。経緯がよくわからないことがいくつもあった。いろいろ聞きたかったが、櫂は律也の質問を制するようにいった。

「きみは少し休まなきゃいけない。話は落ち着いてからにしよう」

黙っていると、頭のなかには先ほどのカインの城での血に汚れた光景がくりかえし浮かんできてしまう。首謀者たちは当然の報いだと思うが、彼らが連れて行かれる地の果ての城がどういうところか想像するだけで気が滅入《めい》った。そして、フランがレイの手でどういう最期を迎えたのか――。

ほんとうにあれが最良の道だったのか。頭ではそのとおりだとわかっている。でも、感情がついていかなかった。

いくら死ぬとわかっていても——生きながらえてもつらい目に遭うだけだとしても……あの場で死なせてよかったのか。

同時に、どうせ死に至らしめるのなら、自分の手で——というレイの気持ちも痛いほどによくわかるのだった。

これがヴァンパイア特有の情なのだろうか——。

理解はできても、まだ律也にとっては厳しく、激しすぎる感情だった。

「——律」

どのくらい時間がたったのだろうか。考えごとをしているあいだに、少しうつらうつらしてしまったらしかった。隣に座っている櫂に腕をつつかれて、反射的にびくりと肩を揺らす。

「……着いたよ」

「あ、ああ……」

先ほどのヴァンパイアたちの戦闘の記憶が生々しいせいか、一瞬だけ、櫂にふれられたとき怯えてしまった。櫂は律也が疲れているとわかっているらしく、やさしく微笑んだだけでなにもいわなかった。

すでに昼近くになっていた。城に帰りつくと、櫂は「またあとで」といってすぐにどこかに消えてしまった。いろいろと後始末もあるのだろう。律也は下僕たちに囲まれて、まず湯《ゆ》浴《あ》みをさせられ、からだについた血の汚れを洗い流した。

からだを清めているうちに、カインの城での血生臭い光景を再び思い出した。いくら薔薇の香油を塗り込んでも、鼻先に血の匂いが漂っているような気すらした。

フランは……あのまま塵になってしまったのだろうか。レイはいま、どうしてる？

すべての出来事を受け止めるにはもう少し時間がかかりそうだった。どこか感覚が遠いのは、それで痛みを薄くしているせいかもしれなかった。

馬車のなかでは「休め」といわれたせいもあって、櫂とはろくに口をきかなかった。いまになって、そのことが気になってくる。からだにふれられたときに、びくりと反応してしまったことも、櫂は気づいているだろう。

櫂に会いたい。「話は落ち着いてから」というのなら、なにも話さなくてもいいから、抱きしめてほしかった。

カインの城の出来事を思い出せば思い出すほど、ひたすら櫂の体温が欲しい。力強い腕で抱きしめてもらって、そのぬくもり以外はなにも感じたくなかった。それはいままで感じたことのない思いだった。伴侶になったからこその変化なのだろうか……。

身支度を整えている最中に、「お待ちになっている方がいます」と下僕が呼びにきた。

誰だろうと思いながら、律也は案内されるままに応接間の扉を開ける。

「りっちゃん！」

室内のソファから腰を上げたのは、慎司と祖母だった。わけがわからずにふたりを見つめる律也のもとに、慎司が駆け寄ってくる。

「りっちゃん、大丈夫か？　無事か？」

慎司の大きなあたたかい手に肩を叩かれると、どこか遠くなっていた現実の感覚が戻ってくるのを感じた。祖母と慎司がどうしているのか気になっていたから、ふたりの顔を見て心の底から安堵が込みあげてくる。

「慎ちゃんたち、どうしてここにいるんだ？」

「櫂に連れてこられたんだ。りっちゃんたちが家から消えてびっくりしてたら、迎えがきて――」

祖母はソファに座り直して律也を見つめ、にこにこしている。

それにしても体調が悪いはずの祖母まで、よくヴァンパイアの都に連れてこられてきたものだった。律也の疑問に、祖母が答えてくれた。

「昨日、りっちゃんの顔を見て一緒に過ごしていたら、嘘のようにからだが軽くなったのよ」

レイのいうとおり、どうやら律也の力は祖母には有効らしい。

律也は今日初めて自分が笑顔になるのを感じながら、祖母の向かいのソファに腰を下ろした。慎司も隣に座る。

「お祖母さん、櫂に会った？」

「ええ、先ほど挨拶にこられて……とても素敵なヴァンパイアさんね。りっちゃんが夢中になるのも無理ないわ」

祖母らしい感想に、律也は表情をゆるめた。同時に、櫂も自分と一緒にこの場にいてくれたらいいのに――と思った。ひとりで挨拶をすましてしまうなんて、忙しいから、時間がないのだろうか。

慎司が不思議そうに首をひねる。

「それにしても、どうして家からいきなりいなくなったんだ？　急用ができたから、律也様たちは城に戻ったって迎えにきたヴァンパイアたちにいわれて、なにがあったのかと気が気じゃなかったよ。いまのいままで、まったくりっちゃんがどうしているのか教えてくれないし」

どうやら櫂は、今回の陰謀の事件を伝えていないらしい。

ヴァンパイアの氏族のことだから、外部のオオカミ族には伝えられないのか。それとも、あとで落ち着いてから、あらためて事情を説明するつもりだったのか。

さっきまで大変だったんだよ――といおうとして、律也は口をつぐんだ。前始祖の塵を使って、再生の術を施そうとしたやつがいるんだ。櫂に反発する勢力で……。

いや、とても伝えられない。事件を話したら、フランのこともいわなければいけなくなってしまう。お祖母さん、昨日、一緒に食卓を囲んだヴァンパイアが、いなくなってしまったんだ。フランだよ、昨日挨拶した、かわいい顔をした小柄のヴァンパイアだよ。彼はレイの友人で——レイが……。

フランのことも、カインの城でのあの血生臭い光景も、祖母にいえるわけもなかった。櫂がなにも話していないのも納得だった。ふいに、律也は込み上げてくるものをぐっと堪《こら》えて笑う。

「ふたりがいてくれて、よかった。顔見て、ほんとに安心したよ」

祖母と慎司は少しだけ訝《いぶか》しそうに律也を見たものの、それ以上は問い詰めてこなかった。いくら笑おうとも、その顔色から律也がとても疲れていることがわかったからだろう。

祖母がいたわるような目を向ける。

「りっちゃん、少し寝たら？　眠ってないんでしょう？　さっき、櫂さんにもいわれたのよ。すぐ律をこさせるけど、昨夜はよく眠っていないはずだから、話し込むのはひと眠りさせてから、明日のほうがいいかもしれませんて」

正直なところ、律也もそうしたかった。休んでからではないとふいに感情の栓がはずれて、祖母たちを驚かせることをいってしまいそうだった。

「うん。じゃあ、少し寝てこようかな。せっかくきたんだから、しばらく城にいられるだろ？　慎ちゃんはこんな機会でもなきゃ、絶対にきてくれそうもないし。お祖母さんもゆっくりしていってほしい」

「ええ、そのつもりよ。滞在する部屋も用意してもらったし」

ずいぶん素早い反応だった。「慎ちゃんも？」とたずねると、いやそうな顔で「仕方ない」と答える。

「櫂がどうしてもって頼むからな。しばらく滞在して、律のそばにいてくれって。家族みずいらずで過ごしてもらってかまわないからって」

「……櫂がそんなことを？」

「こっちの世界にきて、ヴァンパイアの城では不慣れなことも多くて気疲れしてるみたいだからっていってたぞ。りっちゃん、ホームシックだったのか？」

うん、そうかもしれない——と答えながら、どうして櫂はそんなことをいったのだろうと考えていた。

祖母がいるのを知って、櫂自身も会って挨拶をしたかったから？　それは当然あるだろう。慎司のこともほんとはきちんと城に招待しなければいけないといっていた。

でも、いま、なぜ……？　大変なことが起こって、客人を歓迎するムードでもないだろうに。

いや——いまだからこそ、わざわざ祖母たちを呼んだのか。しばらく律也のそばにいてもらおうとして？

ふいにいてもたってもいられなくなって、律也はソファから立ち上がった。

「俺……やっぱり少し寝てくる。またあとで」

祖母と慎司にそう告げて応接間を出たが、眠るつもりはなかった。

耀の顔が見たかった。どうして律也と一緒に会わないうちに、さっさと祖母たちに挨拶をすましてしまうのか？

その答えはわかっていた。耀は、いまは自分が律也たちの前に顔を見せないほうがいいと思ったからに違いなかった。

祖母や慎司を呼んで、しばらく滞在してほしいと頼んだのも同じ理由だ。自分がそばにいるよりも、祖母や慎司といたほうが、律也が今日の出来事を忘れられると考えたのだ。

氏族内の争い——あんな血生臭い闘いを見せられたあとでは、律也はきっとショックを受けて、ヴァンパイアを嫌悪するに違いないと判断したのか。

耀はヴァンパイアの世界のことも、最初は律也に心配させまいとなにも話さなかった。

耀は今回の事件の結末が、律也にとってつらいものになるとわかっていた。首謀者たちに情けを与えることはできず、ヴァンパイア同士の争いはただ凄惨なことになると。

フランのことも——最期はああするしかないと知っていた。カインの城にくる前に、アドリアンには引き渡しをしないということで話をつけていたのだろう。それが最良の道だから。

律也は耀の立場を充分理解しているつもりだった。それでも、あの現場ではフランの処分について、声をあげずにはいられなかった。

黙っていたほうがよかったとは思わない。同時に、耀の対応を間違っているとも思わない。代替わりしたばかりなのだから、盤石を整えるためにも、反対勢力には毅然《きぜん》と立ち向かわなくてはならない。それは長としての役目なのだ。

弱みをみせれば、また怪しい動きをする者も出てくるだろう。そういう奴らに付け入る隙《すき》を見せれば、また争いが増えるだけだ。フランのように利用されてしまう者もでてくるだろう。それを防ぐためには、耀は絶対的に強くなくてはならない。誰も刃向うことなど考えつかなくなるほど圧倒的な存在でなければ……。

律也はあてもなく城のなかをぐるぐるとまわって、耀の姿をさがした。

耀はどこにいるんだろう――?

「耀様なら、中庭にいらっしゃいますよ」

途中で教えられて、律也はあわてて外に出てみた。昼の季節の、まぶしい日差しが薔薇の咲き乱れる中庭を照らしていた。

むせかえるような濃厚な薔薇の香りが辺りには漂っている。耀は噴水の近くで、ひっそりと佇《たたず》んでいた。物思いに耽《ふけ》るような横顔が日差しのなかに溶け込んでいて、どこかに消えてしまうのではないかと一瞬錯覚した。

幼い頃のことを思い出した。薔薇のそばで佇む耀を見るたびに、この世のものとは思えないほど美しくて、近づきがたいと思うと同時にどこかに消えてしまうのではないかと不安を覚えた。

子どもの頃の自分は、櫂のシャツの裾《すそ》をぎゅっと摑んで引っ張ったものだ。「櫂、そばにいてね、いなくならないでね」とお願いをして……。

あのときの自分と、いまの自分の気持ちがぴったりと重なる。なにも変わっていない。だけど、律也はもう子どもではなくて、至らないところはたくさんあるけれども、少しは大人に成長したつもりだ。

「――櫂、ここにいた」

律也が声をかけると、櫂は驚いたように振り返った。

「律……どうした？　慎司ときみのお祖母様が城にきている。もう会ったか？」

「さっき会ってきたよ。櫂が招待してくれたんだろ？　しばらく滞在するっていってた。お祖母さんはともかく慎ちゃんまで」

「そうか。少しのんびりと過ごすといい。お祖母様と呼ぶには失礼なほど、若くて美しいひとだな。律によく似てる」

「それ、本人にいったら喜ぶよ。櫂のこと、素敵だっていってたから」

「それじゃ、夕食の席でそうお伝えしたほうがいいかな。それまで、少し休むといい。律には休息が必要だ。明日以降は、お祖母様たちと城でゆっくり過ごせるようにするから」

櫂はやさしく微笑む。

こうして明るい日差しを浴びて、薔薇を背後に佇んでいる櫂は、ほんの少し前まで――カインの城で血まみれになっていた櫂とはまるで別人のようだった。

櫂は平気なのだろうか。ヴァンパイアにとってはあんな争いは慣れっこなのか。長になるために、候補者同士で闘うのがあたりまえだから、律也よりは免疫があるのかもしれない。だけど……。

「俺はお祖母さんたちと楽しく過ごさせてもらえるならうれしいけど……櫂はそのあいだどうするんだ？」

質問の意図がわからないように、櫂は小首をかしげた。

「きみがお祖母様や慎司とすごしているあいだは、俺は長としての仕事をしてるよ。こっちにいるときは、いろいろと片付けなきゃいけないことが多いから」

律也は「そうじゃなくて」とかぶりを振った。

「俺はお祖母さんや慎ちゃんと一緒にいるのはうれしいし、楽しいよ。すごくほっとする。俺のために櫂が気を遣ってくれてるのもわかってる。でも……俺が誰よりも一緒にいたいのは、櫂だ」

櫂はわずかに目を瞠った。律也はすぐ近くまで歩み寄って、視線を合わせる。

もしかしたら、律也は櫂と生きていくうちに、これからも今日のようにすぐには納得できない場面に遭遇するかもしれない。櫂にも「どうしてなんだ」と食ってかかることもあるだろう。

だけど、自分ひとりが傷ついたような顔をして、気遣われてぬくぬくと甘えるだけの存在ではいたくなかった。

耀だっていろいろなものを背負って傷ついていることもあるに違いないのだ。フランの処分を下すとき、耀が一瞬だけ苦しそうな表情を見せたことを律也は知っている。

人間だった頃から、耀がどんなにやさしいのかを知っている。

だから……。

「うれしいときはもちろん、一番つらいときに、俺が一緒にいたいのは耀だよ。……耀は？そうじゃないのか」

「律——」

「今日みたいなとき、耀はひとりでいたいのか？　俺は慎ちゃんたちといたほうがいい？俺は耀と一緒にいたい。耀に抱きしめてほしい……耀は違うのか？」

律也の睨むような目を見て、耀は観念したように息をついて、腕を伸ばしてきた。その腕に抱きしめられながら、薔薇の香りを胸いっぱいに吸い込む。

「俺も同じだよ」

キスの合間に囁かれた言葉に、律也はしっかりと頷く。

「——律、俺のそばにいてくれ」

昼になったばかりで、寝室には明るい日差しが入り込んでいたけれども、律也と櫂はもつれあいながらベッドに倒れ込んだ。

抱きあってキスをくりかえす。何度もキスして、唇が腫《は》れてしまうのではないかと心配になるくらいだった。

「ん……ん、櫂……」

唇から注ぎ込まれる唾液に酔って、律也は甘い声をあげる。

櫂の腕のなかにいるうちに、どうしようもなく火照《ほて》ってきた。その匂い、体液に酔わないでいるのは不可能に近かった。からだの芯《しん》が熱をもちはじめる。

「律……」

櫂が律也の服のなかに手を入れてくる。肌を直接撫でられただけで、カアッと腰のあたりが熱くなった。

「きみが欲しい。いいか」

櫂は甘くかすれた声を耳もとに吹き込み、視線を合わせてくる。

さすがにいつも抱きあっていたのは夜なので、昼間から肌を見せることに抵抗がないといったら嘘になったが、櫂の切羽詰まったような眼差しを見ているうちにどうでもよくなった。

「律――」

それはやるせない感情の捌《は》け口だったのかもしれない。律也にしても櫂の体温が欲しくてどうしようもなかった。いっときだけすべてを忘れたい。櫂の腕のなかで。

「櫂……抱いて」

櫂はキスをしながら、あやすようにからだをなで、律也の服を脱がせていく。櫂もすぐに全裸になった。

素肌がふれあうと、それだけでどこか不安定になっていた心が充足する。

「いいにおいだ」

薔薇の体臭のヴァンパイアにそんなことをいわれるといつも恥ずかしいのだが、本気でそう思っているらしく、櫂は律也の肌に顔をうずめて心地よさそうに息を吐く。

唇や舌が、ていねいに律也の肌を辿り、疼くような熱を残していく。

「あ……んっ」

乳首をしつこくチュッチュッと吸われて、律也は身悶《みもだ》えする。櫂の執拗《しつよう》な舌先が、そこを甘いもののように吸う。

硬くしこった先をさらにきつく舌でなぶられて、いじられてもいない下腹にまで熱がたまってどうしようもなかった。

「……あ、櫂」

やがて、櫂は頭を下におろしていき、律也のへそに舌をつっこむ。

すでに勃起《ぼっき》しているものに、櫂の髪がほんの少しかかり、吐息がふれた。いつもなら、そこを口に含んでていねいに愛撫してくれるはずなのに、櫂はなぜか素通りして、律也の足を開かせた。

「櫂……？」

櫂は律也の足のつけねに顔をうずめて、腰を浮かせると、しばらく腿《もも》や尻《しり》にくちづけをくりかえしていく。やがて閉じている蕾《つぼみ》に舌を這《は》わせた。

「あ……や」

櫂をいつも受け入れている場所だった。窄《すぼ》まりを舐められるのは初めてではなかったけれども、さすがに昼の光のなかではしたことがなかった。

羞恥《しゅうち》のあまり、律也は首すじまで真っ赤になった。いまさら隠したくても、足を開いて、すべてをさらけだしてしまっている格好なので、どうしようもない。櫂は律也が足を閉じないように両腕でしっかりと拘束している。

「……や……櫂、あんまりそこは――しないで……」

「――悦んでる」

その言葉どおり、媚薬《びやく》成分のあるヴァンパイアの唾液に濡《ぬ》らされて、律也のそこは物欲しげにひくひくと疼いていた。

「あ……馬鹿」

律也に罵《のの》しられても、櫂はいっこうにこたえるふうもなく、律也の後ろに舌を這わせ続ける。

そこは舐められ、指を入れられて、徐々にやわらかくなっていく。

執拗に後ろだけ愛撫されつづけたものの、櫂は前のほうにはいっさいふれてくれなかった。

先ほどから律也のものは勃《た》ちあがり、先端から蜜《みつ》をたらしている。

「……や……もう、意地悪」

わざと櫂が下腹のものをさわらないでいるのは明らかだった。律也が涙目で「さわって」と頼むと、櫂は苦笑しながら手を伸ばしてきた。

「律は、おねだりが上手だ」

焦《じ》らしても、一言お願いすればすぐにふれてくれるのだから、律也が上手というよりも櫂が甘いのだ。

長い指先で先端を軽くこすられただけで、快感がからだの中心を突き抜けていく。櫂の口のなかにつつみこまれると、すぐにそれは暴発した。

「——あ……んん」

律也の出したものを飲み込み、櫂はうすい草叢《くさむら》をそっと撫でる。律也の精を体内に入れたせいか、櫂の目がさらに欲情に濡れて妖しく光ってきた。

擢はすぐさま律也の腰をかかえあげると、先ほど濡らした窄まりに硬い肉をあてた。柔らかくなっているそこは、擢のものをとりあえず受け入れるものの、いきなり全部を埋め込まれるのはさすがにきつかった。「ん」と律也は顔をしかめる。

「……律」

擢は身をかがめると、眉間の皺にキスしながら、ゆっくりと慣らすように腰を揺さぶる。

「……ん……」

体内の深いところが埋められた性器の先走りで濡らされると、媚薬の効果で痛みが薄らぎ、もどかしいような疼きが走る。

「あ……擢」

律也が自ら求めるように腰をすりつけると、それを合図のようにして、擢は腰をかかえなおして、楔《くさび》をさらに深く打ち込んだ。

「あ……んっ」

「律……律」

突き上げられて、からだの内側に擢の昂《たか》ぶりを直《じか》に感じる。擢の男の部分は逞《たくま》しく、律也の体内を容赦なくかき回した。

「……や……や」

律也がかすれた声で訴えても、擢は動きを緩めてくれなかった。中を大きくて硬いもので揺さぶられるたびに、粘膜がひくひくと震える。

激しく腰を動かされて、深い部分まで犯された。櫂につなげられて揺さぶられたまま、律也は気が遠くなりそうだった。

「あ……櫂——や」

つながっている部分に熱い痺れが走って、声が裏返る。

感じる内側の部分をこすられて、腰がびくびくと震えてしまう。どろりと体内が蜜のように溶けたと思った瞬間、律也は再び射精していた。

甘い余韻にぐったりとなって、力なく「や、いや」と喘《あえ》ぐ律也を、なにかに耐えるような目をして見つめながら、櫂はさらに律動をくりかえす。

硬い肉で奥まで貫かれ、粘膜をかき回されすぎて、もうなにがなんだかわからなかった。どろどろした甘い蜜のなかに放り込まれたみたいに息もできない。

「律——」

櫂の呼吸が乱れていた。甘い吐息で何度も律也の名前を呼びながら、ぐいっとさらにからだを深くつなげる。

一番奥で、櫂の性器がいっそう大きくなり、熱情を迸《ほとばし》らせた。中にだされた体液が粘膜に沁み込むにつれて、よりいっそうの強い快感が律也の全身を包み込む。薔薇の香りが辺りに漂い、眩暈を覚えそうだった。

ハア……と櫂は荒く息をついて、律也をぎゅっと抱きしめると、しばらく呼吸を整えるようにじっとしていた。律也もその息遣いを感じながら、自分の心臓の鼓動が同じリズムを刻んでいるのを感じていた。

こうして櫂の体温とにおいにくるまれている瞬間が、律也にとっては一番心地よい。

「いいにおい……」

腕のなかで律也が鼻先をこすりつけると、櫂は再び律也の背中の線を撫でてくる。櫂が一度だけで律也を離してくれることはまずなかった。

今日ばかりは律也も何度でも抱いてほしかった。からだが壊れるまで、櫂を感じていたい。この腕につつまれている限りは、先ほどの血の匂いも思い出さずにすみそうだから。

「律……」

櫂が律也の顔を覗き込む。いったん射精したからか、ある程度の興奮がおさまって目の光は消えていたけれども、まだ欲情しているのか、表情は艶《つや》っぽい色に満ちていた。

そっとふれてくる唇に、律也の全身が痺れる。

櫂の眼差しはとても美しいが、その口許にある牙はつねに誰かを狩るためにある。その美貌は見るものを惑わさずにはいられない色香に満ち、ほのかな熱を孕《はら》んでいて——そしてどこか苦しそうだった。

ふいに愛撫の手が止まったので、律也は訝る視線を向ける。

「燿？」

「……俺は……きみを一緒に連れてきてよかったのか？」

唐突な問いかけだが、燿がいわんとするところはすぐに察せられた。たぶんいまこの瞬間、すべてを忘れたい――ふたりは同じ思いで抱きあっていたのだから。

肌を合わせていれば、律也がどんな気持ちでいるのかも伝わっているのだろう。

連れてきてよかったのか。これは今回、夜の種族の世界に初めて律也がきたことを指しているのではない。

これから長い時間を一緒に生きる伴侶にしてしまってよかったのか、とたずねているのだ。

燿、一緒に連れていって――先にそう頼んだのは律也のほうだ。

燿はこれからも律也がこちらの世界での出来事に傷つくたびに、きっと自分を責めてしまう。だから、律也はどんな事態に直面してもできるだけ揺らがないようにしなくてはならない。

燿のために強くならなくてはいけないのだ。

「燿……俺は、連れてきてもらってよかったと思ってるよ。だって、いま、こうして燿のそばにいられる」

律也はそっと燿の頰に手を伸ばした。

誰よりも美しく、強い力の象徴である白い翼をもつ、ヴァンパイアの氏族の長。

だけど、櫂はいまとてもつらそうな顔をしている。フランの処分のときもそうだが、決して律也以外にそんな表情は見せないのだろう。

これは、律也だけが知っている顔だ。失わせてはいけない表情だ。

「……櫂が苦しいときに——そばにいられる。もし、櫂が俺を伴侶にしてくれなかったら、大変なときにそばにいられない。そっちのほうがつらい」

「律……」

「俺は感謝してるよ。櫂が連れてきてくれたこと——だって、もし櫂が俺を伴侶にしてくれずに離れてしまったら、櫂がどこかで傷ついて倒れてしまっても、俺は知らないままだ。そんなのはいやなんだ……つらいことでも、櫂の感じることを一緒に知っていたい」

櫂は少し驚いたように目を見開いたものの、すぐに微笑むと、頬にあてられた律也の手にそっと自分の手をかさねた。

「ありがとう——律」

やがて再び落ちてくるくちづけに、律也はそっと目を閉じた。

縁起でもないから口にはださなかったけれども、ふっと浮かんで飲み込んだ言葉がある。

もしも自分が死ぬなら櫂のそばで……そして、櫂が死ぬのなら自分のそばで死んでほしかった。

それがたとえどんなにつらくて、残酷なことでも——。

祖母と慎司、そして燿と律也で四人で迎える夕食はなごやかに過ぎた。

いつもなら慎司は燿に突っかかるようなことをいうのだが、やはりなにかを感じとっているのか、その夜に限ってはおとなしいままだった。祖母も律也の様子の変化には気づいているのだろうが、あえてなにも聞かないでいてくれるような雰囲気があった。

やさしいひとたちに守られて、自分はひどく幸せものなのだと律也はあらためて実感した。

レイは一度も姿を見せなかった。燿によれば、休暇をとらせたということだった。さすがに本人から少し休みたいという申し出があったのだという。

その夜、燿は寝室に入ってから、ベッドに律也と隣り合って腰をかけると、あらためて事件の経緯を説明してくれた。

「――反対勢力が前始祖の塵を利用して、陰謀を企てているのはかなり前から察知していたんだ。だから、俺はきみのところにあまり顔を出せなかった。連中はなかなか尻尾《しっぽ》をださなくてね。アドリアンの氏族との小競り合いもなんとか休戦の運びになったし、氏族内の妙な動きも沈静化したと思って、きみをこっちに連れてきたんだが……」

上位の者たちは決定的な証拠を残さない。反対勢力が手足として利用するとしたらフランのように前始祖に忠誠を誓っている純粋な者だろうと最初から察しはついていた。だが、律也に対して夢魔が呼びかけてきた件については、優秀な術師が始祖の塵を使って結界を張っていたため、気づかれることはなかった。

「フランは最初から疑われたのか？」

「いや……フランのほかにも、同じような立場の者は何人もいたから、彼ひとりに絞ったわけじゃなかった。フランはレイの友人だというふれこみだったから……あのレイが珍しく俺にいってきたんだ。『カイン様に忠誠は誓っていたけれど、フランはわたしとも旧い仲ですので』――。レイにそんなふうにいわれたら、俺は信じるしかない」

フランが陰謀に関わっていると最初に気づいたのは、アドリアンだった。

フランからはすでに夢魔に蝕《むしば》まれている匂いがしたらしい。それは結界を張っていてもわかった。それで調停式のときに、アドリアンは結界のなかの律也をじっと見ているように思えたのだ。隣にはフランが立っていたから。あれは実は、律也を見ていたのではなく、夢魔の気配がする理由をさがしていたのだった。櫂の氏族では気づかない。アドリアンの氏族だけにわかるものだった。

そして決定打は、宴のときにフランとすれちがったときだった。アドリアンはフランに声をかけて向きあってみて、夢魔に関わっていると確信した。

そういえば、あのとき、レイは厳しい顔つきでアドリアンとフランを見ていた……。

「レイは最初またアドリアンがうちのヴァンパイアにちょっかいをだしてると思ったそうだけど、なにかいやな予感がしたんだろう。俺に『フランが厄介なことになっているかもしれません』といってきた。最初はアドリアンたちに利用されるんじゃないかと考えていたみたいだ」

ところが、フランはすでに反対勢力の手下となって動いていた。アドリアンは自分たちの配下の夢魔を調査したのち、櫂に「最近、そちらのヴァンパイアで夢魔を手懐けているものがいる」と連絡してきた。

ここに至って、フランが陰謀に関わっていることが判明した。そして、すでに夢魔の毒にやられていて手遅れだと。

それからフランはレイの監視下に置かれた。すぐに捕らえてもよかったのだが、フランの性格からいって素直に黒幕たちの名前をあげるとは思えなかった。自分が死んでも、彼らが始祖を甦らせてくれるなら――と口を割らないまま自害してしまう可能性が高かった。

上位のものたちを捕まえるには、それなりの証拠が必要だ。だが、彼らも用心しているらしく、陰謀の中枢にいる連中は決して自分たちの手を汚さない。カインを慕っていた下位のヴァンパイアたちに面倒な役目を押し付けて、フランを筆頭に術師への連絡役など実際に動くのはいつも下位のものだった。いざとなったら、上位の首謀者たちは彼らにすべての罪を着せるつもりだったのだろう。

だからフランをあえて泳がせて、全貌《ぜんぼう》が明らかになるまで待つしかなかった。律也が慎司に会いに行くとき、レイだけではなくフランも警護役として加わったのは隙を作って食いつかせるためだった。妙な行動を起こしたら、すぐに自分が始末をつけるし、それが一番いいとレイからの提案があったのだ。

櫂はフランが流した『レイがあやしい、裏切っているらしい』という噂を信じたふりをして、「レイを見張るように」と頼んだ。結局、囮《おとり》のようになってしまって悪かったと櫂は律也に詫びた。

「律を危ないことに関わらせないようにしていたのに……俺の責任だ。慎司たちと出かけるのを許すんじゃなかったな」

「え……いや、でもきっと止められても、俺は出かけたと思うから」

律也の返事に、櫂は少し笑った。

レイがフランを連れて行くことを提案したのなら、一緒に出かける前から、裏切っていることをすでに知っていたのか。とてもそんなふうには見えなかったのに。

「俺が律になにも話さなかったのは、律が嘘をつけないからだよ。それに……レイがいったんだ。『律也様にはなにもいわないように。わたしが命をかけてお守りしますので。いざとなったら、フランはわたしの手ですぐに塵に帰します。そのために一緒に連れて行くのですから』って――」

レイはいつも見ていた。フランをなるべくひとりきりにしないように——できることなら、フランがなにも行動を起こさないでいてくれることを祈っていた。

まさか祖母の家ではなにもことを起こさないだろうと油断していたのかもしれない。関係ないひとを巻き込む真似はしないはずだと。だが、その読みははずれてしまった。フランが夢魔を呼び込んで、律也を攫っていったと気づいたとき、レイはどんなに失望しただろう。

しかし、結果的に再生の儀式には首謀者たちが全員集まり、一網打尽にできる機会を得た。オオカミ族の街で、慎司が「レイがピリピリしている」といったのは、ひとりで陰謀を暴き、律也も守るという重責を負っていたからだった。

(——気を鎮める必要があったのです)

オオカミ族の街の宿屋では、レイは普段決して律也に血を吸っているところなど見せないのに宿屋の息子と行為に及んでいた。あれも考えてみればレイらしいとはいえず、尋常ではなかった。あのとき、すでにかなり気が張っていたのだろう。

重罪を犯し、夢魔の毒に侵されたフランに助かる道はないとわかっていた。警護役として律也の旅についてきながら、レイは最後に友の後始末は自分がつけてやらなければならないと覚悟を決めていたのだ。

そして、その友の最期を見とったいまは？　いったいどんな気持ちなのだろう。

「レイの休暇って……いつまで？　戻ってくるんだよな？」

律也はからだを倒して、隣に座っている櫂の肩にこつんと頭をつけた。

「さあ——でも、今回ばかりは好きなだけ休ませてやったほうがいいから。律には交代で替わりのものを警護につけるから、安心していい」

「……俺は、レイがいい」

「わかってる。だから、交代だ。レイが戻ってくるまでだから」

櫂は律也の肩を抱き寄せ、「すぐだから」とあやすように額にキスをした。

「レイは律を危険な目に遭わせたって責任を感じてたよ。いまの律の言葉を伝えるように伝言を頼んでおく。そうしたら、早く戻ってくるかもしれない」

うん、と頷きながらも、律也は半信半疑だった。

フランがレイにとって特別な存在だったことは間違いない。今回のようなことがあっても、まだ櫂や律也のもとに戻ってきてくれるのだろうか。

そもそもレイはどうして長年仕えたカインのもとを離れて、櫂のもとにきたのか。

「櫂……レイとはどうやって知り合ったの？　レイはカインに仕えてたんだろ？　最初から信頼してた？」

「——レイはカインの側近だった。仕える側のヴァンパイアには十三段階の位があって、レイは一番上で、〈一の者〉と呼ばれる。これは始祖候補と同じくらい数が少ない。信頼もなにも、このくらいになると長レベルと能力はさほど変わらないから、向こうのほうから仕える相手を選ぶ」

「――『血が呼ぶ』ってやつだろ？」

　燿は「よく知ってるな」と目を丸くした。

「東條さんがレポートに書いてくれたから。それに……フランもよくそのいいかたを使ってた」

　レイは仕える者としては最上位なのか。どうりで、フランが最後まで上位と下位の違いを気にしていたはずだった。

「フランは下から三番目の位かな。カインの身の回りの世話をしていたはずだ。能力は強くなくても、少年のままの外見のヴァンパイアだと、側仕《そばづか》えとしては重宝されるし、なにより主人からかわいがられる。フランもきっとそうだったんだろう」

「だから、始祖を慕ってた……？　でも、レイはどうして燿についたんだ？」

「……俺は覚醒してこちらにきたばかりの頃はひとりだった。そばについてくる連中もいたけど、いつのまにか消えて――気が付くと、レイがいつもそばにいた」

「気が付くと……っていきなり？」

　当時のことを思い出したのか、燿は「そうだ。考えると、おかしいな」と少しやわらかい表情になった。燿がこんなふうにレイのことを語るのは初めてだった。ふたりのあいだには明確な主従関係があるのはわかるが、それ以外の背景は見えない。

「最初は始祖の側近として、俺を監視しているのかと思った。こっちはずっと無視したんだが……ある日、いきなりレイが俺の足元に跪《ひざまず》いたんだ。『どうぞわたしを配下としてお召し抱えくださいませ』って」

また唐突な話だった。それで命をかけるほどの主従関係が成り立つものなのか。

「理由は？　カインの側近だって、わかってたんだろ？　すぐ受け入れたの？」

「俺がなぜかと聞いたら、『血が呼んだのです』と答えた。ヴァンパイアの世界では理由はそれで充分なんだが……でも、レイはあの綺麗な少年顔と、それに見合わぬ容赦のない強さでかなり名を知られたヴァンパイアだ。だから、もう少し具体的な理由をたずねた。『始祖を見限ったのか』って」

レイは「いいえ」と即座にかぶりを振ったという。

「『カイン様は原始の白い翼をもつ最強の始祖。もしかしたら、もう代替わりすらないのかもしれない。この数百年、仕えていてもなにも変化がありません。わたしがおそばにいてもいなくても変わらない。でも、燿様にとっては、わたしはお役にたつはずです』――レイはそういったんだ。俺は正直、人間に戻れないことがわかって、少し自暴自棄になりかけていたころだったんだ。律を迎えにいけないのなら、俺はなにも残ってない。……空っぽだから」

燿がヴァンパイアになってから、律也と再会するまでになにがあったのか。律也はあまり詳しく聞いたことがない。燿が話したがらないからだ。

少し遠い目をしたものの、櫂の口許には微笑みが浮かんだ。

「このままずっとひとりでヴァンパイアの世界で生きていくしかないと思ってた。だから、目的が欲しかった。なんでもよかったんだ……うんざりするほど長い時間があることはわかっていたから。レイの目的に乗っかろうとは思わなかったんだが……」

「目的って、始祖の代替わり――?」

「それどころか、俺に、『「夜を統べる王」になってほしい』といっていた。いまは対立しているけれども、大昔は七氏族を束ねる王がいたそうだ。ヴァンパイアの氏族が、つねに自分たちで代替わりを促して、最強の長を選ぶのも、最終的には七氏族の王になることが目的だったらしい」

夜を統べる王――。

おそらくいまの氏族たちの関係では、そんなことは不可能に近かった。それぞれの氏族は独立しているし、個性もそれぞれだ。

実現可能とは思えないのに、レイはどうしてそんなことを――?

それに、もしもそんなことを目指すのだったら、櫂よりもカインのほうがよっぽど相応しいように思えた。

「当時の俺は、七氏族の王どころか、氏族の長になれるかどうかもわからなかったのにな。正直なところ、『そんなものを目指すつもりはない』と答えた。……でも、レイは『それでもいいのです』といっていた。――それ以来、ずっと俺に仕えている。どうしてカインから俺のほうにきたのか……正直なところ、律にいま問われるまで、深く考えたこともなかった。レイが俺のそばにいるのは――当然のような気がしていたから」

ヴァンパイア同士にだけわかる感覚なのだろうか。

おそらくレイが燿のもとに跪いたのも、それを燿が受け入れたのも、「血が呼ぶ」という一言ですんなりと理解されることなのだろう。

「……燿、俺はレイのことよく知らなかったんだ。警護役だから、いつも守ってくれたけど。前に始祖と闘ったときには、傷が治りにくかったみたいだし、重傷だったたんだろ。今回だって……」

「それがレイの役目だし、本人が望んでいることだ」

「でも俺は誰かが俺のために命をかけてくれるのがあたりまえだとは思えないんだよ。ヴァンパイアではないから、『血が呼ぶ』という感覚もよくわからない。だから――レイのことをもっと知りたい。……今回だって、フランは最後には俺をかばった。彼のせいでひどい目にもあいかけたけど……。俺はフランのこともよく知らない。よく知らないまま、自分に関わって死なれるのはつらい。もしもレイにもそんなことがあったら……だからこそ、もっと深く関わりたいんだ。それは、いやがられることなのかな」

燿は微笑みながら、律也をなだめるように抱きしめた。

「——レイに聞いてみるといい。きっとすぐに戻ってくるから」

ほんとうはレイが戻ってくれるかどうか不安でたまらなかった。

櫂の腕のなかにすっぽりとくるまれて、律也はまるで幼子に戻ったような気分で「うん」と頷いた。こんなふうに甘えていては駄目だ。でもいまだけは許してほしいと思いながら。


日々は瞬く間に過ぎて行った。祖母たちはヴァンパイアの城の住み心地が気に入ったらしく、ずいぶん長く滞在してくれた。

さすがにそろそろ館の様子も気になるといって、祖母が自分の家に戻ったのは二週間後のことだった。

東條が「お祖母様がいなくなって、律也くんも淋しいだろう」とピクニックに誘いにきたのは、そのすぐあとだった。

森の近くに枯れない花が咲いている綺麗な場所があるというので、みんなで手作りのお弁当をもちよって遊びに行こうという。慎司にも声をかけたし、櫂の承諾もとりつけたので、律也にもぜひ参加してもらわなくては困るとのことだった。

ピクニックの当日、出かけようというときになって、厄介な客の訪問があった。アドリアンが近くまできたからといって従者を引き連れて立ち寄ったのだ。

しょっちゅう小競り合いを起こしている氏族の長だが、休戦協定を結んだばかりで、先日の一件もあるので無下にはできないらしい。

最初は櫂ひとりが対応していたが、律也にもお呼びがかかった。

応接間に入ると、アドリアンがソファに腰かけて、まるで櫂と親しい十年来の友人のような顔をしていた。そういえばレイが以前、アドリアンは櫂に少し危険な意味で興味を抱《いだ》いているようなことをいっていたが、あれはほんとうなのだろうか。

「律——もう帰るそうだから、挨拶だけでも」

律也は「その節は……」と頭を下げる。

「いや、出かける予定があるところを邪魔して悪かったね。また今度ゆっくりと話ができるとうれしいんだが。その麗しい顔を落ち着いて拝見したいし」

アドリアンはにっこりと笑いかける。先日、カインの城で配下の夢魔のからだを鬼のように切り裂いていたのとはまるで別人のような優雅な美青年ぶりである。

櫂がこっそりと律也に目配せをよこす。どうやら外出の予定を理由に話を早く切り上げることに成功したらしい。

フランの一件では配慮してもらったようなので、律也は以前ほどアドリアンが苦手ではなかったが、最初に抱いた印象が油断ならないものだったので、そう簡単に親しみを覚えられるわけもなかった。

「――律也くん、レイはもう復帰した？」

そういえばこのひとはレイもお気に入りだったと思い出しながら、律也は「いえ。まだです」と答える。

「そう。早く帰ってくるといいね。彼の可憐で美しい顔が見られないのは淋しいからね。僕がこういうことをいうと、『御冗談を』と礼儀正しく返しながら、『この若造が、恥を知れ』とばかりにさりげなく睨みつけてくる彼がたまらなく愛《いと》しいんだよ」

もしもレイがこの場にいて聞いていたら、殺伐とした火花が散りそうだった。

「さて、と。それじゃあ僕はそろそろ失礼するよ」

アドリアンは立ち上がり、部屋を出る前にふと足を止めて振り返った。

「――あの子はかわいそうなことをしたね。フランだっけ？　レイのことを好きだったみたいだね」

頷いていいのかわからなかったので、律也はなにも答えなかった。レイとフランの関係も友人だという以外、詳しくは知らないのだ。

律也の顔がわずかにゆがむのに気づいたのか、アドリアンは口許にやわらかい笑みを浮かべた。

「レイはもっともヴァンパイアらしいヴァンパイアだからね。同族には残念ながら特別な感情はもたない。むくわれない恋だったけど、あの子は幸せだよ。なにせレイに食いつくされて、その血肉になることができたんだからね」

ほんとうに——？

この数週間、櫂にやさしくつつまれて、また祖母や慎司がそばにいてくれたことで、律也はだいぶ落ち着いて過ごすことができた。

まだフランのことを考えると胸が痛かったが、いますぐには無理でもやがて時間が解決してくれるだろうと思えるようになった。

でもこうして再びフランの記憶をまざまざと甦らせると、心が疼く。

「ほんとうにそれで幸せなんですか、アドリアン様だったら？」

思わずアドリアンに問いかけてしまってから、あわてて口をつぐむ。

アドリアンは驚いたように律也を見てから笑いだした。

「僕？　僕はそんなに健気ではないけれども、少なくともあの子は幸せだったと思うよ。レイもね。彼はああいうかたちでしかフランには応えられないだろう。あの美しい子たちに免じて、僕はきみたちの氏族に処分を任せたんだから。幸せでないと困るんだ。これは詭弁《きべん》だがね。——たしかにいえることは、きみがあのときできることはなにもなかった。僕たちにもね。それだけだよ」

いままでレイを妙な言葉でからかう場面ばかりが印象的で、変わった長だと思っていたが、最後の言葉にはさすがに重みがあった。

アドリアンはまるでなぐさめるように律也を見てから、「それでは失礼、美しいひと」といつもながらの台詞を残して去っていった。


「おーい、律也くんたち、遅いじゃないか」

律也と櫂がだいぶ遅れてから約束の場所に辿り着くと、東條が手を振っているのが見えた。

晴れやかな陽気だった。雲一つない空が明るかったが、あと数ヶ月もすれば、夜の種族たちの世界には夜の季節がきて、風景がいっぺんするという。

森の近くの野原には、枯れないといわれる白い小さな花がまるで絨毯《じゅうたん》を敷き詰めたように辺り一面に咲き乱れていた。甘い香りがする。なんでもこの一帯は空間のわずかな歪みでエネルギーがたまりやすくなっているらしく、そのせいで花に精気が宿って枯れない仕組みになっているとのことだった。

東條とふたりで待たされた慎司は仏頂面になっている。

「りっちゃん……もう勘弁してくれよ。東條くんとふたりきりはありえないだろう。なんでオオカミ族の俺と狩人の東條くんがレジャーシートの上にふたり並んで座ってなきゃいけないんだよ」

慎司は祖母の作ってくれた豪華なお弁当を持参していた。祖母も一緒にくればよかったのにと思ったが、「若い人の邪魔をしちゃいけないから」とことわったのだという。

「僕は慎司さんを狩るわけでもないのに、そんなに毛嫌いすることはないだろう」

「毛嫌いじゃない。本能的に駄目なんだ」

「根本的に駄目といわれてるのか、ひょっとして」

早くも東條と慎司がいいあいになっているのを見て、邪魔どころか仲裁役として祖母がいてくれたほうがありがたかったのに——と律也はひそかにためいきをつきたくなった。

「……きれいな風景が台無しだな」

慎司と東條から目をそらして、律也の隣の櫂がぼそりと不快そうに呟く。

氏族の前ではクールで威厳のある長なのに、慎司や東條を前にすると、櫂まで妙におとなげをなくしてしまうので、まったく手に負えない。

これ以上雰囲気が悪くならないようにと、律也は持参してきたバスケットから昼食を取りだしてシートの上に広げる。

バスケットはふたつ持ってきていた。ひとつは昼食。そしてもうひとつの中身は——。

「おい、りっちゃん、なんだそれ」

もうひとつのバスケットから出てきたものを見て、慎司が目を丸くする。律也が抱き上げたのは赤毛の子狼だった。外に出られてうれしそうに「キュウウン」と鳴いてみせる。ほんとに狼はそんな声で鳴くのか、と突っ込みたいところだった。

語り部の石の精霊のアニーは、カインの城での大広間での事件以来、まったく姿を現さなくなっていた。呼びかけると、時折「もう少し待て。大物に変身したから消耗が激しい」という弱弱しい答えが返ってくるのみだった。つくづく体力のない精霊だ——とあきれていたのだ。

しかし、ピクニックに行くと決まった夜、久しぶりに石から出てきて人型に変わるなり、「俺も連れて行け」とわめいた。要するに、自分が石から出てきたいときしか出てこないつもりらしい。

まだ体調が万全ではなく疲れやすいというので、律也は子狼姿のアニーをわざわざバスケットに入れて運んできたのだった。

「捨て子でも拾ったのか？　どうしたんだ、これ」

「いや、実は……」

説明をする前に、アニーはうれしそうに吠えて、律也の手のなかから飛びだすと、慎司の膝の上へと駆け寄った。

「お。なんだ、チビ。元気いいな」

同族の子どもの姿をしているからか、慎司は笑顔になってアニーを抱き上げて、その鼻先をつついた。

「珍しい毛の色をしてるんだな。おいおい、そんなにはしゃぐなよ。ん?」

慎司の手のなかでアニーは手足や尻尾をバタバタさせて、ひどくご機嫌な様子だった。子狼に化けたこととといい、どうやらオオカミ族がお気に入りらしい。造形的に好みなのか。

「ひとなつっこい性格で、かわいいなあ。こいつ」

慎司の膝の上でゴロゴロと転がり、なでられながら、アニーがちらりと律也に視線をよこす。

(おい、こいつはおまえよりも俺と遊んでくれるのが上手だぞ。いいやつだ)

律也にしか聞こえないように閉じた心話で話しかけてくる。律也は「はいはい」と投げやりに頷いてから、ふと慎司の隣の東條がうらやましそうな顔をしているのに気づいた。たぶん彼も子狼とじゃれつきたいのだろう。

「アニー、その隣のひとも、おまえと遊びたいみたいだけど?」

慎司が「アニーっていうのか? 名前もかわいいなあ」とたずねると、子狼は「キュウン」と鳴いてみせた。そして、ちらりと隣の東條を見て、目を見開く。

(……いやだ。遊びたくない。こいつはなんか怖い)

アニーは律也に心話で訴えてから、ぷるぷるとわざとらしく震えて慎司の腹にしがみつく。怖いというのは、恐怖という意味ではなく、東條の目があまりにも物欲しげにキラキラし

ているせいだろう。一心に対象を見つめる目つきから、動物を可愛がり、かまいすぎて、ストレスに追い込むようなタイプだというのが本能的にわかるらしい。

かわいそうに――とさすがに律也は東條に同情した。もともと骨董屋からアニーを買ってきてくれたのは東條なのだが。

「なんだかこのチビは僕が嫌いなようなんだが……」

「……まあ、狼は狩人が苦手だから」

アニーにあからさまに拒絶されて、しょんぼりと落胆した東條に、慎司がフォローの言葉をかけた。

「――律、あれは石の精霊だっていわなくていいのか?」

事情を知っている櫂が律也にそっと耳うちする。

「いい。いま話すと、また騒ぎになりそうだから」

櫂は「そうだな」と納得してくれた。

こうして晴れやかな空の下で、皆でわいわいと騒いでいると、カインの城での陰謀の事件も遠い世界の出来事のようだった。

城からもってきたぶんと、祖母の作ってくれたお弁当の両方を綺麗にたいらげたあと、律也は皆から離れて、腹ごなしにひとりで辺りを散策した。空気が花の甘い匂いに満ちている。

野原には良い風がふいていた。花の絨毯もさわさわと揺れている。

見渡す限り、世界は美しい色に満ちていた。呼吸をするたびに、自分のからだのなかで疲弊していた部分が癒されていくのを感じる。

もうすぐ夏休みも終わる。人界に帰ってしまえば、もっと記憶は薄れるだろう。

「――律也くん」

ぼんやりと風に吹かれていると、東條が追いかけてきた。食事のあいだも、東條は気の毒にアニーを抱かせてもらえていなかった。あとでアニーに「元の石の持ち主は彼なんだぞ」と教えなくては。

「東條さん……今日は誘ってくれてありがとう。俺を元気づけようとしてくれたんだろ？すごく気持ちがいいよ。綺麗な景色だし、楽しいし」

「そりゃよかった」と東條は満足そうに頷く。

「東條さんは……初めから全部わかってたんだろ？　フランのこと――よく考えれば、東條さんはひとの心が読めるんだもんな」

思えば、東條は途中で「……国枝櫂が律也くんにあまり事態の説明をしないのは、きみを悲しませたくないからなんだよ」と妙なことをいっていたのだ。

「読めないよ。そういう能力はもう普段は封じてるから。律也くんは以前僕と話すと、みんなに筒抜けになるって心配してたけど、それももう大丈夫だから」

「そうなんですか？」

「だんだん能力のコントロールができてきたみたいだ。人間だった頃には無理だったのにね。たいしたものだ」

その点は狩人になってよかったといっているように聞こえた。

心を読まなくても、おそらく狩人の情報網で知っていたのだろう。「始祖の塵が」と早い段階で話していたのだから。

「律也くんは平和主義だから、みんなに仲良くしてほしいといってただろ。だから、今日はピクニックにきてみたんだ。僕とドSくんにもそんな仲になってほしかったみたいだから」

そういえばそんなやりとりを前にしたなと思い出して、律也は噴きだした。

律也がレイと東條がいいあうのがいやだといったら、東條は「律也くんは僕とドSくんの三人でピクニックでも行きたいのか？」と返してきたのだ。あのときの会話を受けて、今日のピクニックなのか。

「でも、残念ながら、今日はレイが——」

律也がそういいかけたときだった。東條の背後からこちらに歩いてくる人影が見えた。ほっそりと背の高い少年体形のシルエット。それが誰なのかはすぐにわかった。

「レイ……！」

東條はレイがくることを知っていた顔つきで、「それじゃあ」と入れ替わりに去っていった。

律也は呆然とその場に立ち尽くす。

レイはゆっくりと歩いてそばまでやってくると、律也の前で頭を下げた。

「長らくお休みをいただきまして、ご迷惑をおかけしました。本日からまたわたしが律也様の警護にあたりますので」

「レイ……戻ってきてくれたんだ」

レイはうっすらと微笑みながら「あたりまえでしょう」と答える。その表情はいつもどおりで、何事もなかったかのようだ。それとも律也に見せる顔としてはそれしかないのか。

戻ってきてくれてうれしいのに、実際にレイとこうして向き合うと、律也はなかなか言葉がでてこなかった。

レイは普段と変わらない顔をしているのだから、陰謀事件やフランのことはもう蒸し返さないほうがいいのか。だが、それを避けてはなかなか言葉がでないので、悩んだすえに覚悟を決める。

「フランのことは……ごめん。俺は最後にレイに無神経なことをいった。『きみはそれでいいのか』って……きみたちのことをなにも知らないくせに」

「…………」

レイはしばらく黙っていた。答えるべきかどうか迷っているようだった。

ひときわ強い風がふたりのあいだを吹いていった。暖かい風に、レイは目を細める。律也から視線を外し、野原に広がる小さな白い花々に目をやった。この可愛らしい花はフランのイメージだな、とふっと律也は思った。

「フランとわたしは、以前もいいましたが、律也様が考えているような関係ではないのですよ。ただヴァンパイアは長く生きすぎるから、時折なにかにすがりたくなるのです。フランはヴァンパイアらしくないところが多々あった。わたしにはそれが好ましかったのです。わたしはとても長く生きてるので、下位や若いヴァンパイアは萎縮して、まず声をかけてきません。でもフランは覚醒したときから知っているせいか、いつになっても雛《ひな》のようにわたしの後をついてくるようなところがあった。最近は序列を気にするようになっていましたが」

そこで、レイは小さく笑った。

「……フランに『ついてこなくてもいい』といったのは、無理をしてついてきてほしくないからだといいましたが……あれは半分嘘です。ほんとは怖かったのですよ。もしも当時、『ついてきてくれ』とわたしが頼んでも、フランは『ごめん、レイ。僕はカイン様のおそばを離れられない。カイン様をお慕いしてるんだ』とことわられたに決まっていますから。――わたしのほうが、とっくに振られているのです」

それも嘘だ。律也の感じる限りは、フランが強く執着しているのはカインよりもレイのほうだった。

だが、レイも今回の件でフランの気持ちは充分にわかっていて、あえてそういっているのだろう。

「レイ……燿のところにきて、後悔してないのか？」

もしもレイがカインに仕えたままだったら、いったいどうなっていたのだろうか。少なくともフランは死ななかったはずだ。

レイはしばしの沈黙のあと、否定も肯定もしないままに口を開いた。

「――わたしが燿様と初めて出会ったのは、燿様が人間に戻る方法を探している時期でした。初めは好奇心で偵察も兼ねて様子を見に行ったのです。燿様は高貴な血をもっているのに、必死になって術師たちのところを渡り歩いて、なにか方法がないかと探していた。どうしてそんなに必死になるのかと不思議でした。我らには飽きるほどの長い時間があるのに――なぜ切羽詰まる必要があるのかと。ご存じのとおり、律也様を迎えにいくためでした。約束した期限があったから」

だが、燿はやがてヴァンパイアが人間になれる方法などないことを知る。レイが傍《はた》から見ていても、その絶望は深かったのだという。

「いまにも死にそうでしたよ。表面にはあまり感情を出さない方だから、取り乱したりはしないのですけどね。おかしな話でしょう？　ヴァンパイアは簡単に死にはしないのに。ふとしたときに見え隠れる燿様の悲愴《ひそう》さが……『もしそれが得られないのなら死んだほうがましだ』という切望が――わたしにはとても美しく見えました。無為に時を過ごしていたわたしにはまぶしすぎるほどに」

以前も、レイは櫂のもとにきた理由を「櫂様が美しかったからです」と答えた。あれは姿かたちや強さだけを指していたわけではなかったのか。

「当時仕えていたカイン様は、長く生きすぎていて、ひどく疲れていたのです。あの方はおそらく、どこかで終わりになるのを望んでいた。わたしにはその気持ちがよくわかりました。ヴァンパイアは斜陽の種族……刺激を受けるような変化はなにもない世界です。我らはオオカミ族のように子どもが生まれて、年をとるわけでもない。まるで時間が止まったようです。カイン様に不満があったわけではないのですが、わたしはもっと生きている実感がほしかった。ただ単に死ぬのを待つのではなく。だから、若い櫂様に賭《か》けてみることにしたのです。人間の子どもとの約束を守ろうとするためにすべてを投げだして必死になるような――その美しい愚かさに」

こんないいかたをしたら叱られてしまいますね、とつけくわえて、レイはいたずらっぽい顔つきになった。

「……まだ長にもなってない櫂に七氏族をまとめて、『夜を統べる王』になれっていったって？」

「あれは単にはっぱをかけたのです。当時の櫂様は、なにか目的がなければほんとうに死んでしまいそうでしたから。……なってくれたら儲《もう》けものぐらいの感覚でした。代替わりすら、すぐには可能とは思っていなくて、何十年でも何百年でも気長に待つつもりだった。だけど、櫂様は覚醒して数年でカイン様を倒してしまった。……予想外です。まさかこんなに早くカイン様のもとに残してきたフランの居場所がなくなるとは思っていなかった」

再びフランのことに話が戻ったので、律也は表情をこわばらせた。察したのか、レイが目許をやわらげる。

「律也様――わたしは、フランのことはもういいのです。フランは、ここにいます」

レイは穏やかに微笑みながら自らの胸に手をあてた。そして、自分の肩から腕へとそっとその手をのばしていく。その細胞のひとつひとつにフランが息づいていると訴えるように。

「わたしのなかに、ずっと――これでわたしがどこに行こうとも離れることもないでしょう。彼は置いていかれるのが嫌いみたいでしたから。……もうどこへでも一緒に連れて行ける。たとえわたしが塵になるときでも」

最後の一言を聞いて、こらえようと思っていたのに、律也の唇がわずかにゆがんだ。アドリアンは、フランのことを「むくわれない恋だった」といったけれども、きっと当たっていない。

ほんとうはもうとっくに……。

瞳を潤ませた律也を見て、レイは目を細めた。

「泣いてくださるのですか？　フランのために？」

「……俺は……なにもできなかった」

「そんなことはない。律也様はそうやってフランのために涙を流してくださる。わたしにはできないことです。涙などとうの昔に枯れ果ててしまいましたから」

律也は目許ににじんだ涙を拭った。自分ももう周りを心配させないために揺らがないと決めたはずなのに。

「フランから最後に頼まれたのですよ。『律也様はあんなふうでは夜の種族の世界では長生きできないから、守ってあげてくれ』と——わたしも同感です。まだお若いから無理もないですが、あなたは甘すぎます。実行犯のフランに何度も処分は軽くしてみせるからといったそうですね。戦闘のさなかにフランを『自分のそばにいろ』と助けにいったとか。フランがわたしの友人だったからですか」

「ごめん……俺はなにもわかってなくて——今度からはよけいなことはいわないし、櫂の伴侶らしく振る舞うように気をつけるよ」

「——いいえ」

レイは静かにかぶりを振ると、ふいに律也の足元に片膝をついて跪いた。その背にいきなり大きな黒い翼が広げられる。

「律也様はどうぞそのままでいてください。そのほうが櫂様の伴侶としても相応しい。あなたがあなたらしくいることで、なにか危険な目に遭われるようでしたら、わたしが命をかけてお守りしますから」

まっすぐに見上げられて、律也は息をのむ。

「いままでも警護役としてお守りしてきましたが、これからは意味が違います。わたしが自分の意思でお守りしたいのです。……フランとともに」

いいおえると、レイは深くこうべをたれた。律也が言葉をなくしたまま固まっていると、レイはちらりと目線をあげて、苦笑する。

「なにもいってくださらないのですか。ヴァンパイアの誓いをご存じないのですね」

「え？　ど、どうすれば……」

「――わたしの翼に手をおいて、『許す』といえばよろしいのです。あとは望むことを――『裏切ることなく』でも『主の盾となれ』とでも、わたしとの関係性でお好きな言葉をどうぞ」

「そうなのか」

律也はいわれたとおりにレイの翼に手をあてて「許す」といった。そして次に――。

「……友になってくれ」

いつもポーカーフェイスのレイも、さすがに予想外だったらしく「は？」というように再び見上げた。

「だって、レイはすでに櫂に仕えてるだろ？　俺が主人みたいな顔をするのも変だし……前から思ってたんだ。いつもそばにいるんだから、友人になれればいいなって」

レイは立ち上って、あきれたような顔で膝の草を払った。

「……まったくあなたは飽きない方ですね。しばらく退屈せずにすみそうです」

「駄目なのか？」

レイはまじまじと律也の顔を見つめたあと、珍しくはにかむようにうつむいて笑った。

「いいえ、とんでもない。……とても光栄です。フランもきっと喜んでいるでしょう」


レイが「櫂様にあらためて挨拶をしてまいります」と去ったあと、律也はしばらくその場に座り込んでぼんやりしていた。

心地よい風を感じていた。

先ほどからずっと風は吹いていたはずだが、いまになって初めて、カインの城での事件以来、久しぶりに全身を覆っていた重苦しいものが取り払われたような気がしていた。

風が、直接心にあたる。

心地よく——痛い。

キャンキャンと子犬のような鳴き声が背後から聞こえてきたと思ったら、子狼姿のアニーが駈《か》けてきて、律也の膝のうえに飛び乗った。

アニーは甘えるように鼻先を律也の腿にこすりつけてから、ふっと上を見上げた。赤毛のからだの上にぽつりと冷たい滴が落ちたからだった。

『どうした？　おまえ、泣いてるのか？』

律也はあわてて目をごしごしと拭った。

心が久しぶりに軽く晴れやかになったはずなのに、どうして涙があふれるのかわからなかった。

「大丈夫だよ、アニー。なんでもない」

アニーは律也のからだの上を這いのぼると肩にのって、ぺろぺろと頬の涙を舐めとった。

「くすぐったいよ、こら……大丈夫だってば」

律也がようやく笑ったからか、アニーは納得したように膝の上に戻って丸まる。

たぶん一回涙を流す必要があるのだと思った。泣いてしまってから、心のなかが静かに澄んでいくのを感じる。溜《た》め込んでしまったら、それは澱《よど》みとなって底に沈み、いつまでも取り去れないものになるのだろう。

『……夜の種族の世界がいやになったか』

アニーが膝の上でむくりと上体を起こした。

『おまえはヴァンパイアの氏族の長の伴侶だが、人界にいられる限りはいていいんだぞ。ヴァンパイアも獣も、基本的に闘争する能力を備えた生き物だ。争いはつきない。無理をすることはない。もうこちら側の世界にはこないで、人界で櫂の訪れを待っていればいいじゃないか』

そういう選択肢もあるかと初めて気づいた。たしかに向こうにいる限り、こちらの世界ほどのトラブルはないだろう。

夏休みが終わって、ひとの世界に帰れば、いつもどおりの生活が律也を待っている。あわただしく生活しているうちに、こちらにくることもなければ、記憶は夢を見たように薄れてしまうような気がした。

櫂はたぶん律也がもうこちら側にはきたくないといっても怒りはしないだろう。むしろ「そのほうがいい」とさえいいそうな気がする。

でも……。

「俺はまだ大学にもいかなくちゃいけないし、ひとの世界でやりたいことも多いから夏休みが終わったらいったん帰るけど……もうこっちの世界にこないことはないよ。お祖母さんもいるし、たびたび訪れるつもりだ。夜の種族のこと、まだまだ知らなくちゃいけないし」

『平気なのか』

どうやら気遣ってくれているらしい。律也はアニーの頭をそっとなでた。

「だって櫂はヴァンパイアの氏族の長として、ここにいる。ここは俺が愛してるひとが生きる世界だ。だから、いやになんてなるわけがない」

『……』

アニーはなにかいいたげに律也を見つめたが、ふいに「キャン」と吠えて膝の上から逃げてしまった。

なんだ、急に――と目を丸くしていたら、いきなり背後から抱きしめられた。

振り返らなくても相手が誰かはわかっていた。大好きな薔薇のにおいが鼻をくすぐったから。

「――櫂……」

櫂はなにもいわずに律也の頬に手を添えて振り向かせると、唇をそっとかさねてきた。

唇が離れて、見つめあう。

櫂はやさしい目をしていた。けれども、その瞳の奥には静かな決意を秘めたような情熱が覗けている。

先ほどのアニーとの会話を聞いていたのだろう。なにも言葉にだされなくても、櫂が考えていることが律也には伝わってきた。

俺も離さない――きっとそういってくれている。

しばらくキスをくりかえしてから、櫂は律也を引っ張り上げるようにして立たせた。

「……律、行こう。風が強くなってきたから」

差しのべられた手を、律也は迷うことなくとって歩きだす。いつのまにか、先ほど逃げたはずのアニーが足元にまとわりつくようにしてついてきていた。

手のぬくもりを感じながら、枯れない花が咲き乱れる美しすぎる風景に、律也は目を細める。はっとするほど綺麗で、ときには残酷で——だけど、あたたかい。それはひとの世も、夜の種族の世界もさほど違いがないような気がした。

遠くで慎司が「おーい」と呼んでいるのが見える。すぐそばには東條とレイの姿も見えた。耀と手をつないで歩きながら、律也は自然と足を速める。

いやになるなんてわけがない——と先ほどアニーに告げた言葉を心のなかでくりかえす。さほど時間をおかずに、自分はこちらの世界を再び訪れることになるだろう。耀だけではない——祖母がいて、慎司やレイ、東條がいる。ここは律也が愛しているひとたちが生きている世界なのだから。

その一瞬の

かつての主、カインの城の大広間は反対勢力の者たちの血で染まっていた。生きている首謀者たちがすべて連れだされ、櫂《かい》や律也《りつや》たちが去ってしまったあと、レイとフランはふたりきりで残された。

傷ついたフランを抱き起こしながら、レイはずいぶん昔から知っているのに、こうして彼の体温にふれる機会はあまりなかったのだと気づく。

フランのやわらかい首すじにふれながら、ふっと記憶が過去へと飛ぶ。

◇◇◇

前始祖カインに仕えていた頃、公にはなかなか一緒にいる機会は少なかったが、レイは城のなかのフランの部屋を時折訪ねた。特別用がなくても、そうする必要があったからだ。

ある夜、レイがフランの部屋に向かう途中、物置部屋から淫《みだ》らな声が漏れ聞こえてきた。

「ん……ん――あ。いや……」

ちらりと部屋を覗《のぞ》くと、全裸の少年を複数の男が押さえつけていた。若い側仕《そばづか》えのヴァンパイアを、上位のものが押さえつけて一方的に嬲《なぶ》っているのだった。

側仕えになるのは、若くて特に可愛らしい容姿のものが多いため、中途半端な階級の男たちの餌食《えじき》になってしまう。同族で恋愛感情をもつものは変わり者とされるが、力で征服するている意味での凌辱《りょうじょく》は珍しいことではない。本来、ヴァンパイアは血生臭い嗜虐《しぎゃく》性をもちあわせているから、発散する場が必要なのだ。外目には上下関係がはっきりとしているヴァンパイアの世界だが、下位のあいだではそれなりに鬱屈《うっくつ》した空気が蔓延《まんえん》していた。

「なにをしている」

レイが部屋に入ると、男たちは驚いた様子で少年から離れた。

レイは仕える者のヴァンパイアとしては最上位の〈一の者〉で、始祖であるカインの側近だ。見た目にはレイのほうが若く、体格も華奢《きゃしゃ》だが、いざ戦闘になったらここにいる全員が血祭りにあげられる。上位のものがもつ圧倒的なオーラに、男たちは黙ってひれ伏した。ヴァンパイアにとって血の序列というのはなによりも重い。

「フランを知らないか」

レイは男たちの行状をすぐにはとがめずにたずねた。男たちは「いいえ」と恐縮したようにかぶりを振る。

レイは、放心状態で床に転がっている少年にも「知らないか」と訊いた。少年は泣きながら身を起こすと、「部屋にいると思います」と答えた。

「服をきちんと着て、自分の部屋に戻りなさい。見苦しい格好でいるものではない」

「……も、申し訳ございませんっ」

少年は散らばっていた服をかき集めて、急いで身につけると、頭を何度もさげて物置部屋から出て行った。少年が去ったあと、レイは男たちを一瞥《いちべつ》する。

「貴様らもだ。わたしに見苦しいところを見せるな。もし次に目にすることがあったら、その場で切り裂く」

平伏する男たちを残して、レイはフランの部屋へと向かった。男たちの前でフランの名前をわざわざ出したのには理由があった。こうしておけば、フランは自分とつながりがあるものと認識されて、手を出されることもないだろう。

「レイ？　どうしたの？　急に」

部屋を訪ねると、フランはびっくりした顔をした。同じ側仕えの少年たちが遊びにきていたらしく、レイの顔を見ると、すごすごと逃げるように頭を下げて部屋を出ていく。

こういった対応には慣れているものの、レイは苦笑した。

「わたしは嫌われてるな」

「そんなことないよ。みんな、レイにあこがれてる。でもレイが僕に会いにくると、目立つから。……僕のほうから行くよ。駄目なの？」

「それでもいい」

ほんとうはそれでは意味がない。自分が階級の下のものに声をかけるからこそ意味があるのだ。だが、最近、フランは自分が下位であることを気にしているらしいので、正直に口にするのはためらわれた。

かつてフランがヴァンパイアとして覚醒《かくせい》したとき、レイは偶然そばに居合わせた。右も左もわからないフランに「おいで」と声をかけて手を差し伸べたのはつい昨日のことのように思えるが、あれからかなり長い時間が経《た》っている。「レイ、レイ」と一時期はうるさいぐらいについてきていたのに、最近は距離を置かれるようになった。

「ねえ、レイ。今日、僕はカイン様にショールをもらったんだよ。『フランに似合いそうだから』って心話で話しかけてくださって」

「カイン様が……?」

私情を覗かせないカインにしては珍しかった。ここ数十年は、レイもカインが必要なこと以外しゃべったのを聞いたことがない。側仕えとしてフランは気に入られているらしい。

その理由は察しがついた。長いあいだ生きすぎて、石のように硬くなった心には、フランの存在が心地よいのだ。剝《む》きだしになってヒリヒリしている傷がやわらかい布につつまれるように感じられる。無邪気に振る舞うかと思えば、およそヴァンパイアらしくなく、相手の言動や態度に一喜一憂する——その誠実で懸命な心の動きが。

「フランは楽しそうだな」

「だって、カイン様はとても素敵な方だから。僕はあの方に仕えることができてよかった」

生き生きしたフランの笑顔を見ながら、レイは目を細めた。カインがかわいがってくれているのなら、フランがよからぬ奴らに手をだされる心配はもうないかもしれない。古くからの友人が喜びにあふれているというのに、どうして自分は複雑な気持ちになるのだろうと不思議だった。

当時、城のなかの風紀が乱れていたのは、あまりにも長いカインの支配状態が続いていて、一族のあいだに倦怠《けんたい》が訪れているのも一因だった。外側は硬い殻で守られていてなんの変化もないように見えるが、内側から実が熟しすぎて腐り始めていた。

争いごとがないのは喜ばしいのかもしれないが、レイも時々息が詰まった。自分がどうしてここにいるのかわからなくなることがある。知り合いの術師のところに現れた櫂を偶然見かけたのは、そんな閉塞《へいそく》感に包まれていた頃だった。

「人間に戻れる方法はないのか」

カインそっくりの顔をした櫂が、術師にたずねていた。

始祖カインに瓜二つの櫂というヴァンパイアが覚醒したことは噂《うわさ》に聞いて知っていた。要求をはねつけられて帰っていく背中を見送ってから、レイは術師に質問した。

「なんで彼は人間に戻りたいんだ？」

「好きな人間がいるらしい。その相手と約束したんだと。だったら、伴侶《はんりょ》にすればいいのに。化け物の自分じゃ、相手がかわいそうだからいやなんだそうだ。変わった始祖候補だ。カイン様そっくりなのにな」

「人間に戻れる方法なんてあるのか？」

「あるわけがない。あの男ももうわかってる。ただ認めたくなくて、逃避しているだけさ」

静かな決意を秘めている端正な横顔は、決して逃避しているようには見えなかった。以来、レイは興味をもって櫂の姿を観察するようになった。

櫂は術師たちのところをひとりひとり訪ねて回っていた。覚醒したばかりの頃は、取り巻き連中がいたはずだが、人間に戻りたいという櫂の望みを知って、すべて離れていってしまったらしく、彼はひとりだった。

だが、そんなことは気にした様子もない。人間に戻りたい。それ以外はなにも目に入らないという切望と決意には鬼気迫るものがあった。

術師たちのなかには、始祖候補の櫂を悪巧みのために捕えようとするものもいた。始祖候補の血には利用価値があるからだ。

あまりに危なっかしいので、レイは櫂を集団で襲おうと計画している術師たちを先回りして八つ裂きにした。櫂が術師のもとを訪れたとき、館のなかに転がっているのは骸《むくろ》の山だった。

血の海の惨状《さんじょう》を前に茫然《ぼうぜん》としている櫂に、レイは初めて声をかけた。

「あなたは少し不用心すぎます。術師どもにとって、あなたは美味《おい》しい呪術《じゅじゅつ》の材料にもなあなたが囚《とら》われの身となるのを防いだのですから」

「お礼をいっていただきたいものです。りえるのですよ」

「きみがやったのか……?」

「――始祖に仕えてるものだな」

「レイと申します」

燿は冷たくレイを一瞥しただけで、もちろん礼などいわなかった。

名乗ったことで免罪符を得たように、レイはそれから堂々と燿のあとをついて回るようになった。燿は行く先々にレイが現れることに気づいていたようだが、姿を見てもなにもいわなかった。

どうしてこんな真似《まね》をしているのか。レイは自分でもわからなかった。ただ、カインそっくりの燿を見ているうちに不思議な気分になることがあった。主のカインは、同じ顔をしていても、あんなふうに必死でなにかを望むことはない。

カインはなにも望んでいなかった。氏族の長《おさ》という立場ですら――その美しき原始の力をもつ白い翼でさえも――捨てられるものなら捨てたいと感じているに違いなかった。ただひたすら終わりの時がくるのを待っている。

彼の厭世《えんせい》は氏族全体に伝染していた。ただでさえヴァンパイアは斜陽の種族だというのに――その静かな絶望につつまれて、レイはいつしか自分の呼吸までもが止まってしまうのではないかと危惧《きぐ》していた。

櫂は決して逃避はしてない。術師たちに嗤《わら》われようとも、自分が人間に戻れると硬く信じていた。いや、信じ込もうとしていた。それしかもはや己の存在意義を見出《みいだ》せないかのように。

だが、やがて櫂もどんなに調べても人間に戻れる方法などないと知るときがきたようだった。はたから見ていても絶望が伝わってきて、いまにも彼が自ら命を絶つのではないかとレイもさすがに危ぶんだ。だが、櫂は決してそうしなかった。彼が死を思いとどまっているのは、ひとえに約束した少年の存在ゆえだった。

櫂は時折人界を訪れては、その少年の部屋を訪れていた。不思議なのは、櫂がいつも彼の記憶を消してしまうことだ。少年を前にしているときの櫂は、なんともいえないやさしい表情をしていた。およそヴァンパイアの始祖候補には似つかわしくない、陽《ひ》だまりを見るような眩《まぶ》しげな眼差《まなざ》し。

その夜も、櫂は少年の部屋を訪れていた。レイはあとをつけて、窓の外からそっと様子を窺った。まだ十代半ばの少年だ。これが彼が将来を約束した相手なのかと思うといささか拍子抜けだったが、ただならぬ生気のエネルギーは窓越しにも伝わってきた。姿かたちは子どもでも、夜の種族にとってはひどく魅力的な相手だった。

櫂が少年の部屋から出てくると、庭で待っていたレイは微笑《ほほえ》みかけた。

「――美味しそうな少年ですね」

そのときまでレイなど視界に入らないようだったのに、櫂はいきなり鋭い目で睨《にら》んできた。

「手を出したら、殺す」

「――」

まだ人間の気分が抜けないのかと思っていたのに、レイに向ける殺意は本物だった。櫂の目が赤く妖《あや》しく光り、背の翼が大きく開く。その背後に燃え立つ真紅の薔薇《ばら》のようなオーラが広がるのを見て、レイは息を呑《の》んだ。

目にも鮮やかな赤――まだ若い、美しい血の色だ。

レイはその真紅の光に圧倒されながら、皮肉に思わざるをえなかった。いくら人間に戻りたいといっても、目の前にいる青年はヴァンパイアとして誰よりも濃い血をもち、誰よりも美しく残酷で――その運命から逃れられるはずがない。

無駄なことなのに、運命から逃れようとあがく姿は、レイの目を惹《ひ》きつけてはなさなかった。巨大な力を前にしてあがくには、それなりの力が必要だ。彼にはそれがある。だからこそあきらめられない。傷つきながらも求め、もがき、失望する。

ただ静かに死を待つのではなく――。

瞬時に、からだじゅうの血液が沸騰するような感覚が込み上げてきた。

自分の全身に流れる血が、目の前に立っているまだ若い始祖候補に向かっている。強固な血の鎖につながれるのを感じながら　レイはその場に片膝《かたひざ》をついてこうべをたれ。

「櫂様――どうぞわたしを配下としてお召し抱えくださいませ」

覚醒した当時から多くのヴァンパイアが彼の周りには集まっていたはずだから、忠誠を誓われるのには慣れているはずだった。櫂はわずかに片眉《かたまゆ》をあげた。

「なぜ？　おまえは古い時代からの始祖の腹心だろう」

「血が呼んだからです」

「――始祖を見限ったのか」

レイはそうではないと正直な気持ちを告げた。自分がそばにいて役に立つのはカインよりもあなたのほうだと――。

「俺はヴァンパイアの世界で生きるつもりはない。仕えるものはいらない」

「では、違う世界にもお供いたしましょう。わたしは退屈しているので、ちょうどよい」

櫂は虚を突かれたらしく、わずかにとまどった顔を見せた。そしてしばらく何事か考え込むように沈黙してから、「許す」とレイの背に広がる翼にそっと手をおいた。

共鳴するかのように全身の血がざわめいた。おそらく櫂も同じ感覚になっているに違いなかった。櫂はどうして「許す」といったのか、自分でもわからないようだったが、レイには理解できた。櫂のなかの血もまたレイを呼んでいたから、応《こた》えずにはいられなかったのだ。

（生きるつもりがないもなにも――あなたはそこにいるだけで、ヴァンパイアそのものだ）

カインによく似ているのに、カインとはまったく違う。たとえ自分が望まなくても、そのからだに流れる血は高みを目指して自ら運命を切り拓《ひら》いていくに違いない。死にゆく夢を見るカインよりも、氏族の将来にとっては櫂のほうが長《おさ》としては相応《ふさわ》しい。

「櫂様――あなたはカイン様を倒してください」

「そんなつもりはない。さっきいっただろう。ヴァンパイアの世界で生きるつもりはないと。おまえは俺についたばかりで、かつての主を倒せというのか」

「あの方の時代はもう終わりです。ご本人がそれを望んでおられる。ただ誰もあの方に勝てないのが悲劇なのです。おかわいそうだとは思いませんか」

「それは俺の役目ではない」

いいえ、あなたの役目です――とレイは心のなかで答える。櫂はカインをきっと倒す。何十年後か、何百年後かはわからないが、その予感だけはあった。

櫂は間違いなく王の器だった。長らくカインに仕えてきた自分がそう感じるのだから間違いない。カインもまた、真の王だったからだ。ただあまりにも長く生きすぎた。

「俺は始祖を倒すつもりはない。一族の長になんて興味もないんだ」

「では、死にますか？　あの少年をそっと見守り、たまに訪れてはその記憶を消すことをくりかえして――彼が人間としての一生をまっとうしたら、ご自分も命を絶つつもりですか」

レイの予測が当たっていたのか、櫂は沈黙した。だが、肯定はしなかった。それはそうだろう。自らの運命に絶望しても、彼はまだあきらめてはいない。打ちひしがれていても、あの少年との未来を捨て切れていない。死ぬことなど望んでいない。それがカインとの大きな違いだった。

おそらくいまは拒んでいても、櫂は必ず約束した少年を伴侶にする道を選ぶだろう。自分が人間に戻れないのだから、もうそれしか方法はない。真に恋い焦がれ、望んでいる相手であればあるほど、欲しい。その欲求に逆らえはしないのだから。夜の種族とはそういう生きものだ。そして彼はその頂点に立つ存在だ。

「櫂様、わたしはいずれあなたに『夜を統べる王』になっていただきたいのです。カイン様も成しえなかったヴァンパイアの七氏族をまとめる王に。このままでは、外界との関わりをなくして、新たな貴種が生まれない氏族から順に滅んでいくでしょう。斜陽の我らが生き残るとしたら、新たな道をさぐるしかない」

「お門違いだ。俺はそんなものになるつもりも、目指すつもりもない」

レイは即座に「ならば、それでもいいのです」と引き下がったが、内心「いまは」と付け加えた。

レイの言葉は櫂の心のなかに、なんらかの楔《くさび》として打ち込まれたはずだった。それで充分だった。櫂の心は行く道が困難であればあるほど鍛えられ、しなやかな鋼のような強靭《きょうじん》さをもつだろう。最後の希望が失われたときに別の道もあると思い出してくれればいい。

籊は愛するもののためなら、死をもいとわないだろうが、おそらく運命は彼を死なせない。ひとの上に立つものとはそういうものだ。自分で上りつめるのではない。運命に流され、周囲に担ぎ上げられるのだ。

自分も彼を押し上げる力の一端を担うのだとレイは決めた。カインのもとを去ることに後悔はなかった。カインも主を替える理由はヴァンパイアの本能で受け入れるはずだった。

ただフランは――無邪気な笑顔が脳裏にふっと浮かんだ。ヴァンパイアらしくないところのある彼はどう思うだろう。迷わなかったといったら嘘《うそ》になる。だが、レイのなかの血はすでに決断してしまっていた。

◇◇◇

あれからたった数年しか経っていないのに――。

こんな日がくるとはレイはさすがに予測していなかった。

大広間にふたりきりになったあと、腕のなかに抱いたフランの顔は青ざめ、口許《くちもと》からは拭っても拭っても血があふれてきた。

カインのもとに置いてきたのは、フランが彼に仕えるのを喜びとしていたからだった。血の序列を重んじるヴァンパイアにとっては、始祖は絶対的な存在だ。彼に認められる喜びを上回るものを自分では与えられない。良かれと思ってしたことなのに、それがこんなにもふたりの距離を隔ててしまうとは思わなかった。

フランが陰謀に関わっていると知ったときから覚悟していたはずなのに、過去の記憶をさぐればさぐるほどレイは現実を受け入れがたかった。

「レイ……もうひとつお願いがあるんだ……」

フランはすでに覚悟を決めていた。最後の際だというのに、彼は泣き言のような言葉はひとつも洩《も》らさず、律也の心配をしていた。あんなにやさしくては夜の種族たちの世界では長生きできないから、守ってあげてほしい、と。

「わかった、約束しよう」

フランは安堵《あんど》したように微笑んだ。レイは彼の口許の血を再び拭った。出会った頃に「妖精みたいだ」とからかった美しい顔を綺麗《きれい》にしてやりたかった。

「レイ……早く……楽にしてくれ……苦しい」

「――」

伝えたいことはまだたくさんあった。「すまない」「きみを置いていくべきじゃなかった」

――そのどれもが声にはならなかった。

「早く……」

迷いを断ち切ることを命じるように、フランが耳元に囁《ささや》く。望みどおりに、レイはフランを抱き寄せるとそのやわらかな首すじに噛《か》みついた。牙《きば》が白い皮膚に食い込み、彼の血が自分の口のなかにあふれた。

流れ込んでくる血が、レイとフランを一体化させる。その時間は、永遠にも刹那《せつな》のようにも感じられた。ドクドクと全身の血管が脈打つ。

フランとひとつになる。いままで考えたこともなかったのに、その瞬間、これほどまで自分が望んでいたことがあっただろうかと思った。かつて櫂を目の前にしたときに血がざわめいた——あのとき以来の感覚。仕えるものとして圧倒的な力の前にひれ伏すのは無上の喜び。こうしてフランをいつくしむ気持ちといったいどちらが上なのか——普段はまったく違うものとして比べたこともないが、その瞬間、腕のなかに抱いているもののほうがすべてを上回った。

おそらくフランにもそれが伝わっているはずだった。瀕死《ひんし》の状態なのに、彼の胸の鼓動が喜びに震えているのが伝わってきた。うれしい……と。

限界まで血を吸い尽くすと、フランの顔色は蠟《ろう》人形のように白くなっていた。その肌は月光のようにキラキラとしたきらめきを放つ。

(——レイ、泣かないで)

心話で呼びかけられた。腕のなかのからだが痙攣《けいれん》したので身を離すと、フランはすでにぐったりとなっていた。床にそっと横たえる。しゃべる力がもうないのか、口を開いても声がなかなか出てこない様子だった。

「……レ………──……」

かすかな一言を、レイが聞き取ろうと身をかかがめたところ、フランの首ががくりと横を向いた。そのまま動かない。見開かれた瞳から、最後にこぼれた涙が頬《ほお》を静かに伝っていった。口許は微笑んだままだった。

からだからふわりと浮きあがった朱色のエネルギーの塊が、レイの全身を包み込んだ。途端に、飲み込んだフランの血が己に同化するように全身が熱くなり、あたりに閃光《せんこう》が走った。白い光のなかで、目の前のフランが溶け込むように消えていった。サラサラと音を立てて崩《くず》れ、きらめく塵《ちり》となって床に散らばる。

一瞬の出来事だった。「フラン……」とレイが声を上げる前にすべては終わった。

レイはしばらく動けなかった。自らの手を見つめる。先ほどフランの口許を拭った血がついていた。でも、フランはもうどこにもいない。

悔いはない。できることはこれしかなかった。フランを救うためには──。

さまざまな思いが脳裏を去来したが、どれも的確に自分の感情を表現しているとはいいがたかった。

かつてフランであったもの──床に散らばる塵の美しく儚《はかな》い光が、レイの目を刺した。唇がゆがみそうになったが、「泣かないで」というフランの声が耳の奥に甦《よみがえ》る。自分のなかに息づいた彼の血が、そう語りかけているようだった。

レイは静かに身をふたつに折って、その場にうずくまった。宝石を砕いたような塵を両手でかき集め、額《ひたい》に押し抱くようにして床に顔を伏せる。……まるで愛《いと》しいものにそっと接吻《せっぷん》するかのように。

あとがき

はじめまして。こんにちは。杉原理生です。

このたびは拙作『夜を統べる王』を手にとってくださって、ありがとうございました。

夜の種族のヴァンパイアを描いたお話で、『薔薇と接吻《キス》』と同じ世界の話となります。

お話自体はそれぞれ完結しているので、この本から読んでも大丈夫です。この本を気に入ってくださったら、『薔薇と接吻』もぜひお手にとっていただけるとうれしいです。

夜の種族は美形ばかりという設定なので、今回も美形キャラをたくさん書きました。日常系のお話だとそんなにキラキラしたことを書けないのですが、この話に限っては「人間離れした美しさ云々」と書いても実際に人間じゃないため問題ないので、描写をするのが楽しかったです。

さて、お世話になった方に御礼を。

イラストの高星麻子先生には、スケジュールの件で大変ご迷惑をかけてしまい申し訳ありませんでした。今回はレイとフランの美少年ふたり、それから子狼一匹（アニー）を新たに描いていただきましたが、人物ラフのときからみんな美麗でためいきが漏れました。一番美形描写に力を入れているのは櫂なのですが、今回も格好良くて——とくにカラー、モノクロともに翼を広げて登場する姿に惚れ惚れです。書いている本人も、「あまり美形ばかり登場させると不自然だろうか」と思うこともあるのですが、高星先生の絵を見ると、「いや、全然アリだわ、人間離れした美形」といつも思い直して、さらに美形キャラを書きたくなるという……。お忙しいところ、素敵な絵をありがとうございました。

お世話になっている担当様、この原稿に関してはいつにもまして大変なご迷惑をかけてしまって申し訳ありません。昨年から絶不調でしたが、今回の本が出せたことで、まだ一冊分の長い書き下ろし原稿が書けるとわかったので、とても感謝しております。今後は態勢を立て直して取り組みたいと思いますので、どうぞよろしくお願いいたします。

そして最後になりましたが、読んでくださった皆様にも、あらためて御礼を申し上げます。

今回、夜の種族たちの世界が主な舞台となっております。櫂と律也は新婚なので頑張ってラブラブさせてみましたが、どうでしょうか。事件が終わって落ち着いたあと、このふたりはもっと仲良しになっていると思います。

前回、脇役たちがたくさん絡むお話を読みたいと感想をいただいていたので、今回はレイをクローズアップさせてみました。ちょっとかわいそうなことになってしまいましたが……。

「永遠の美少年」は大好きなモチーフです。

あと、ヴァンパイア側のお話だったので、慎司や東條にはあまり見せ場を用意してあげられなかったのが少し心残りです。今回初登場のアニーは癒し担当です。子狼姿で尻尾を振っているラフが非常にかわいくて——わたしと担当様だけで見るのはもったいないと思っていたところ、本文のモノクロカットでもしっかり尻尾を振ってくれていたのでよかったです。ほんとはもっと正統派の狼っぽいヴァージョンもラフで描いていただいていたのですが、迷うことなく可愛く丸っこいほうを選んでしまいました。ああ、癒される……。

美しく妖しいひとたちばかりが登場するお話ですが、幻想的な雰囲気に浸ってもらえればいいなと思いつつ書きましたので、読んでくださった方にしばし現《うつつ》を忘れて楽しんでいただければ幸いです。

杉原　理生

✦初出　夜を統べる王……………書き下ろし
その一瞬の……………書き下ろし

杉原理生先生、高星麻子先生へのお便り、本作品に関するご意見、ご感想などは
〒151-0051 東京都渋谷区千駄ヶ谷 4-9-7
幻冬舎コミックス　ルチル文庫「夜を統べる王」係まで。

幻冬舎ルチル文庫

夜を統べる王

2012年9月20日　第1刷発行

✦著者　杉原理生　すぎはら りお

✦発行人　伊藤嘉彦

✦発行元　株式会社 幻冬舎コミックス
〒151-0051 東京都渋谷区千駄ヶ谷 4-9-7
電話 03(5411)6432[編集]

✦発売元　株式会社 幻冬舎
〒151-0051 東京都渋谷区千駄ヶ谷 4-9-7
電話 03(5411)6222[営業]
振替 00120-8-767643

✦印刷・製本所　中央精版印刷株式会社

✦検印廃止

ISBN978-4-344-82616-8　C0193　Printed in Japan

「幻冬舎ルチル文庫」

大好評発売中

発行●幻冬舎コミックス　発売●幻冬舎